Erwin Kohl

FLATLINE

Erwin Kohl

FLATLINE

Joshua Trempes dritter Fall

KRIMI IM GMEINER-VERLAG

Bibliografische Information
der Deutschen Bibliothek
Die Deutsche Bibliothek verzeichnet diese
Publikation in der Deutschen Nationalbibliografie;
detaillierte bibliografische Daten sind im Internet
über http://dnb.ddb.de abrufbar.

Besuchen Sie uns im Internet:
www.gmeiner-verlag.de

Im Ehnried 5, 88605 Meßkirch
Telefon 0 75 75/20 95-0
info@gmeiner-verlag.de

1. Auflage 2007

Lektorat: Claudia Senghaas, Kirchardt
Umschlaggestaltung: U.O.R.G. Lutz Eberle, Stuttgart
Gesetzt aus der 10/14 Punkt GV Garamond
Druck: Fuldaer Verlagsanstalt, Fulda
Printed in Germany
ISBN 978-3-89977-715-4

Der Tag,
an dem die Zeit ein Leben überholt,
ist der Tag,
an dem sie droht, stehen zu bleiben.

Wenn der Schmerz überwunden
und die Kraft zurückgekehrt ist,
wird auch die Zeit
angekommen sein.

Bettina Kohl

1

Buenos Aires. Thomas Stachinsky saß in einer kleinen Parilla in Puerto Madero, dem alten Hafen von Buenos Aires. Das Bife de Chorizo lag glänzend vor ihm auf dem Teller. *Al punto* – zartrosa und saftig, so mochte er die Steaks der Angus-Rinder aus der nahen Pampa am liebsten. Vor fast zwanzig Jahren hatte er Deutschland den Rücken gekehrt. Damals hatte er sich noch Sorgen um seinen empfindlichen Magen gemacht. Er erinnerte sich noch heute an sein erstes Asado in La Boca, dem »italienischen« Viertel der Stadt. Staunend hatte er vor der riesigen Feuerstelle gestanden. Rundherum auseinandergeklappte und ausgenommene Rinder, die wie Windfänge um das Feuer schwebten. Sein Magen rebellierte. Erst nach drei Gläsern eines tiefroten und fruchtigen Malbec-Weines hatte der Hunger gesiegt. Seither wusste er das zarte Fleisch der Pampasrinder zu schätzen.

Stachinsky kaute lustlos an einem kleinen Stück Fleisch. Zwanzig lange Jahre wartete er nun bereits. Auf seinen einzigen Sohn – den er nur von Bildern kannte. Seinetwegen lebte er in Buenos Aires, seinetwegen wollte er nun zurück, ihn endlich in die Arme schließen nach der langen Zeit.

Ihm fehlte nichts, er führte ein Leben, um das man ihn in Deutschland beneiden würde. Stachinsky wohnte in einer kleinen Villa in Palermo. Im Stadtteil Barrio Norte. Hier lebten diejenigen, die es geschafft hatten, sich durch

Korruption und windige Geschäfte in die Oberschicht der Stadt zu hieven, einträchtig neben Politikern und Bankern. Der Preis für die Freiheit war hoch, es schmerzte ihn damals.

Nachdenklich legte er einige Geldscheine auf den Tisch und verließ das Lokal. Die Dämmerung setzte allmählich ein, die breite Uferpromenade füllte sich. In Gedanken vertieft schlenderte Stachinsky Richtung Cordoba, Ecke Madero. Von hier aus wollte er mit dem Buquebus, einer Schnellfähre, nach Montevideo übersetzen. Es war die einzige Möglichkeit, noch heute einen Flieger nach Deutschland zu bekommen.

Lichter gingen an und hüllten die alten restaurierten Lastkräne im Hafen in seltsam anmutenden Glanz. Stachinsky dachte zurück. Markus war zwei Monate alt gewesen, als sie Helena in der Gosse gefunden hatten.

Sie hatten das Haus zwei Jahre zuvor verkauft, zusätzlich hohe Kredite aufgenommen für Helenas Therapie in der Schweiz. Ihre Rückkehr war gefeiert worden wie ein zweiter Geburtstag. Dann die Schwangerschaft, seine Beförderung. Klein und unscheinbar, aber immer deutlicher war das Licht am Ende des Tunnels zu sehen gewesen, bis zu diesem Tag. Als der Anruf der Bahnpolizei kam, hatte niemand damit gerechnet. Die Spritze lag noch neben ihr. Das Licht war erloschen.

Markus war damals mit einem schweren Herzfehler zur Welt gekommen. Die Chance, durch eine Operation in England sein Leben zu retten, wurde von seiner Krankenkasse als zu gering eingestuft. Für Thomas Stachinsky schien es nur diesen einen Weg zu geben.

Markus musste viermal am Herzen operiert werden. Er wuchs bei seinen Großeltern auf, die vor drei Jahren kurz hintereinander gestorben waren. Sein Sohn wohnte seitdem in einer WG. Stachinsky finanzierte ihm auch das Studium mit seinen regelmäßigen Schecks. Er war so stolz. Sein Sohn würde es schaffen, rauskommen aus dem Elend, in das er hineingeboren wurde. Er freute sich so sehr, dass er die Tage zählte, bis er ihn wiedersehen konnte. Vor drei Stunden wollte er seinen Besuch telefonisch ankündigen.

Sie nannte sich Rebecca, mehr nicht, und ihre Worte ließen sein Herz rasen. Als er den Namen seines Sohnes aussprach, begann ihre Stimme zu zittern. Vor zwei Tagen wollte er nachmittags noch einmal zur Universität gehen. Seitdem hatte ihn niemand mehr gesehen. Stachinsky konnte es nicht glauben. Letzte Woche hatte er seinem Sohn dieses Telefonat schriftlich angekündigt. Er musste zunächst zu Eduardo Perez, seinem Anwalt. Inklusive einer Sicherheitsfrist von drei Tagen hätte Stachinsky kommende Woche ausreisen können. Er musste es sofort riskieren, auf die Gefahr hin, zwanzig lange Jahre vergebens in Buenos Aires verbracht zu haben.

Noch einmal sah er seine Unterlagen durch. Das Ticket für den Direktflug nach Brüssel, vorsichtshalber, der argentinische Reisepass auf den Namen Alfredo Guthmann, alles war vorbereitet.

Einsam stand Stachinsky an der Kaimauer und blickte mit gesenktem Kopf in das schmutzige Wasser des Hafenbeckens. Die Nacht löschte seinen blassen Schatten. Seine Gedanken wurden immer dunkler, Stachinsky begann zu frieren. Das Geräusch der anlegenden Fähre am anderen Ende des Kais unterbrach den Albtraum. Er ballte die Fäuste, als wolle er der Verzweiflung, die sich zunehmend ausbreitete, drohen. Es konnte so viele gute Gründe für Markus` Verschwinden geben, redete er sich ein. Von Hoffnung getragen bestieg er die Fähre nach Montevideo.

2

Karl-Heinz Schmitz fühlte sich nicht sonderlich wohl in seiner Haut. Der Krefelder Kommissar ließ sich nur äußerst ungern aus seinem Dezernat Wirtschaft locken. Aber einerseits konnte er seinem Behördenleiter kaum einen Wunsch abschlagen, andererseits war das Versprechen, anschließend Überstunden abzufeiern, verlockend. Drei Wochen Drogenfahndung für den beurlaubten Kollegen Winter, zweieinhalb waren bereits um. Zu Hause auf der Garagenauffahrt lagen seit gestern etliche Tonnen Sand und Grus. Daneben standen vier Paletten Pflastersteine. Die letzten drei Tage, so Kalles Vermutung, würde nichts mehr anbrennen. Kommende Woche würde er den unplanmäßigen Urlaub nutzen und endlich die alte Holzterrasse ersetzen.

Der Blick durch den Nieselregen in den Hinterhof der Dionysiusstraße förderte erste Zweifel zutage. Zwischen Schneematsch, der so schmutzig war wie die Pfützen, die er füllte, lag ein junger Mann in Jeanshose und kariertem Flanellhemd. Der aufgekrempelte rechte Ärmel und die Spritze neben seinem Bein sprachen für sich. Was die uniformierten Kollegen veranlasst hatte, die Kripo hierher zu bestellen, war zum einen der für einen Drogentoten ungewöhnliche Fundort und zum anderen die Tatsache, dass dieser keinerlei Papiere oder Bargeld bei sich trug. Kalle wollte gerade damit beginnen, diese Hindernisse gedanklich beiseitezuschieben, um den jungen Mann mit wenig

Aufwand in die Statistik der Drogentoten zu verlagern, als er den zweifelnden Blick seines Kollegen wahrnahm. Friedhelm Bungert lief leicht mit dem Kopf schüttelnd um den Toten herum. Die wenigen grauen Haare hatte er hinten zu einem dünnen Zopf gebunden. Er kratzte dabei nachdenklich seinen kleinen Kinnbart.

»Den kenn ich nicht«, murmelte Bungert. Er beugte sich herunter und drehte mehrmals den entblößten Arm des Opfers.

»Kannst ja auch nicht jeden kennen«, gab Kalle lapidar zurück. Bungert blickte seinen Kollegen über die Schulter an und hob seine Augenbrauen.

»Ich bin über dreißig Jahre bei der Droge. Glaub mir, ich kenne sie alle.«

Kalle atmete tief durch. Über ihnen befand sich mittlerweile eine ganze Familie auf dem schmalen Balkon und war damit beschäftigt, es zufällig aussehen zu lassen.

»Der ganze Arm voller Einstiche, ein Neukunde ist das nicht gerade«, fuhr Bungert leise fort.

»Vielleicht ist er nicht von hier?«, Kalle zuckte hilflos mit den Schultern. Bungerts Kopfschütteln widerlegte seine Vermutung.

»Ein Junkie entfernt sich nicht sehr weit von seinem Dealer. Nee …«, Bungert zögerte und richtete sich wieder auf, »irgendwas ist hier faul.«

Kalle verdrehte die Augen. Bungert quittierte diese Geste mit einer abfälligen Handbewegung.

»Wer hat ihn eigentlich gefunden?«

»Ein Vertreter. Steht da hinten bei den Kollegen.«

Kalle musterte den Mann verwundert. Er trug einen dunklen Nadelstreifenanzug unter schwarzem Lodenmantel. Die schwarzen Haare waren nach hinten gekämmt, glänzten. Kalles Augen richteten sich auf die Sonnenbrille. Die Kollegen der Einsatzbereitschaft stellten ihn vor.

»Das ist Herr Krieger, er hat uns verständigt.«

Kalles Blick haftete immer noch auf der Sonnenbrille des Zeugen.

»Ich habe empfindliche Augen.«

Kalle nickte. Krieger zog eine Visitenkarte aus dem Jackett und reichte sie Kalle.

»B&M Insurance, bei uns sind Sie sicher. Übrigens«, er trat dicht vor Kalle, senkte seine Stimme, »unser jüngstes Angebot dürfte was für Sie sein. Eine Berufsunfähigkeitsversicherung für Beamte, da reicht«, er wurde noch leiser, fast verschwörerisch, »ein kleiner Bandscheibenvorfall und schon kassieren Sie neben Ihrer Pension noch eine stattliche Zusatzrente.«

Kalle kam der Gedanke an die zunehmenden Rückenschmerzen, an die Krankengymnastik, vom Arzt verordnet und durch immer neue Ausreden verschoben. Der Berg mit den Pflastersteinen, die nach hinten geschleppt werden mussten, erschien vor seinem geistigen Auge. Er schob die Visitenkarte in die Gesäßtasche seiner Jeans.

»Wann haben Sie den Toten gefunden?«

»Gar nicht.«

Krieger klang leicht empört.

»Na schön, erzähle ich es noch einmal. Wir hatten abends eine Besprechung im Altstadt Eck. Auf dem Weg ins Hotel bin ich hier vorbeigekommen. Ich musste plötzlich ganz dringend pinkeln, da bin ich in diese Hofeinfahrt. Und da saß dieser Typ da hinten auf der Bank. Er kochte sich auf dem Löffel mit dem Feuerzeug ein Süppchen. Ich habe ihn freundlich gegrüßt, da fährt der mich sofort an. Verpiss dich, du Wichser, hat er gerufen. Ich bin sofort abgehauen.«

»Und haben die Polizei verständigt.«

»Soll ich mir das bieten lassen? Bei meinem Handy war der Akku leer, ich habe Ihre Kollegen vom Hotel aus verständigt.«

»Gut. Wir brauchen Ihre Aussage noch fürs Protokoll. Wenn Sie im Laufe des Tages kommen könnten …«

»Nicht nötig. Habe ich eben im Wagen Ihrer Kollegen gemacht. Ich reise heute ab. Ein Seminar. Falls Sie sich das mit der Versicherung noch mal überlegen, meine Nummer haben Sie ja.«

Während Bungert die Spurensicherung und einen Arzt herbeitelefonierte, sah Kalle sich um. Unter einem teilweise verrotteten Wellblechdach befand sich eine alte, gusseiserne Bank. Der Löffel und das Einwegfeuerzeug deuteten darauf hin, dass hier der letzte Schuss vorbereitet worden war. Er blickte in den wolkenverhangenen Krefelder Himmel. Der schmutzige Putz der hohen Wände, die diesem Hinterhof jede Fröhlichkeit raubten, war an vielen Stellen abgeblättert. Vereinzelt behaupteten Efeupflanzen ihr Dasein im brüchigen Beton des Hofes. Nach wenigen Metern verkümmerten sie zu dürren Zweigen an den Wänden. Kalle suchte den Boden nach Schleifspuren ab. Mittlerweile kamen auch ihm Zweifel. Er kannte die Gegend. Hier wohnten biedere Menschen. Arbeiterfamilien im Dreizimmerglück. Schule, Arbeit, Rente. Highlights gab es hier nicht viele. Jede noch so kleine Abwechslung würde man hier freundlich empfangen. Ein Fixer auf diesem Hinterhof wäre so auffällig wie ein Iglu in der Wüste. Aus dem Augenwinkel nahm er einen leuchtenden Farbtupfer wahr. Als er sich herumdrehte, lief Eugen Strietzel mit einem knappen Gruß an ihm vorüber. Die hellroten Haare des Gerichtsmediziners schienen die einzige Auflockerung dieses tristen Februarmorgens darzustellen. Mit einem kurzen Blickkontakt drängte er Bungert beiseite und inspizierte den Toten.

»Welcher Idiot hat die Einfahrt zugeparkt?«

Mit zwei Koffern in den Händen und einer Tasche unter dem Arm betrat Max Drescher den Innenhof, gefolgt von ebenfalls bepackten Kollegen der Spurensicherung. Missmutig baute er seine fast zwei Meter große, stämmige Figur vor Kalle auf und ließ die Koffer fallen. Kalle hatte nicht mit einem längeren Aufenthalt gerechnet und auf die Parkplatzsuche verzichtet. Er hatte Drescher selten mit guter Laune erwischt, aber heute übertraf der Spurensucher sich selbst.

»Goldener Schuss, sehe ich von hier aus!«

Kalle wirkte hilflos. Beinahe hatte er das Gefühl, er müsse Drescher anflehen, seine Arbeit aufzunehmen. Strietzel kam auf die beiden zu. Kalle beschlich eine unangenehme Ahnung.

»Tod durch Herzversagen, hervorgerufen durch ein Toxin. Ich vermute mal Heroin. Absolute Sicherheit wird zwar erst die Obduktion ergeben, aber …«

Der Gerichtsmediziner winkte lässig ab und verabschiedete sich. Kalle wollte zu einer Frage ansetzen, als Eugen Strietzel bereits in der Durchfahrt verschwand. Der Doktor machte sich gerne persönlich ein Bild vom Tatort. Diesen Ort schien er nicht für einen solchen zu halten.

»Dann kann ich ja wieder verschwinden«, knurrte Drescher kopfschüttelnd. Als Bungert ihm seine Zweifel erklärte, nahm Drescher widerwillig die Arbeit auf. Der Fundort eines Drogentoten wurde immer erkennungsdienstlich behandelt, ebenso war die Obduktion in einem solchen Fall Formsache. Für gewöhnlich ließ Drescher aber bei solchen Gelegenheiten seine Assistenten zurück und widmete sich anderen Aufgaben. Bungert hatte es geschafft, den Ehrgeiz des kauzigen Kriminaltechnikers zu wecken. So benötigte er nur wenige Minuten, um eine erste Auffälligkeit zu entdecken.

3

Die Stimmung in der Wohnküche war gedrückt. Gunther Trempe goss seinem Sohn noch einen Kaffee ein, während er selbst Kamillentee trank. In einen dicken Frotteemantel gehüllt und mit einem Schal, den er mehrfach um den Hals gewickelt hatte, blickte er Joshua traurig an. Der Arzt hatte eine Grippe diagnostiziert und ihm absolute Bettruhe verordnet. Diese Untätigkeit war dem pensionierten Kriminalrat allerdings zuwider. Joshua kannte ihn sehr gut. Er ahnte, dass die Grippe nicht der Grund für seine Traurigkeit war.

»Wo ist Mutter eigentlich?«

Gunther Trempe lachte kurz und spöttisch. Joshua schien zielsicher den wunden Punkt getroffen zu haben.

»In der Scheune. Sie streicht die Wände. Der Heizungsmonteur war gestern hier, nächste Woche kommen die Fliesenleger.«

Joshua legte die Stirn in Falten. Er konnte sich den plötzlichen Aktionismus seiner Mutter nicht erklären.

»Der Speicher bietet ihr zu wenig Raum und Tageslicht. Ein Künstler braucht die Sonne, sagt sie. Nun will sie in der alten Scheune ein Atelier einrichten, sich selbst verwirklichen.«

Sein Vater sprach in einem Tonfall, als sei es etwas Unanständiges. Kurz vor der Hochzeit hatte seine Mutter ihr Kunststudium aufgegeben. Sein Vater war der Ansicht gewesen, Kunst sei nicht dazu geeignet, eine Familie zu ernähren. Da sie Kinder wollten, die nicht alleine aufwachsen sollten, durfte es nur einen Ernährer geben. Dies hatte, nach alter Väter Sitte, der Mann zu sein.

»Mensch, da hat Janine ihr vielleicht einen Floh ins Ohr gesetzt.«

Joshua stutzte. Wollte er Janine dafür verantwortlich machen?

»Sie hat doch nur gesagt, dass ihr Mutters Bilder gefallen.«

Am letzten Weihnachtstag hatte seine Mutter auf Drängen von Janine alte Bilder vom Speicher geholt, die sie gemalt hatte. Janine war außer sich vor Freude gewesen. Ein stilisierter Kugelstoßer hing seitdem bei ihnen im Wohnzimmer.

»Ja, und damit hat es angefangen. Seitdem bekomme ich sie nur noch bei den Mahlzeiten zu Gesicht. Im Sommer möchte sie eine Ausstellung in der Scheune machen.«

Joshua musste sich ein Grinsen verkneifen. Innerlich freute er sich für seine Mutter. Sie hatte sich nie beschwert, aber jeder wusste, wie sehr sie sich ein eigenes Atelier wünschte. Seinem Vater waren Umstellungen immer schon schwer gefallen, aber letztlich meisterte er sie. Joshuas Blick fiel auf einen großen Stapel Akten auf dem Sideboard. Er wusste sofort, um was es sich handelte. Süffisant grinste er seinen Vater mit einem Fingerzeig auf den Aktenstapel an.

»Immer noch kein Hinweis?«

Gunther Trempe schürzte die Lippen. Seine Augen funkelten ihn an.

»Nein. Beruhige dich, nächste Woche schmeiße ich alles weg.«

»Ist es schon so weit?«

»Am Samstag sind die zwanzig Jahre um.«

Sein Vater sprach emotionslos. Joshua wusste aber, wie

sehr es ihn mitnahm. Es war der letzte Fall in seiner Zeit als leitender Ermittler des Dezernates Kapitalverbrechen gewesen. Gunther Trempe und seine Kollegen hatten über Jahre die höchste Aufklärungsquote des Landes gehabt. Es sollte der einzige Fall werden, den sein Vater nicht aufklären konnte. Diese Tatsache und vor allem die Vorgehensweise des Täters nagten beständig an seiner Seele. Der Täter hatte vom Keller eines Nachbarhauses vermutlich in wochenlanger, mühseliger Arbeit einen Tunnel bis exakt unter den Tresorraum der Bank gegraben. Während der Nacht hatte er fast zwei Millionen D-Mark aus den Regalen geräumt. Der Tresorraum war absolut leer. Fast leer. Auf dem kleinen Edelstahltisch in der Mitte ließ der Täter einen Prospekt der Bank zurück.

Erfüllen Sie sich Ihre Träume – wir helfen dabei!

Obwohl der Täter sich nicht die geringste Mühe gemacht hatte, Spuren zu vermeiden, jagten sie ihn vergebens. Selbst ein mit Hilfe von zwei Zeugen angefertigtes Phantombild hatte nicht weitergeholfen. Wochenlang war die Polizei von den Medien verhöhnt worden. Als sein Vater pensioniert worden war, hatte er sich Kopien von allen den Fall betreffenden Akten mit nach Hause genommen. Immer wieder hatte er nach dem entscheidenden Fehler in der Ermittlungsarbeit gesucht. Es war wie eine Manie. In wenigen Tagen würde die Tat verjähren. Joshua fragte sich, ob sein Vater dann vergessen könnte.

»Wie geht es eigentlich Jack?«

Joshua hatte schon mit diesem Ablenkungsmanöver gerechnet. Seinem Vater kam es einer persönlichen Niederlage gleich, über die er nicht reden wollte. Er wusste, Joshua würde es nicht verstehen.

»Die Ärzte meinen, er hat sich in Thailand einen Virus eingefangen. Sie haben ihn in die Uniklinik verlegt.«

Die Sorge um seinen Freund und Kollegen Joachim

Holsten kam wieder hoch. Als er aus dem Urlaub kam, ging es ihm von Tag zu Tag schlechter. Hohes Fieber, Magenkrämpfe, beständiger Durchfall. Sein Hausarzt hatte ihn sofort ins Krankenhaus einliefern lassen. Seitdem verschlechterte sich sein Zustand dramatisch, ohne dass die Ärzte einen Grund dafür feststellen konnten.

Joshua sah auf die Küchenuhr an der Wand hinter seinem Vater. Für elf Uhr hatte sich eine Ärztin vom Institut für Rechtsmedizin angekündigt. Bei der Obduktion eines Drogentoten, den ein Spaziergänger in der Nähe des Düsseldorfer Schwanensees gefunden hatte, gab es einen seltsamen Befund. Die ermittelnde Dienststelle hat das Landeskriminalamt um Mithilfe gebeten. Karin Seitz und Daniel van Bloom waren zwar im Dienst, aber Joshua wollte unbedingt dabei sein. Offiziell, weil er Jack während dessen Krankheit vertrat, aber das war es nicht. Seit einem halben Jahr wälzte er angestaubte Akten, bearbeitete liegengebliebene Fälle. Es kribbelte in seinen Fingern, tief in seinem Innern hoffte er auf einen neuen Fall.

4

»Den hat jemand dort abgelegt!«

Max Drescher hegte nicht die geringsten Zweifel. Der Senior im Team der Spurenermittler hatte in seiner langen Karriere schon viele Mordopfer zu Gesicht bekommen.

»Der linke Arm lag unter seinem Rücken. So kann er nicht hingefallen sein. Selbst im Todeskampf funktionieren grundlegende Körperreflexe. Die Arme fahren aus, um den Sturz zu mildern, ob man will oder nicht.«

Drescher unterstützte seine Worte mit ausschweifenden Gesten. Kalle sah ihn nachdenklich an.

»Schleif- oder Fußspuren konnten wir nicht sicherstellen. Das Wetter war ausgesprochen ungünstig. Der Schnee, auf dem sich die Spuren vermutlich befanden, war ja bereits geschmolzen. Bleibt noch abzuwarten, was die Untersuchung des Bestecks bringt, vielleicht bekommen wir da wenigstens ein paar brauchbare Fingerabdrücke.«

Bungert kritzelte auf seine Schreibtischunterlage. Kalle dachte an den Morgen zurück. Alle Nachbarn waren befragt worden, niemand hatte in der Nacht etwas gesehen oder gehört. Kollegen hatten sich in der Szene umgehört und V-Männer befragt. Niemand kannte die Person auf dem Foto. Das Bild des Toten ging vor wenigen Minuten an sämtliche Polizeidienststellen des Landes. Seine Fingerabdrücke waren nicht in der Kartei. Das Ergebnis der DNA-Untersuchung stand noch aus. Es war ungewöhnlich, dass ein Junkie noch niemals erkennungsdienstlich behandelt worden war. Die Spezialisten der Rechtsmedizin hatten bereits einen Zahnabgleich gemacht, der in der kommenden Woche in einem Fachblatt der Zahnärzte veröffentlicht werden würde, falls die Identität des Toten bis dahin noch unbekannt wäre. Kalle schaltete den Monitor ein, um die Vermisstendatei zu durchsuchen, als Eugen Strietzel anrief.

»Todesursache war eine Atem- und Kreislaufdepression als Folge eines allergischen Schocks. Nichts Außergewöhnliches bei einer derartigen Intoxikation …«

»Moment«, unterbrach Kalle den Gerichtsmediziner, »du willst damit sagen, er ist an einer Überdosis Heroin gestorben?«

»Heroin lässt sich nicht nachweisen, es wird im Körper in Morphine umgewandelt. Davon war er allerdings voll bis in die Haarspitzen. Letztendlich ist er an einer Überdosierung gestorben. Ob es Heroin oder etwas anderes war, kann ich nicht mehr feststellen.«

»Wir haben es also mit einem toten Junkie zu tun.«

»Auch das kann ich nicht bestätigen. Das Opfer kann genauso gut erst seit vier Tagen Drogen konsumiert haben, der Befund wäre derselbe. Ebenso verhält es sich im Übrigen nach einer Schmerztherapie mit Morphium. Dafür gibt es allerdings keinen Anhaltspunkt.«

Bungert, der das Gespräch mitbekommen hatte, nickte zustimmend.

»Noch etwas: Wir haben das Opfer routinemäßig auf Hepatitis A und B untersucht und dabei eine überraschende Entdeckung gemacht. In seinem Blut haben wir das HBe-Antigen in großen Mengen entdeckt. Diese Tatsache und die enorm hohe Virämie deuten auf einen äußerst hohen Befall mit Hepatitis-B-Viren hin. Gewebeproben haben allerdings ergeben, dass keinerlei Schädigung der

Leber vorliegt. Das ist eigentlich unmöglich. Ich habe bereits eine Probe zur Virologie der Uniklinik gebracht.«

Kalle konnte den Sinn nicht verstehen. Sie hatten es definitiv mit einem Drogentoten zu tun. Ob dieser nun vorher an Hepatitis erkrankt war oder nicht, war ihm völlig egal.

5

»Wie geht es Jack?« Karin, die von zwei Stapeln Akten umgeben, an ihrem Schreibtisch saß, klang besorgt.

Joshua zuckte hilflos mit den Schultern. Er hatte sich den Vormittag freigenommen, um Jack zu besuchen. Er atmete tief durch, bevor er zur Antwort ansetzte.

»Unverändert. Irgendein unbekannter Virus. Man hat ihn in die Uniklinik verlegt.«

Joshua ging um Daniel herum, der ein Foto in der Hand hielt. In den Augen seines Kollegen erkannte Joshua Zweifel.

»Sieht so ein Junkie aus?«

Joshua betrachtete das Bild genauer. Der junge Mann war dezent gekleidet. Seine Brille sah nicht gerade nach einem preiswerten Kaufhausmodell aus. Die dunklen Punkte auf seinem rechten Unterarm wirkten auffällig. Joshua erinnerte sich an die Zeit nach der Ausbildung. Für sechs Monate musste er zur Drogenfahndung. Es war die schlimmste Zeit in seinem Leben gewesen. Damals hatte er häufig Drogentote zu Gesicht bekommen. Sie waren ausgemergelt, heruntergekommen. Die Qualen der letzten Wochen, Monate und oft Jahre hatten sie wie eine Maske auf ihrem Gesicht getragen. In ihrem Erscheinungsbild unterschieden sie sich meist nur geringfügig von Obdachlosen. Er erinnerte sich an die Ausbildung. Einer seiner Lehrer reichte im Unterricht ein Werbeplakat der Firma Bayer aus dem Jahr 1900 herum. Darauf wurde für das

Medikament »Heroin« geworben. Die Droge galt damals als probates Hustenmittel.

»Lasst euch nicht täuschen«, meldete Karin sich zu Wort. Die Kommissarin wirkte in ihrem dicken schwarzen Wollpullover und der Jeans fast ein bisschen burschikos, »der Befund der Gerichtsmedizin spricht eine deutliche Sprache. Klarer Fall von Überdosis. Sein Körper ist bis unter die Fingernägel voll Dope.«

Mit dem Zeigefinger der rechten Hand trommelte sie dabei auf einem Schnellhefter herum. Joshua sah die Kollegin mit gerunzelter Stirn an.

»Kam heute Morgen herein. Die Frau Doktor kommt aber gleich.«

Joshua ließ sich grübelnd hinter seinem Schreibtisch nieder. Was konnte die Kollegen von der Kripo veranlasst haben, das LKA mit einzubeziehen?

»Haben wir die Identität?«

»Ja«, Daniel blickte ihn an, »Markus Stachinsky, Student. Wohnhaft in der ›WG Café‹, Aderstraße.«

»Habe ich doch schon mal gehört ...«

»Deutschlands größte WG. Ein pfiffiger Unternehmer hat die Gebäude von Auto Becker für kleines Geld gemietet und diese WG gegründet«, Daniel van Bloom durchforstete bei jedem neuen Fall zunächst das Internet. Zu Hause war der Börsenfreak rund um die Uhr im Netz. Er verfügte mittlerweile über ein millionenschweres Portfolio. Obwohl ein Makler während seiner Abwesenheit alles für ihn regelte, konnte er es sich nach eigenen Angaben nicht leisten, Kursschwankungen zu versäumen.

»In dieser WG leben übrigens nicht nur Studenten, sondern auch Ärzte, Rechtsanwälte und Hartz IV-Empfänger.«

Joshua wollte noch nachhaken, als es an der Tür klopfte.

»Judith Vanderheyden, schönen guten Morgen.«

Wie ein fröhlicher Vorbote des Frühlings stand die Ärztin vor ihnen. Sie trug einen Pullover mit der Farbenvielfalt eines Regenbogens, der ihren schlanken Körper betonte. Die hellblonden Haare zu einem Zopf gebunden, strahlte sie ihre Zuhörer aus einem Meer von Sommersprossen an. Karin blickte ihr bewundernd in die Augen. Es war der Ermittlerin schier unerklärlich, woher diese Frau nach der Obduktion eines Drogentoten ihre anscheinend unbekümmerte Heiterkeit nahm. Mit einer Armbewegung bot sie ihr den Besucherstuhl an. Die Medizinerin bedankte sich kurz. Ihr Gesichtsausdruck wurde von einem Augenblick zum nächsten ernst.

»Entschuldigen Sie meine Verspätung. Ich wollte mich vorher noch mit dem Kollegen Strietzel absprechen. Er kann leider nicht persönlich kommen, ein Gerichtstermin.«

»Macht doch nichts.«

Die Antwort von Daniel kam überhastet. Eine leichte Röte breitete sich auf seinen Wangen aus. Judith Vanderheyden deutete ein Grinsen an und fuhr fort.

»Also … Todesursache war, wie sie meinem Bericht bereits entnehmen konnten, eine Atem- und Kreislaufdepression. Diese war Folge einer Vergiftung, die wiederum einen allergischen Schock auslöste. Um es vereinfacht auszudrücken: Der junge Mann ist mit großer Wahrscheinlichkeit an den Folgen einer Überdosierung gestorben. Art und Zusammensetzung der Droge können wir nicht mehr feststellen.«

Judith Vanderheyden machte eine kurze Pause und gab ihren Zuhörern Gelegenheit für Zwischenfragen.

»Ich tippe mal auf Heroin«, reagierte Joshua sofort.

»Möglich. Chemische Prozesse wandeln Heroin aber direkt nach Einnahme in Morphin um. Eigentlich über einen Zwischenschritt, aber das würde jetzt zu weit führen. Jedenfalls lässt sich Heroin nicht im Körper nachweisen.«

Joshua konnte sich nicht vorstellen, warum der goldene Schuss eines Junkies sie vor größere Probleme stellen sollte. Es wäre ein Fall für die Mordkommission, falls überhaupt Anhaltspunkte für ein Gewaltdelikt vorlägen. Das unauffällige äußere Erscheinungsbild wertete der Ermittler nicht als Indiz. Es gab Ärzte, die über Jahrzehnte starke Drogen konsumierten, ohne auffällig zu werden. Die Gerichtsmedizinerin schien seine Gedanken erraten zu haben.

»Und nun zum Grund meines Besuches. Im Körper des Toten haben wir eine hohe Menge an Hepatitis-B-Erregern nachgewiesen. Bei Drogenabhängigen nichts Ungewöhnliches. Die Erreger werden meistens über gemeinsam genutzte Spritzen übertragen. Die enorme Konzentration der HBV-DNA im Blut spricht eindeutig für eine Leberinfektion. Das Organ scheint allerdings in keiner Weise angegriffen. Zumindest nach den vorläufigen Untersuchungen.«

Wieder machte die Ärztin eine kurze Pause. Karin, die bis dahin gedankenversunken kleine Männchen auf ihre Unterlage gemalt hatte, konnte das Ungewöhnliche daran nicht erkennen.

»Vielleicht hat er sich die Erreger kurz vor seinem Tod eingefangen, ich meine, vielleicht konnte die Krankheit gar nicht mehr ausbrechen.«

Judith Vanderheyden erstickte Karins Ansatz mit einem leichten Kopfschütteln bereits im Keim.

»Dazu hätte er die Viren löffelweise zu sich nehmen müssen, übertrieben ausgedrückt. Eine derart hohe Konzentration entsteht nur, wenn die Viren an Wirtszellen andocken und sich so vermehren können. Eine natürliche, orale Aufnahme in dieser Größenordnung ist unmöglich.

Selbst zehn an Hepatitis B erkrankte Patienten in einem Zimmer würden diese Menge nicht abgeben können. Aber selbst, wenn ihm diese Viren künstlich zugefügt worden wären, stünden wir vor dem Rätsel, warum die Leber nicht infiziert ist. Das körpereigene Immunsystem zerstört befallene Zellen. Wir hätten also in jedem Fall Rückstände dieser Zellen entdecken müssen.«

Joshua konnte sich nicht mit dem Gedanken anfreunden, ein medizinisches Rätsel zu lösen. Für ihn war einzig entscheidend, ob es sich um ein Gewaltverbrechen handelte oder nicht. Er konnte immer noch nicht verstehen, warum die Kollegen das LKA um Mithilfe gebeten hatten.

»Das ist schon merkwürdig genug«, fuhr die Gerichtsmedizinerin fort, »aber es kommt noch dicker. Ich habe mich heute Morgen mit dem Kollegen Strietzel unterhalten. Er hat gestern Abend einen Drogentoten aus Krefeld obduziert. Dieser weist exakt denselben Befund auf.«

Karin lag die Frage auf der Zunge, wie so etwas möglich sei. Die Antwort konnte sie sich denken.

6

Luxemburg. Die Mittagssonne hüllte den Place de la Constitution in gleißendes Licht. Ihr fehlte aber die Kraft, die Menschen aus ihren dicken Wintermänteln zu treiben. Ebenso wenig schaffte sie es, den Frost aus seinem Herzen zu jagen, die eisigen Gedanken zu schmelzen und Hoffnung freizulegen. Thomas Stachinsky saß auf einer Bank oberhalb der Petruskasematten. Sein leerer Blick endete an der Pont Adolphe, ohne die alte Brücke, die wie ein steinerner Arm das Petrustal überragte, wahrzunehmen.

Während des langen Fluges von Montevideo nach Brüssel hatten Zweifel an dem letzten Rest Zuversicht genagt, den er versuchte aufrechtzuerhalten. Nur kurz, für eine halbe Stunde, war es Stachinsky gelungen zu schlafen. Ein Traum hatte dafür gesorgt, die Sorgen zu vertreiben. Ein Traum, in dem sich in der Luft ihre Wege kreuzten. Markus hatte sich spontan dazu entschlossen, seinen Vater zu besuchen. Er hatte es niemandem erzählt, es sollte eine Überraschung werden.

Eine Stewardess brachte das Frühstück – die Zweifel kehrten zurück. Wie mächtige, dunkle Mauern umschlossen sie seine Gedanken. Als Stachinsky die alten Gemäuer des Brüsseler Flughafens verließ und in den Mietwagen gestiegen war, hatten die Freude auf das Wiedersehen mit seinem Sohn und eine Riesenportion Hoffnung die Zweifel und Ängste in den Hintergrund gedrängt. Er glaubte, hysterisch zu reagieren, zwang sich zu Optimismus. Kurzentschlossen fuhr er zuerst nach Luxemburg, um seiner Bank einen Besuch abzustatten. Stachinsky wollte seinem Sohn nicht mit leeren Händen gegenüberstehen.

Vor wenigen Minuten hatte Stachinsky in der Wohngemeinschaft seines Sohnes angerufen. Er stand auf, legte seinen Kopf in den Nacken und atmete schwermütig die kalte Winterluft ein. Vor ihm ragte der Obelisk in den Himmel, auf dessen Spitze die Gelle Fra thronte. Sie sollte an das Leid der Luxemburger während der Weltkriege erinnern. Ihr Antlitz gesenkt, schien sie ihm einen tröstenden Blick zuzuwerfen.

Ein junger Mann verband ihn mit Rebecca, als ob sie die Freundin seines Sohnes wäre. Ihre Stimme klang kraftlos, leise. Es waren Worte, die sie nicht aussprach, Sekunden des Schweigens, die seine Hoffnung zerstören sollten. Markus habe oft von ihm gesprochen, wolle ihn unbedingt wiedersehen, seinen Vater umarmen und ihm für alles danken, versuchte sie ihn aufzubauen. In einer kurzen Pause fragte er sie fast flehend nach seinem Sohn. Eine unendlich lange Stille drang an sein Ohr. Stille, die sich wie ein Donnerhall in seiner Seele ausbreitete. Mit den Worten, sie wolle nicht am Telefon darüber reden, beendete sie das Gespräch. Stachinsky wurde es kalt. Seine Hände begannen zu zittern, als er zum Parkplatz lief.

7

Joshua drehte sich Spaghetti auf die Gabel, als er Elmar Seifert an der Theke entdeckte. Sie hatten sich in der Kantine der »Festung«, wie das Polizeipräsidium am Fürstenwall unter Kollegen hieß, verabredet. Daniel war unterwegs nach Krefeld, um von den dortigen Kollegen Rückschlüsse auf einen eventuellen Zusammenhang der beiden Todesfälle zu erhalten. Karin wollte mit dem Staatsanwalt die weitere Vorgehensweise absprechen.

Seifert brachte einen Thunfischsalat und zwei Pizzabrötchen mit. Er verrichtete seit zwanzig Jahren seinen Dienst beim KK 11, Todesermittlung. Sie hatten sich vor vier Jahren kennengelernt, als Joshua zu einer Mordkommission nach Düsseldorf beordert wurde. Joshua blickte sein Gegenüber an und fragte sich, ob das glänzende Schwarz seiner Haare echt wäre.

»Also?«, fragte Joshua und trank einen Schluck Mineralwasser. In Seiferts Mund verschwand ein Streifen grüner Paprika. Er strich mit einer Serviette über seine Lippen und kam zur Sache.

»Ich war gestern bei den Kollegen der Droge. Kein Mensch im KK 34 kennt unseren Kunden. Wir haben sein Bild bei unseren V-Leuten herumgereicht, negativ.«

Herausfordernd sah Seifert Joshua in die Augen. Die Pupille seines linken Auges schien auf seine Nasenspitze gerichtet. Die Folge eines Unfalles vor zehn Jahren. In seinem Oberlippenbart hingen Brotkrümel.

»Ihr glaubt also nicht, dass dieser Stachinsky ein Junkie war?«

Seifert vertilgte ein halbes Pizzabrötchen, während er Joshua kopfschüttelnd ansah.

»Markus Stachinsky, 22 Jahre alt, Medizinstudent im fünften Semester«, referierte Seifert, »wir haben uns in der WG umgehört, in der er wohnte. Kein Alkohol, keine Zigaretten, keine Frauen. Stattdessen jeden Tag auf seinem Rennrad unterwegs. Ein Auto brauchte er nicht. Der Junge war schon auffällig unauffällig. Selbstredend auch keine Vorstrafen.«

Joshua zog ein Päckchen Tabak aus der zerkratzten Lederjacke. Nach einem strengen Blick seines Kollegen steckte er es wieder zurück.

»Was ist mit den Eltern?«

Seifert atmete tief durch.

»Vielleicht der einzige kleine Hinweis. Seine Mutter ist kurz nach der Geburt an einer Überdosis Heroin gestorben. Sein Vater lebt in Argentinien. Wir haben im Zimmer des Opfers einen Stapel Briefe von ihm aus Buenos Aires gefunden und ein Fotoalbum. Unsere Leute gehen die gerade durch. Ansonsten scheint es keine Verwandten zu geben. Auch sonstige Bezugspersonen außerhalb der WG schien er nicht gehabt zu haben.«

Sie schwiegen sich einige Sekunden nachdenklich an. Joshua spielte gedankenverloren mit seinem Zippo. Ihm fiel der Obduktionsbericht ein.

»Das Opfer war bis unter die Fingernägel voll Dope«, Joshua breitete erklärend die Arme aus.

»Ja, ich habe den Bericht auch gelesen. Aber das Zeug bekommst du nicht beim Bäcker. Joshua, ich will nicht behaupten, dass wir jeden Junkie und jeden Dealer in der Stadt kennen, aber einer wie Stachinsky wäre aufgefallen. Abgesehen davon: Wir haben Kontoauszüge gefunden, sein Erzeuger hat ihm 800 Euro im Monat überwiesen. Genug zum Leben, aber zu wenig für eine Drogenabhängigkeit.«

»In Ordnung. Dann habt ihr eben einen astreinen Mordfall. Aber was haben wir damit zu tun?«, antwortete Joshua fast ein bisschen trotzig.

Seifert schlug mit der flachen Hand auf den Tisch und schnellte nach vorne. Mit stechenden Augen sah er Joshua an.

»Einen astreinen Mordfall? Scheiße! Einen Dreck haben wir! Tod durch Überdosis, an der Spritze nur seine Fingerabdrücke. Nicht den Hauch eines Hinweises auf Fremdverschulden. Ein toter Junkie, der keiner war, da verwette ich meinen Hintern drauf. Außerdem voller Viren ohne entsprechende Erkrankung und nicht die leiseste Ahnung, warum das so ist. Und der Hammer: Er scheint einen Zwilling zu haben. Zu dem Krefelder Opfer gibt es exakt den gleichen Obduktionsbericht. Ich habe die Kollegen dort angerufen. Das Opfer ist in der Drogenszene ein unbeschriebenes Blatt.«

Seifert pumpte Luft aus den Wangen und ließ sich in seinen Stuhl zurücksinken.

»Joshua, ich gebe zu, wir wissen nicht weiter. Darum haben wir euch eingeschaltet.«

Während Seifert zwei Kaffee holte, dachte Joshua noch einmal über die letzten Sätze nach. Es gab keinen Grund, die Argumentation seines Kollegen anzuzweifeln. Ebenso wenig gab es einen Anhaltspunkt für ein Verbrechen. Was sie bisher hatten, waren lediglich Spekulationen und Ungereimtheiten. Seifert stellte stumm einen Becher Kaffee vor ihm ab und nahm wieder Platz.

»Was sagt denn euer Staatsanwalt?«

Seifert rümpfte die Nase. Statt zu antworten, füllte er zunächst Milch in seinen Kaffee. Danach hob der Kommissar langsam den Kopf, Joshua wurde ungeduldig.

»Er gibt uns noch bis zum Wochenende Zeit, was Brauchbares abzuliefern, danach wird die Akte geschlossen.«

Joshua biss sich auf die Lippen. Einen Tag und der Rest von heute, nicht gerade viel. Allerdings gab es noch einen Joker. Viola Lubjuhn, Staatsanwältin in Krefeld. Wenn ihr Fall wirklich ähnlich gelagert war, hätte sie die Möglichkeit, ein Ermittlungsverfahren einzuleiten.

Karins Gesichtsausdruck passte nicht zur Wintersonne, die kräftig genug war, Schneereste des Vormittages zu schmelzen. Als Joshua ihr Büro betrat, sah er seine Kollegin fragend an.

»Wenn das alles ist, Frau Seitz, sehe ich keine Veranlassung, Ressourcen für diesen Fall bereitzustellen«, imitierte sie die Stimme des Staatsanwaltes. Joshua verdrehte die Augen, während er sich hinter seinem Schreibtisch verschanzte. Als Grund für die mangelnde Motivation des Staatsanwaltes vermutete er den aktuellen Fall. Seit über einem Jahr wurden in unregelmäßigen Abständen Geldautomaten bei Banken und Sparkassen auf spektakuläre Weise geplündert. Die Täter, mittlerweile wusste man von mindestens zwei tatbeteiligten Personen, sprengten die Automaten kurzerhand in die Luft. Letzten Montag wurde bei einem solchen Überfall ein Kunde der Bank schwer verletzt. Der Druck der Medien auf die Staatsanwaltschaft erhöhte sich von Tag zu Tag.

Joshua berichtete ihr von seinem Gespräch mit Elmar Seifert, ohne allerdings seine eigene Bewertung dazu abzugeben. Karin nickte zwischendurch.

»Man hat uns die Ermittlungsakte gebracht, während du in der Festung warst. Die Krefelder haben ebenfalls eine Kopie bekommen. Vielleicht hängen die Fälle ja tatsächlich zusammen.«

Joshua hob hilflos die Schultern, als Elmar Seifert anrief.

»Wir haben beim Einwohnermeldeamt nachgeforscht. Der Vater des Jungen heißt Thomas Stachinsky, geboren am 20. August 1959, Wohnort unbekannt. Die Briefe von ihm, die wir in dem Zimmer des Opfers gefunden haben, wurden alle in Buenos Aires abgestempelt, der letzte vor drei Wochen.«

»Dann sollten wir diesen Thomas Stachinsky so schnell wie möglich kontaktieren.«

»Das liebe ich so am LKA. Dort arbeiten wirklich die intelligentesten Köpfe der Polizei.« Seifert machte eine kurze Pause, »vor fünf Minuten kam die Antwort von den Kollegen aus Buenos Aires. Einen Thomas Stachinsky gibt es dort nicht.«

8

Kalle schluckte nervös. Er fühlte sich selten so mies wie in diesem Augenblick. Das große Wohnzimmer der Familie Schönfeld im Krefelder Ortsteil Linn wirkte kalt und gespenstisch ruhig. Einzig das gelegentliche Schluchzen der Gastgeberin durchbrach die Stille. Die Polizisten hatten sein Bild in der Vermisstenkartei entdeckt. Zwei Tage vor Patricks Tod war die Anzeige der Eltern von den Kollegen aufgenommen worden.

»Woran ist unser Sohn gestorben?«

Die Augen von Peter Schönfeld waren feucht, seine Lippen bebten. Das war die Frage, die Kalle gefürchtet hatte, seitdem sie vor wenigen Minuten losgefahren waren. Er brachte es nicht fertig, den verzweifelten Eltern das Obduktionsergebnis mitzuteilen. Bedrückt senkte er den Kopf und hoffte inständig, es möge bald vorbei sein.

»Bitte verstehen Sie mich jetzt nicht falsch«, eilte Friedhelm Bungert ihm zu Hilfe, »hat Ihr Sohn Drogen konsumiert?«

Peter Schönfelds gequälter Gesichtsausdruck schlug in Entsetzen um. Frau Schönfeld verschluckte sich und hustete heftig. Kalle fasste seinen gesamten Mut zusammen und nutzte die kurze Pause.

»Wir haben leider Grund zu der Annahme, dass Ihr Sohn an einer Überdosis Rauschgift gestorben ist.«

Bungert warf ihm einen staunenden Blick zu und atmete tief durch.

»Nein!« Ihre Stimme hatte eine durchdringende Schärfe. Mit eisigen Augen sah sie die Ermittler an.

»Das ist unmöglich«, setzte sie bestimmt hinzu. Die Polizisten tauschten einen kurzen Blick.

»Leider deutet alles darauf hin«, antwortete Kalle mit leiser Stimme. Peter Schönfeld nahm die Hand seiner Frau und hielt sie fest. Fast unmerklich bewegte er den Kopf hin und her.

»Hören Sie«, sagte er kurz darauf gefasst, »es muss sich um einen Irrtum handeln. Unser Sohn trinkt, ich meine«, er schluckte, »trank keinen Alkohol, rauchte nicht und trieb Sport. Er ernährte sich als Medizinstudent gesundheitsbewusst.«

»Ich musste seinetwegen unsere Küche auf vollwertige Ernährung umstellen«, unterbrach ihn seine Frau unter Tränen.

»Hatte er denn irgendwelche Feinde?«

In diesem Augenblick kam es Kalle zum ersten Mal so vor, als steckten sie in einer Mordermittlung.

»Feinde? Patrick und Feinde? Nein, er war überall sehr beliebt, hatte viele Freunde.«

Kalle erinnerte sich an die Worte seines Kollegen am Tatort, an Max Dreschers Meinung und den Bericht von Eugen Strietzel. Sie standen vor einer Wand aus Widersprüchen. Lediglich der Obduktionsbericht deutete noch auf den Drogentod eines Junkies. Aber da gab es noch etwas. Ein weiteres loses Puzzleteilchen zu diesem Fall.

»Im Körper Ihres Sohnes befand sich eine große Menge an Hepatitis-B-Erregern. Haben Sie dafür eine Erklärung?«

Kalle versuchte, sich in die Lage der Eltern zu versetzen. In ihren Gesichtern stand eine Mischung aus Trauer, Ungläubigkeit und Entsetzen. Noch vor wenigen Minuten hatten sie ihnen hoffnungsfroh die Tür geöffnet. Der Optimismus, der dieses Haus mit jeder Minute des bangen Wartens ein kleines Stückchen verlassen hatte, schien durch den Besuch der Beamten in Form von grenzenloser Zuversicht zurückgekehrt. Nun war es seine Aufgabe, die Eltern des toten Patrick mit der unbarmherzigen Realität zu konfrontieren.

Frau Schönfeld zögerte. Verängstigt suchte sie den Blickkontakt zu ihrem Mann. Peter Schönfeld schloss die Augen und senkte traurig sein Haupt, bevor er schließlich antwortete.

»Wie viele Hiobsbotschaften haben Sie denn noch für uns. Patrick war kerngesund. Sagen Sie mal, wie kommen Sie überhaupt auf diese abstrusen Verdächtigungen?«

»Das hat die Obduktion ergeben ...«, Bungert konnte seinen Satz nicht mehr beenden. Peter Schönfeld sprang mit einem Ruck auf und schrie die Ermittler an.

»Sie haben unseren Sohn obduzieren lassen? Ohne unser Einverständnis? Und dann kommen Sie erst jetzt zu uns?«

»So beruhigen Sie sich doch, Herr Schönfeld«, Bungert deutete ihm mit einer beschwichtigenden Armbewegung an, sich wieder hinzusetzen, »man hat Ihren Sohn auf einem Hinterhof gefunden. Neben ihm lag eine Spritze, in seinem Arm befanden sich Einstichpunkte. In diesem Fall ist eine Obduktion Vorschrift. Wir konnten Sie nicht früher verständigen, weil Ihr Sohn keinerlei Ausweispapiere bei sich trug.«

Peter Schönfeld setzte sich stumm auf seinen Stuhl zurück. Frau Schönfeld legte ihre Hand auf die ihres Mannes. Es vergingen zwei Minuten des Schweigens, ehe Peter Schönfeld mit verhaltener Stimme das Wort ergriff.

»Es mag für Sie unglaublich klingen, aber ich versichere Ihnen, dass unser Sohn weder krank noch drogenabhängig war. Wir hatten ein ausgezeichnetes Verhältnis. Patrick war nicht nur mein Sohn, er war auch ...«, seine Stimme wurde brüchig, »mein Freund.«

»Vielleicht ist er irgendwo reingeraten. Hat er sich in der letzten Zeit verändert?«

»Er hatte einen Nebenjob in Aussicht. Wir hätten ihm das Studium weiter finanzieren können, aber er wollte es nicht.«

»Hat er gesagt, was für ein Job das war?«

Peter Schönfeld zögerte einen Augenblick. Die Antwort schien ihm schwerzufallen.

»Es war das erste Mal, dass er ein Geheimnis vor mir hatte. Er meinte, es sei das Beste, was ihm passieren konnte. Er würde Geld verdienen und gleichzeitig etwas lernen. Ich habe natürlich nachgehakt, aber er blockte ab. Er wollte es mir erst verraten, wenn er den Job sicher hätte.«

Bungert und Kalle verabschiedeten sich.

»Glaubst du immer noch an den goldenen Schuss eines Junkies?«

»Dieser Versicherungsheini hat doch beobachtet, wie Patrick Schönfeld den Schuss vorbereitete.«

Bungert presste die Lippen aufeinander.

»Nach dem äußeren Zustand zu urteilen, hat das Opfer schon geraume Zeit an der Nadel gehangen. Denkst du wirklich, das wäre seinem Umfeld verborgen geblieben?«

Kalle kratzte nachdenklich in seinen Haaren. Er dachte an das Gespräch mit Daniel vor einer Stunde. Zwei nahezu identische und ebenso mysteriöse Obduktionsergebnisse innerhalb von 24 Stunden. Das konnte kein Zufall sein, war Kalle überzeugt. Er nahm sich vor, direkt zur Staatsanwaltschaft zu gehen. Bei dem Gedanken wurde er nervös. Was hatte er der Staatsanwältin Viola Lubjuhn zu bieten außer Vermutungen und den Aussagen verzweifelter Eltern?

9

Mächtige Wolkenberge legten einen Grauschleier über die Stadt. Die angrenzenden Felder waren mit einer faustdicken Schneedecke bedeckt. Der einsetzende Berufsverkehr auf der Himmelgeister Straße gab dem Schnee keine Chance.

Joshua musste einen der äußeren Parkplätze der Heinrich-Heine-Universität ansteuern. Als er aus dem Auto stieg, zog er den Reißverschluss seiner alten Lederjacke bis zum Kragen hoch. Um Eugen Strietzel noch zu erreichen, verschob er zunächst den Besuch bei Jack. Joshua fiel im Gespräch mit Judith Vanderheyden die besondere Bedeutung auf, die sie den Hepatitiserregern beimaß. Er hatte nicht die geringste Ahnung, was das bedeutete und das machte ihn unsicher.

Strietzel saß an seinem Schreibtisch und bearbeitete einige Dokumente. Als er Joshua begrüßte, verzog er die Lippen zu einem zaghaften Lächeln. Es schien ihm zu gefallen, den Ermittler neugierig gemacht zu haben. Joshua zog den Reißverschluss zur Hälfte herunter und setzte sich dem Rechtsmediziner gegenüber.

»Und? Gibt es etwas Neues zu unseren Drogentoten?«

Eugen Strietzel klappte einen Schnellhefter zu und lehnte sich entspannt zurück.

»Nein. Von unserer Seite aus dürften auch keine weiteren Erkenntnisse zu erwarten sein. Für uns ist die Arbeit vom Tisch.«

Joshua seufzte deutlich vernehmbar. Anschließend kam leichter Ärger in ihm hoch. Sie legten ihnen einen Obduktionsbericht vor, der ebenso viele Fragen wie Antworten enthielt, und zogen sich anschließend dezent zurück. Die Kriminalbeamten konnten es sich ebenfalls leicht machen. Die Todesursache stand fest, Anzeichen von Fremdverschulden gab es keine. Was ihn von dem Mediziner unterschied, war sein Ehrgeiz. Wahrscheinlichkeiten gab es für Joshua nicht. Solange der Fall nicht absolut eindeutig war, würde er ihn nicht abschließen. Ein wenig von diesem Ehrgeiz, vermutete Joshua, sollte ein Gerichtsmediziner doch auch besitzen. Er beschloss, danach zu suchen.

»Findest du es nicht ungewöhnlich, dass beide Opfer voller Hepatitis-B-Erreger sind und es in beiden Fällen nicht zur Infektion der Leber kam. Deine Kollegin hatte zumindest keine Erklärung dafür.«

Bei der Einstandsparty vor einem Jahr, zu der Joshua und Daniel die Kollegen des LKA eingeladen hatten, hatte der Hobbykoch Strietzel darauf bestanden, für das leibliche Wohl zu sorgen. Seitdem duzten sie sich. Strietzel zog die Augenbrauen hoch und nickte.

»Allerdings. Ich freue mich, dass du das genauso siehst.«

Joshua sah ihn ungläubig an.

»Wir können euch ja nicht vorschreiben, Ermittlungen aufzunehmen. Als Mediziner habe ich mich an die Fakten zu halten, ohne Interpretationsmöglichkeit.«

Er stützte seine Ellenbogen auf die Tischplatte und drückte mit seiner Mimik Hilflosigkeit aus.

»Ich habe von beiden Opfern Blutproben sowie Gewebeproben einiger Organe zur Virologie gegeben. Glaube mir, Joshua, ich bin auf das Ergebnis mindestens genauso gespannt wie du.«

Joshua atmete erleichtert durch.

»Und wann ist damit zu rechnen?«

»In ein bis zwei Wochen, wenn wir Glück haben.«

»Was?«

Strietzel schürzte die Lippen. Sein Unmut war deutlich erkennbar.

»Es ist nicht so leicht, wie ihr euch das vielleicht vorstellt. Die Kollegen haben nicht die geringste Ahnung, wonach sie suchen sollen. Einzig die Hepatitis-B-Viren können sie sofort untersuchen. Aber auch das dauert, da es sich um eine gentechnische Untersuchung handelt. Ich werde euch das Ergebnis mitteilen, sobald es mir vorliegt.«

Joshua verließ den Arzt mit gemischten Gefühlen. Er musste sich eingestehen, den Mediziner unterschätzt zu haben. Aber bis zu zwei Wochen konnten sie die Staatsanwaltschaft nicht hinhalten. Er musste schnellstmöglich Ergebnisse bekommen.

Während seines Marsches über das Gelände der Universität ärgerte er sich darüber, so schlecht vorbereitet zu sein. Mittlerweile hatte es aufgehört zu schneien und ein stärker werdender Wind blies durch die Häuserschluchten des Universitätsareals. Fast eine Viertelstunde hatte er sich durchgefragt, bis er schließlich in dem Gebäude angekommen war, in dem sein Freund und Kollege untergebracht war. Als er an der Anmeldung nach der Zimmernummer fragte, traf ihn die Realität wie ein Keulenschlag.

Jack wurde heute Morgen in die Intensivstation der Tropenmedizinischen Ambulanz verlegt. Er dürfe auf gar keinen Fall Besuch empfangen. Über seinen Zustand konnte die freundliche ältere Dame keine Angaben machen.

Joshua rannte den beschriebenen Weg entlang. Die Klinik konnte er schon von Weitem sehen, es war das größte Gebäude auf dem riesigen Universitätsgelände. Er folgte hastig den Hinweisschildern und gelangte auf einen langen, tristen Flur. Am hinteren Ende befanden sich zwei Glastüren mit Verbotsschildern. Wenige Meter davor standen einige Stühle. Er erkannte Corinna, Jacks Frau. Ungefragt setzte er sich neben sie. Mit tränennassen Augen sah sie ihn an. Joshua legte stumm einen Arm um ihre Schultern. Er wollte gerade zu einer Frage ansetzen, als eine der Glastüren aufging und ein drahtiger älterer Mann in weißem Kittel den Flur betrat und vor ihnen stehen blieb. Corinna schoss sofort hoch und starrte ihn fordernd an. Joshua blickte auf ein Namensschild an seiner Brust und stellte fest, dass es sich um einen gewissen Doktor Rosenbaum handelte. Dieser ließ die Mundwinkel fallen und machte einen ratlosen Eindruck.

»Wir haben bei Ihrem Mann den Dengue-Virus gefunden.«

Seine Stimme klang leise, Joshua glaubte, Besorgnis herausgehört zu haben.

»Was ist das?«

»Der Dengue-Erreger wird durch Moskitos übertragen. Er gehört zur Gruppe der Flaviviren, zu der auch die Erreger von Hepatitis-C oder Zeckenenzephalitis zählen. Normalerweise dauert die Erkrankung zwei bis vier Wochen.«

Doktor Rosenbaum schluckte und senkte für eine Sekunde seinen Blick. Mit den Fußspitzen tippte er nervös auf den Flurboden. Corinna wurde immer unruhiger, ihre Lippen zitterten. Die schlanke, blonde Frau war nur noch ein Nervenbündel. Joshua hatte am Vorabend mit ihr telefoniert. Jack hatte seit zwei Tagen fast 41 Grad Fieber, die Ärzte konnten es nicht senken.

»Das gilt aber leider nur für die erste Infektion«, fuhr Doktor Rosenbaum eine Spur zu eilig fort, »bei Ihrem Mann ist es mindestens die zweite. Er leidet unter einem Dengue-Schock-Syndrom.«

»Was bedeutet das?«, Corinna schrie ihn an. Ihre Stimme wurde von Angst und Verzweiflung getragen.

»Die Blutgerinnung ist gestört, der Kreislauf ebenfalls. Wir versuchen alles, ihn stabil zu halten.«

»Wird er wieder gesund?«

»Bitte, Frau Holsten, wir geben unser Bestes.«

Der Satz schwebte wie eine Schlinge im Raum und schien sich langsam und erbarmungslos um Corinnas Hals zu legen. Der letzte Rest Farbe entwich ihrem schmalen Gesicht. Ihre Augen flackerten, die Lippen vibrierten. Rosenbaum sah auf die Uhr und zog sie an der Schulter herum. Immer wieder blickte er den langen Flur hinab.

»Sie können ihm jetzt nicht helfen. Entschuldigung, ich muss weiter.«

Joshua, der während des Gesprächs wortlos neben ihnen stand, nahm ihre linke Hand.

»Soll ich dich nach Hause bringen?«

»Nein … es geht schon. Es ist nur …«

Vereinzelte Tränen rollten über ihr Gesicht, als Joshua sie zum Parkplatz begleitete.

10

Es war kurz nach achtzehn Uhr. Joshua fuhr direkt nach Hause. Als er die Wohnungstür aufschloss, schlug ihm Kindergebrüll entgegen. Er hatte nicht mehr daran gedacht, dass Kalle mit Petra und den Kindern kommen wollte. Die Kleinen gaben keine Ruhe, sie waren ganz verrückt darauf, Jagger zu sehen. Der Boxerrüde mit den zerfurchten Gesichtszügen entwickelte sich immer mehr zum Liebling, vor allem der Nachbarskinder. Ihr Sohn David hatte die clevere Idee, einen »rent-a-dog-service« ins Leben zu rufen. Für 50 Cent durften seine Freunde eine Viertelstunde mit Jagger spazieren gehen. Natürlich nur in seiner Begleitung, was Janine und Joshua zur Bedingung machten. Joshua hatte den Hund von einem Kollegen bekommen. Nach der Scheidung fühlte sich niemand für das Tier zuständig. Er freundete sich schnell mit dem Gedanken an, bei seinen täglichen Joggingrunden nicht mehr alleine zu sein. Bei den Kindern rannte er mit dieser Idee offene Türen ein, nur Janine war nicht leicht zu überzeugen gewesen. Aus taktischen Gründen berichtete er ihr daher im Beisein von Britt und David von Jagger und hielt sich aus der Entscheidungsfindung heraus. Bereits nach zwei Tagen gab Janine dem Drängen der Kinder entnervt nach.

Joshua gab seiner Frau einen flüchtigen Kuss im Türrahmen, bevor er seine Gäste begrüßte. Auf dem Wohnzimmertisch befand sich ein großer Teller mit belegten

Brötchen. Petra trank Mineralwasser, vor Kalle stand ein großes Pils. Joshua dachte nicht an Jagger, als er sich bückte, um ein Brötchen zu nehmen. Jagger hatte allerdings schon längst die Witterung aufgenommen. Er stürmte ins Wohnzimmer und sprang Joshua mit einem mächtigen Satz von hinten an. Im letzten Moment konnte sich Joshua an der Lehne des Stuhles festhalten. Schmunzelnd drehte er sich zu Jagger herum, der ihn erwartungsfroh anstarrte.

»Wir gehen heute später raus, du hast doch Besuch.«

Winselnd und mit tieftraurigem Gesichtsausdruck legte der Boxer sich vor den Sessel. Dann fiel sein Blick auf ein Trostpflaster. Mit einer Pfote stieß er die leere Bierflasche um und steckte gierig die Zunge hinein.

»Jagger ist Alkoholiker«, Joshua zuckte mit den Schultern und unterdrückte ein Lachen.

»Und? Wie kommt ihr voran?«

Er schlug Kalle dabei auf den rechten Schenkel, während er sich neben ihn setzte. Kalles Lachen entwich so schnell aus seinem Gesicht wie kurz zuvor Jaggers Hoffnung auf einen Abendspaziergang. Die Frauen sahen sich an und verdrehten ihre Augen. Irgendwann bei ihren privaten Treffen wurde es immer dienstlich, aber selten so früh.

»Wir kommen gar nicht mehr voran.«

»Woran liegts?«

Kalle nahm einen großen Schluck, als wolle er seinen Frust ertränken. Joshua beschlich eine Ahnung.

»Die Frau Staatsanwältin hat den Obduktionsbericht gelesen und die Sache an das Gesundheitsamt weitergereicht. Viren sind keine Grundlage für eine Mordermittlung, meinte Frau Lubjuhn.«

»Aber …«

»Vergiss es, wir sind draußen. Entscheidend war das

Ergebnis der KT. Es befanden sich lediglich die Fingerabdrücke des Opfers am Besteck. Weißt du was? Irgendwie kann ich sie verstehen, es gibt ja wirklich keinen Hinweis auf Fremdverschulden. Außer unsere Zweifel«, setzte er noch mit hochgezogenen Brauen hinzu.

Joshua schüttete sich ein Bier ein. Er konnte nicht begreifen, warum ihnen so wenig Vertrauen entgegen gebracht wurde. Sie sprachen noch eine halbe Stunde über ihre Fälle. Joshua erzählte Kalle von Stachinskys Vater und der Umfeldermittlung seiner Kollegen, Kalle berichtete ihm seinerseits von dem Besuch bei den Eltern des Opfers. Sie waren sich einig, die Sache stank gewaltig. Aber ihnen waren nun die Hände gebunden und der Staatsanwaltschaft nach Aktenlage ebenfalls.

11

Joshua fuhr eine Stunde früher als gewöhnlich los. Daniel, mit dem er eine Fahrgemeinschaft bildete, wollte daher mit dem eigenen Auto fahren. Joshua hatte sich vorgenommen, heute Vormittag dem Staatsanwalt einen Besuch abzustatten. Er wollte Überzeugungsarbeit leisten, bevor es ihnen so erging wie den Krefelder Kollegen. Vorher fuhr er nach Bilk zur WG Café, dem Wohnsitz des Düsseldorfer Opfers. Unterwegs trank er eine Flasche Mineralwasser, die er sich an einer Tankstelle gekauft hatte. Er machte sich wenig Hoffnung, wollte aber nichts unversucht lassen.

Eine junge Frau mit kurzen, dunkelblauen Haaren, die sich als Alexa vorstellte, empfing ihn und führte ihn in die Gemeinschaftsküche. Offensichtlich hatte er genau die richtige Zeit erwischt. An einer langen Reihe aus zusammengeschobenen Tischen saß ein Dutzend Bewohner der Wohngemeinschaft beim Frühstück. Aus den Lautsprecherboxen dröhnte Hip-Hop. Joshua begriff nicht, wie diese Menschen bei dem Trubel frühstücken konnten. Als Alexa ihn lautstark vorstellte, ging ein Murren durch die Reihen.

»Möchten Sie sein Zimmer sehen?«

Joshua nickte stumm. Sie begleitete ihn einen kurzen Flur entlang.

»Mögen Ihre Mitbewohner keine Polizisten?«

Joshua lächelte die junge Frau in dem sportlichen Sweatshirt freundlich an.

»Och, ist vielleicht nur, weil es so oft vorkommt.« Als sie den fragenden Gesichtsausdruck Joshuas bemerkte, fuhr sie fort, »na ja, gestern Vormittag, gestern Abend und heute in aller Frühe. Aber mir macht das nichts. Wir haben ja nichts zu verbergen.«

Joshua rieb sich nachdenklich das Kinn, als sie das Zimmer betraten. Elmar Seifert war sich offensichtlich auch nicht sicher, was die Entscheidung des Staatsanwaltes betraf. Joshua sah sich in dem Zimmer um. Es sah fast aus wie nach einem Einbruch. Schubladen waren herausgenommen und lagen auf dem Fußboden. Die Matratze lag nur halb auf dem Bett, Regale waren abgeräumt. Allerdings gab es keine Zeichen von Vandalismus. Auf den ersten Blick gewann Joshua den Eindruck, dass Seifert sich sehr viel Zeit genommen hatte.

»Ihr Kollege hätte wenigstens noch aufräumen können. Markus war immer so penibel ordentlich«, sie senkte verschämt ihren Blick.

»Wann war mein Kollege eigentlich hier?«

»Gekommen ist er gegen neun, also 21 Uhr. Wann er gegangen ist, weiß ich nicht. Er hat gesagt, er findet alleine raus. Ich«, sie zögerte einen Augenblick, »müsste jetzt eigentlich zur Uni.«

»Ja. Hatte Markus Stachinsky irgendwelche Freunde oder Verwandte, die ihn besuchten?«

Ihre Augen richteten sich zur Decke, während sie überlegte. An ihrer linken Schulter kräuselte sich eine tätowierte Schlange aus dem Sweatshirt, deren Kopf wenige Zentimeter unterhalb des Unterkiefers endete.

»Nein … Nein, niemand. Er hat auch mal gesagt, wir seien seine Familie und Freunde zugleich. Aber der einzige Mensch, zu dem er etwas engeren Kontakt hatte, war Rebecca.«

»War diese Rebecca seine Freundin?«

Sie presste die Lippen aufeinander und wog den Kopf hin und her. Auf ihrer Stirn bildeten sich Falten.

»Freundin schon, ich glaub aber, mehr war nicht zwischen den beiden.«

Rebecca war nicht zu Hause. Sie trug Zeitungen aus, bevor sie zur Universität ging. Er ließ sich ihre Handynummer geben.

Joshua schloss die Tür hinter der Studentin und begann, sich in dem kleinen Zimmer umzusehen. Überall lagen medizinische Fachbücher, Aktenordner und Fachzeitschriften verteilt. Er öffnete den Kleiderschrank. Hemden und T-Shirts lagen sorgfältig gebügelt aufeinandergestapelt. Sie waren lediglich ein wenig verschoben. Auf Kleiderbügeln hingen einige Markenjeans neben einem anthrazitfarbenen Anzug. Auf dem Schrankboden standen zwei Paar Laufschuhe und ein Paar aus schwarz glänzendem Leder. Joshua setzte sich in einen hellen Korbsessel und sah sich um. An einer Stelle an der Wand neben ihm fiel ihm ein heller, quadratischer Fleck auf. An der gegenüberliegenden Seite des Zimmers befand sich ein Schreibtisch. Türen und eine Schublade standen offen. Der Inhalt lag auf dem Fußboden verteilt. Joshua ging hinüber und durchsuchte die Sachen. Mehrere angefangene Arbeiten sowie weitere Fachbücher und Hefte. Er schaltete den Computer ein. Mit leisem Surren fuhr das System hoch. Während der Bildschirm sich füllte, zog Joshua einen umgefallenen Stuhl heran. Die Maus baumelte von der Tischplatte herab, funktionierte aber einwandfrei. Die Festplatte war in drei Partitionen unterteilt. Zu seiner Verwunderung waren zwei davon komplett leer, auf der dritten befand sich lediglich das Betriebssystem. Joshua öffnete den Papierkorb, blickte auf ein strahlend weißes Fenster. Frustriert und nachdenklich fuhr er den Rechner wieder herunter. Er war völlig ratlos. In dem Zimmer gab es keinerlei persönliche Dinge. Elmar Seifert fiel ihm ein. Sollte der … Joshua verwarf den Gedanken. Er konnte sich bis vor kurzem nicht einmal vorstellen, dass der Kollege diesen Raum derart durchwühlen würde, um Beweismaterial zu sichten.

Joshua stand auf, ging in die Mitte des Zimmers und drehte sich langsam um. Es fiel ihm nicht sonderlich schwer, sich vorzustellen, wie der Raum bis gestern noch ausgesehen haben musste. Nirgendwo war Staub zu finden, der Teppich war wie neu und die Kleidung des Opfers war so gepflegt, als ob sie von Daniel stammte. Joshua drückte seinen Rücken durch und atmete kräftig ein und aus. Dieser Markus Stachinsky, war er sich hundertprozentig sicher, hatte nicht an der Nadel gehangen. Er hatte Räume gesehen, in denen Fixer lebten, mehr als er damals ertragen konnte. Dieses Zimmer hier käme den Junkies, die er kennengelernt hatte, wie ein Fünf-Sterne-Hotel vor. Nachdenklich ging er in dem kleinen Raum auf und ab. Die Wohnung eines Menschen sagte viel über dessen Persönlichkeit aus. Für Joshua erschien sie wie eine offene Akte. Er nahm ein Bild von der Wand. Es zeigte eine junge Frau in einem Sommerkleid. Die Aufnahme hatte einen leichten Rotstich. Joshua drehte sie herum und führte die Oberkante des Rahmens dicht vor seine Augen. Statt der erwarteten Staubschicht sah er kleine Wasserflecken. Er erinnerte sich an den ersten Besuch Janines in seiner Junggesellenwohnung in Düsseldorf-Bilk. Voller Stolz fragte er sie, ob sie so eine saubere Wohnung erwartet hätte. Janine hatte sich auf Zehenspitzen gestellt, mit ihrem Zeigefinger über den Türrahmen gestrichen, ihm den Staub ins Gesicht geblasen und gefragt: Siehst du mich noch?

Joshua setzte sich aufs Bett und blätterte in Heften, die auf einem kleinen Schränkchen lagen. Auf dem Rücken eines dicken Ordners stand: ›Vorlesungsprotokolle‹. Er blätterte ihn durch. Alles war fein säuberlich in tabellarischer Form ausgedruckt. Oben rechts befand sich das Datum der jeweiligen Vorlesung. Joshua blätterte zum Ende. Das letzte Protokoll war gerade eine Woche alt. Neben seinen Füßen lag ein DIN-A5-Heft ohne Beschriftung. Joshua schlug es auf und wunderte sich. Es war ein Haushaltsbuch. Wieso hatte Seifert es liegen gelassen? Es könnte für ihre Ermittlungsarbeit eine enorme Aussagekraft haben. In zwei vertikalen Spalten auf jeder Seite waren Einnahmen und Ausgaben gegenübergestellt. Auf der Einnahmenseite befand sich fast immer ausschließlich die Zahl 800. Für Zimmer und Verpflegung wurde meist ein Betrag um die 500 Euro angesetzt. Dazu war unter Fixkosten eine monatliche Sparrate von 50 Euro angesetzt sowie derselbe Betrag noch einmal unter dem Titel Rücklagen. Joshua schlug das Heft zu und steckte es ein. Seine Meinung stand fest. Markus Stachinsky war nicht drogenabhängig. Dafür verlief sein Leben zu glatt.

Was wurde hier gespielt?

Joshua hinterließ eine kurze Nachricht in seiner Dienststelle und fuhr direkt zur Festung. Als er das Büro betrat, war Seifert gerade damit beschäftigt, den Bericht vom Vortag zu verfassen. Mit einem aufgesetzt wirkenden Lächeln begrüßte er Joshua. In dem kleinen Büro roch es muffig wie in dem gesamten Altbau am Fürstenwall. Eine einsame Topfpflanze auf der Fensterbank trug nur wenige verstaubte Blätter an ihren dürren Ästen. Joshua warf einen Blick auf den halb fertigen Bericht, bevor er sich setzte.

»Würde mich auch interessieren. Ich meine, was du gestern Abend noch herausbekommen hast. Hast den Raum ja ganz schön auf den Kopf gestellt. Hat sich die Mühe gelohnt?«

Seifert legte die Stirn in Falten und sah Joshua irritiert an.

»Kannst du mir mal verraten, wovon du sprichst? Nur damit ich mitreden kann.«

»Ich rede von deinem Besuch in der WG an der Aderstraße, wovon denn sonst?«

»Das war gestern Morgen, und was ich dort rausgefunden habe, weißt du doch schon. Was ist los mit dir? Bist du ein wenig gestresst?«

Joshua verschlug es die Sprache. Er hatte seine leise aufkommenden Zweifel voreilig unterdrückt. Seifert würde nicht so vorgehen, er hätte diesen Gedanken nicht sofort verwerfen dürfen. Was noch blieb, war eine Hoffnung, die so klein war wie die Chance auf den baldigen Frühlingsbeginn.

»Gestern Abend nach 21 Uhr hat jemand, angeblich ein Kollege, das Zimmer von Markus Stachinsky auf den Kopf gestellt. War das jemand von euren Leuten?«

Seiferts bis dahin eher gelangweilter Blick änderte sich schlagartig. Aus seinen dunkelbraunen Augen sprühte Interesse.

Ohne sich abzuwenden, griff er zum Telefon und drückte blind eine Taste. Nach einem kurzen Gespräch wandte er sich wieder Joshua zu.

»Von unseren Leuten war niemand dort!«

Joshua fluchte. Das hätte ihm sofort klar sein müssen, auch ohne Seifert besonders gut zu kennen.

»Glaubst du, sein Dealer war dort? Irgendwelche Hinweise auf seine Person vernichten?«

»Kassenbons oder den Garantieschein vom letzten Stoff?«

»Nein, das meine ich nicht«, Joshua war verärgert, »du hast selbst gesagt, dieser Junge war kein typischer Junkie. Er hat Medizin studiert, vielleicht hatte er die Drogen von einem Arzt oder Apotheker?«

»Noch einmal: Für mich war der Junge kein Junkie!«

Joshua verwarf diesen Gedanken. Dass ein Mediziner der Uniklinik mit Drogen handeln würde, schien ihm absurd. Aber Fakt war, dass sein Zimmer durchsucht worden war.

Joshua setzte sich langsam auf die Kante von Seiferts Schreibtisch. Was befand sich in Stachinskys Zimmer, das seine Kollegen übersehen hatten? Ihm fiel auf, dass er viel zu wenig über die Tat wusste.

»Gibt es eigentlich keine Zeugen? Ich meine, der sitzt doch nicht seelenruhig auf einer Parkbank und gibt sich einen Schuss. Das hätte doch jemand mitbekommen müssen.«

Seifert sah ihn gelangweilt an.

»Offensichtlich schon. Ein Immobilienmakler hat ihn entdeckt, wollte frische Luft schnappen. Der Name, Moment«, Seifert zog einen Stapel Zettel heran, »Marcel Tonello. Das war vielleicht eine Type. Sah aus wie der Pate persönlich, nur schlanker. Dunkler Nadelstreifenanzug, drei Pfund Gel in den Haaren und mitten im Winter 'ne Sonnenbrille auf. Von dem würde ich kein Haus kaufen.«

»Ja, und?«

»Nix und. Der lag friedlich neben der Bank, die Spritze noch im Arm. Mehr konnte Don Corleone nicht sagen.«

Joshua konnte es nicht glauben. Fixer setzten sich die Spritze nicht in der Öffentlichkeit. Sie gingen dafür in Bahnhofstoiletten, U-Bahnschächte oder sonstige abgeschiedene Örtlichkeiten. Am helllichten Tag mitten in einem Park, das war mehr als ungewöhnlich.

»Wo du gerade hier bist. Wir haben die Briefe durch, die Stachinsky von seinem Vater bekommen hatte. Der letzte enthält einen vielsagenden Satz am Schluss.«

Seifert hielt ihm einen Briefbogen hin. Die Schrift war gleichmäßig, leicht kursiv nach links ausgerichtet. Der Inhalt war lapidar. Thomas Stachinsky berichtete seinem Sohn, das Auto verkauft zu haben, von einer netten Kellnerin, die er am Wochenende kennengelernt hatte und einem angekündigten Unwetter. Unterhalb der Grußformel befand sich noch ein Postskriptum.

Bist du endlich zur Polizei gegangen?

12

Leonard Frantz schenkte seinem Besucher einen Kaffee ein. Es war die merkwürdigste Geschichte, die er in den knapp 30 Jahren als Sachbearbeiter des Düsseldorfer Gesundheitsamtes gehört hatte. Unter normalen Umständen hätte er seinen Besucher mit dem Versprechen, der Sache selbstverständlich nachzugehen, freundlich hinauskomplimentiert. Aber die Umstände waren nicht normal und sein Besucher kein hergelaufener Spinner, der überreagierte, sondern ein angesehener Mediziner, der seiner Meldepflicht nachging.

Doktor Justus Abel betrieb eine alteingesessene und gut gehende Praxis in Kaiserswerth. Im Laufe der Jahre hatte der Facharzt für innere Medizin es geschafft, sich einen ausgezeichneten Ruf zu erwerben. So verwunderte es wenig, dass der überwiegende Anteil seiner Patienten privat versichert war. Verwundert war Leonard Frantz zunächst nur über die finanziellen Möglichkeiten eines Studenten. Als er allerdings hörte, dass es sich bei dem Studenten um den Sohn des vor zwei Jahren verstorbenen Architekten Lothar Lambert handelte, wich der kümmerliche Rest seiner Skepsis einem gesteigerten Interesse.

»Kann es nicht irgendeine natürliche Erklärung dafür geben?«

Frantz spürte, wie sehr diese Frage seine Unsicherheit verriet. Die Überzeugung, mit der der Mediziner sein Anliegen vortrug, war erdrückend. Es blieb kein Raum für Spekulationen.

»Ausgeschlossen. Die Menge der Hepatitis-B-Viren in seinem Blut müsste zwingend eine Leberinfektion auslösen. Ob der Patient diese wahrnimmt, steht auf einem anderen Blatt. Oftmals wird eine solche Erkrankung von Kollegen als grippal eingestuft. Zumeist ist das Immunsystem in der Lage, diese Viren in wenigen Wochen unschädlich zu machen. Allerdings«, Abel nahm einen Schluck Kaffee, bevor er weitersprach, »ließe sich das, wenn auch sehr schwierig, nachweisen.«

Justus Abel erzählte von dem kleinen Forschungslabor, das er sich eingerichtet habe. Mit dem angeschafften Equipment war er in der Lage, Untersuchungen anzustellen, welche die Mehrheit seiner Kollegen externen Laboratorien überlassen mussten.

»Ich hätte in der Leber die Reste von zerstörten Zellen finden müssen, was nicht der Fall war. Sein Immunsystem hat scheinbar keine Antikörper gebildet. Dieser Fall ist äußerst sonderbar.«

Leonard Frantz rieb sich nachdenklich die Stirn. Sie mussten Gideon Lambert zu einer Befragung vorladen. Es galt, herauszubekommen, bei welcher Gelegenheit er sich infiziert hatte. Als er Justus Abel nach der Anschrift des Studenten fragte, erlebte der Sachbearbeiter die nächste Überraschung.

»Die wird Ihnen nicht viel nutzen. Gideon Lambert ist spurlos verschwunden. Ich habe bereits mehrfach versucht, ihn zu erreichen. Heute Morgen war ich bei ihm zu Hause, aber es öffnete niemand. In der Universität war er seit letzten Montag nicht mehr. Ich würde gerne noch weitere Untersuchungen durchführen, aber …« Abel hob hilflos die Schultern.

»Was ist mit der Mutter?«, Frantz' Frage kam zögernd.

»Frau Lambert ist kurz nach dem Tod ihres Mannes

nach Frankreich gezogen. Zuerst nach Paris, aber dort wohnt sie nicht mehr. Ihren jetzigen Aufenthaltsort kenne ich nicht.«

Leonard Frantz spürte eine beklemmende Unsicherheit. Der normale Behördenweg sah vor, Gideon Lambert brieflich zu benachrichtigen. Sein Instinkt riet ihm von dieser langwierigen Vorgehensweise ab, meldete Gefahr. Für diesen Fall hatte er das Ordnungsamt einzubeziehen. Frantz verabschiedete Doktor Abel und zog seinen langen Wollmantel über.

13

Bornmeier machte einen skeptischen Eindruck. Als der Staatsanwalt vom Grund des Besuches erfuhr, wollte er Joshua sofort abweisen. Aber die Hartnäckigkeit des Polizisten imponierte ihm. Geduldig hörte er sich Trempes Argumentation an.

»Zugegeben, einige Aspekte sind in der Tat dubios. Aber, um ehrlich zu sein, reicht es mir nicht. Außerdem«, er deutete mit seinen schlanken, langen Fingern auf eine Kladde vor ihm, »spricht der Bericht der Kriminaltechnik eine deutliche Sprache. Auf der Spritze und an diesem Löffel befinden sich ausschließlich die Fingerabdrücke des Opfers. Dazu der Obduktionsbericht.«

»Wenn Sie mir nicht glauben«, unterbrach Joshua den Staatsanwalt wütend und ein wenig zu laut, »dann fragen Sie doch den Kollegen Seifert vom KK 11. Stachinsky war kein Fixer, die Sache stinkt doch zum Himmel. Dazu der fast identische Fall aus Krefeld. Halten Sie das für Zufall?«

»Warum nicht? So selten ist diese Todesursache hierzulande nicht. Aufgrund der Hepatitis-Erkrankung werden wir die Akten an die Gesundheitsbehörde weiterreichen.«

Bornmeier beugte sich vor, seine Augen fixierten Joshua.

»Wie weit sind Sie eigentlich bei der Bankraubserie?«

Joshua biss die Zähne zusammen und nickte stumm.

Anschließend stand er auf und verließ mit einem einsilbigen Gruß das Büro.

Er bemühte sich um Objektivität, versuchte die Sichtweise Bornmeiers zu verstehen. Joshua musste sich eingestehen, dass dem Gerüst seiner Zweifel ein Motiv als Fundament fehlte. Ziellos schlenderte er über kalte Gerichtsflure. Hatte sein Vater recht? War er tatsächlich manchmal zu voreilig? Suchte er in allem, was nicht sofort erklärbar war, eine Straftat? In einer Glastür betrachtete er für einige Sekunden sein Spiegelbild. Der Pullover hatte seine besten Tage lange hinter sich, die Kratzer auf seiner Lederjacke wirkten wie eine Schienenkarte der Bahn und die Rasur war vorgestern bereits überfällig. Würde Bornmeier sich von Äußerlichkeiten beeinflussen lassen? Joshua zog einen kleinen Zettel aus seiner Jeans und wählte die Handynummer. Zwanzig Minuten später suchte er erfolglos einen Parkplatz vor dem Gebäude der Universitätsverwaltung. Kurzerhand stellte er den alten Golf auf dem Gehweg ab und ging in die Richtung der Parkbank, an der er Rebecca treffen wollte. Schon aus der Ferne sah er die junge Frau mit dem hüftlangen, schwarzen Haar in ein reges Gespräch mit einem älteren Herrn verwickelt. Einige Meter entfernt blieb er stehen. Auf längere Wartezeit gefasst, zog er den Tabakbeutel aus der Innentasche seiner Jacke. Das Gespräch wurde lauter. Während Joshua die Zigarette anzündete, drangen Wortfetzen zu ihm herüber. Sie sprachen über Markus Stachinsky, Joshua wurde hellhörig. Langsam ging er auf sie zu, bewahrte aber immer noch einen höflichen Abstand. Der Mann warf ihm einen misstrauischen Blick entgegen. Seine graublauen Augen strahlten Kälte und Zorn aus. Eine dunkle Wolke schob sich vor die Sonne.

»*Was denkt die Polizei?*«, hörte er den Mann fragen. Es war wie ein Stichwort. Joshua trat zu den beiden und hielt dem Mann seinen Dienstausweis hin. Ein kurzer Ruck ging durch dessen breite Schultern. Für den Bruchteil einer Sekunde schien er die Flucht ergreifen zu wollen. Joshua wollte zu einer Frage ansetzen, als die Studentin ihm zuvorkam.

»Das ist Herr Stachinsky, der Vater von Markus.«

»Thomas Stachinsky«, stellte er sich vor und ließ seine Hände in den Manteltaschen. Seine Stimme hatte einen dunklen Klang. Missbilligend sah der Hüne auf Joshua herab.

»Seit wann sind Sie in Deutschland?«

»Das ist unwichtig. Haben Sie den Mörder meines Sohnes?«

Seine Worte hatten den Rhythmus eines Befehls. Joshua fühlte sich bedrängt. Aber es war der falsche Augenblick, seine Position herauszustellen, er benötigte Informationen. War es der Glaube an seinen Sohn, der den Vater von einer Gewalttat überzeugte?

»Wir haben einen Obduktionsbericht. Demzufolge ist Ihr Sohn an einer Überdosis Rauschgift gestorben, Herr Stachinsky.«

Die Miene Stachinskys verfinsterte sich zusehends.

»Mein Sohn nahm keine Drogen. Das Zeug muss ihm jemand verabreicht haben.«

»Woher wollen Sie das wissen. Nach unseren Informationen leben Sie in Argentinien?«

Stachinsky schüttelte vehement den Kopf und wandte sich einen kurzen Augenblick ab.

»Er hat recht«, flüsterte Rebecca, »Markus hatte mit Drogen wirklich nichts am Hut.«

Joshua wurde ungeduldig. Er griff erneut nach seinem Tabak. Das Problem war, dass sie alle drei derselben Meinung waren, diese Einigkeit ihn aber keinen Deut weiterbrachte. Er konfrontierte sie mit den Fakten, ohne große Hoffnung.

»Markus Stachinskys Körper war voll mit Heroin. Er muss die Droge über einen längeren Zeitraum zu sich genommen haben. An dem Spritzbesteck fanden unsere Leute ausschließlich seine Fingerabdrücke.«

Stachinsky warf ihm einen missbilligenden Blick zu. Seine Augen fragten Joshua, warum er so naiv sei.

»Warum wollten Sie sich dann mit mir treffen, wenn der Fall klar ist?« Rebecca entwaffnete den Hauptkommissar mit einer einzigen Frage. Einer Frage, die er sich kurz vor dem Telefonat mit der Studentin selbst gestellt hatte. Welchen Sinn sollte die Ermittlung noch haben? Er hatte früher auch erlebt, dass Eltern und Freunde aus allen Wolken fielen, wenn sie von der Drogensucht hörten. Junge Menschen wurden von ihren Eltern vermisst gemeldet und waren in dreckigen Toiletten gefunden worden. Er suchte nach einer Antwort. Für Rebecca und für sich selbst. Stachinsky drehte sich um und ging wortlos. Joshua hob reflexartig seinen Arm und ließ ihn sofort resigniert sinken. Rebecca setzte sich auf die Bank und begrub ihren Kopf in den Händen. Joshua setzte sich neben sie.

»Ich verstehe das nicht«, sie faltete die Hände vor ihrem Mund und sprach leise weiter, »es ist so, als hätte ihn jemand mitten aus dem Leben gerissen. Er war so fröhlich, so … optimistisch.«

»Wie gut kannten Sie ihn?«

»Wir waren befreundet. Abends haben wir oft zusammengesessen und über Gott und die Welt philosophiert. Er konnte so gut zuhören.«

Joshua bemerkte ihre Gänsehaut. Sie standen auf und schlenderten durch die Grünanlagen der Universität. An einer Weggabelung blieb sie unvermittelt stehen. Sie strich sich eine Strähne aus dem Gesicht und sah ihn ernst an.

»Sie halten mich für unglaublich naiv, stimmts?«

»Nein«, Joshua meinte es ernst. Er glaubte ihr. Das Gespräch mit Kalle fiel ihm ein. Ihr Fall war ähnlich zweifelhaft.

»Sagt Ihnen der Name Patrick Schönfeld etwas?«

»Ja. Er ist in unserem Semester, wohnt allerdings bei den Eltern in Krefeld. Ich habe ihn aber schon länger nicht mehr gesehen. Was ist mit ihm?«

Eine weitere Gemeinsamkeit der beiden Opfer. Joshua drückte sich um die Antwort. Sein Schweigen machte sie nervös.

»Sagen Sie jetzt nicht …«

Joshua nickte stumm. Rebecca atmete schwerfällig, ihre Augenlider zitterten hektisch. Einzelne Schneeflocken tanzten scheinbar schwerelos in der Luft. Sie warf ihren Kopf in den Nacken und verschloss die Augen. Dabei atmete sie tief ein und drückte ihr Kreuz durch. Als sie ihre Augen wieder öffnete, schoss der gestreckte Zeigefinger ihrer rechten Hand in die Höhe, sie öffnete den Mund und schloss ihn sogleich wieder. Joshua verstand das Zeichen.

»Bitte, wenn Sie irgendetwas wissen, sagen Sie es mir. Auch wenn es nur eine Ahnung ist. Alles kann wichtig sein.«

Ihr Gesichtsausdruck entspannte sich leicht. Sie presste die Lippen aufeinander und beschrieb mit ihrem Kopf langsam eine kreisende Bewegung.

»Na ja, manche meiner Kommilitonen verdienen sich als Probanden Geld dazu. Markus nahm neuerdings auch an solchen Versuchen teil, allerdings mehr aus Neugierde. Für wen wollte er nicht sagen. Es war ihm wohl peinlich. Aber dabei geht es um psychologische Versuche oder Medikamentenverträglichkeitstests. Rauschgift dürfte wohl kaum darunterfallen.«

Joshua erinnerte sich an seinen Großvater. Die Ärzte hatten ihn mit Morphium vollgespritzt, um sein Krebsleiden einigermaßen erträglich zu halten. Ihm fielen die Zweifel der Gerichtsmediziner ein. Die hohe Anzahl an Hepatitis-Erregern, die bei beiden Opfern festgestellt wurde.

»Wie kam er an diesen Job?«

Zum ersten Mal war der Ansatz eines, wenn auch zynischen Lächelns auf ihrem Gesicht zu erkennen.

»Das ist nicht schwer. Die Anzeigen hängen im Foyer am Schwarzen Brett und stehen auf der Homepage, aber«, Rebecca schluckte, »als wir uns zuletzt unterhielten, hatte er Angst. Er sagte, er dürfe nicht darüber reden. Er wollte noch einmal dorthin und mir danach alles erklären.«

»In dem letzten Brief riet sein Vater ihm, zur Polizei zu gehen. Könnte das etwas mit diesem Job zu tun gehabt haben?«

Ihr Gesicht war bleich, die Augen hatten den Ausdruck von Ratlosigkeit.

»Wie gesagt, er wollte nicht darüber reden. Meinen Sie, er ist da in was reingeraten?«

Gerne hätte Joshua genau darüber geredet. Über diese dunkle Ahnung, den Verdacht, der nicht zu greifen war, aber er schwieg. Rebecca verstand dieses Schweigen deutlicher als Worte, sie senkte ihren Kopf und schloss die Augen.

Joshua las die Jobangebote am Schwarzen Brett der Uni. Es erstaunte ihn, wie leicht es scheinbar für Studenten war, an eine bezahlte Nebentätigkeit zu gelangen. Wochenblätter suchten Aushilfsjournalisten, Hilfskräfte für leichte Büroarbeiten wurden ebenso gesucht wie Nachhilfelehrer. Mittendrin entdeckte er immer wieder Anzeigen von Pharmaunternehmen, die Probanden für medizinische Versuche benötigten. In den meisten Fällen war genau beschrieben, was die Interessenten erwartete. Joshua fiel die Anzeige eines Unternehmens ins Auge, das er nicht kannte. Gegen eine Entschädigung von einmalig 450 Euro sollten die Testpersonen sich achtmal Insulin eines bestimmten Herstellers spritzen lassen. Joshua fiel eine Nachricht aus dem letzten Jahr ein. Bei Medikamentenversuchen in England waren sechs Menschen ums Leben gekommen. Er fragte sich, wie groß die Not der Studenten sein musste, um an solchen Experimenten teilzunehmen. Markus Stachinsky war nicht arm. Die monatlichen Zuwendungen des Vaters machten ihn unabhängig. Er studierte Medizin. Konnte reines Interesse ihn dazu treiben, seinen Körper für wissenschaftliche Versuche zur Verfügung zu stellen? Joshua spürte eine Gänsehaut bei diesem Gedanken. Er notierte sich Adresse und Telefonnummer des Unternehmens in Dormagen und verließ die Uni. Unterwegs ärgerte es ihn, Thomas Stachinsky nicht aufgehalten zu haben. Er hatte sich von dessen Verhalten abwimmeln lassen, versäumt, sein Vertrauen zu gewinnen.

14

Gideon Lambert fühlte sich euphorisch, gleichzeitig spürte er eine tiefe Zufriedenheit. Seine Zweifel kamen nur zaghaft und undeutlich zurück. Warum war er auf der Liege festgeschnallt? Er musste lachen, konnte gar nicht mehr aufhören, ohne jeden Grund. Den ganzen Nachmittag über war Gideon beseelt vor Glück. Erst allmählich, als das Sonnenlicht nicht mehr durch die gewölbten Glaskuppeln des Daches eindrang und die gleichmäßige Kälte des Neonlichtes sich ausbreitete, wich die Euphorie. Erste Erinnerungen drangen in sein Bewusstsein. Der Doktor bestand darauf, dass er sich die Spritze selber setzte. Als angehender Mediziner könne man es nicht oft genug üben, lautete sein unwiderlegbares Argument. Der Student erinnerte sich an die Sekunden nach der Injektion. Es war ein Gefühl, als würde ein riesiger Scheinwerfer in seinem Gehirn eingeschaltet. Für einige Sekunden schien sein gesamter Körper in gleißendes Licht getaucht. Als das Licht erlosch, fühlte er sich leicht und unangreifbar. Er lächelte zufrieden, als ihm eine zweite Spritze gesetzt und kurz darauf Blut entnommen wurde.

Gideon sah sich um, er war allein. Langsam fühlte er eine innere Unruhe, eine beklemmende Nervosität aufkommen. Die Geräusche der medizinischen Apparate verstärkten dieses Gefühl. Die Kälte des bis unter die Decke weiß gefliesten Labors übertrug sich auf ihn. Gideon hatte genug, er wollte nach Hause. Ruckartig versuchte er, sich zu lösen. Die dicken Lederriemen quetschten seine Handgelenke. Ängstlich betrachtete Lambert seinen rechten Oberarm. Er war voller Einstiche. Vereinzelte Gedankenfragmente schlossen sich zu einer Kette und machten ihm Angst. Es musste gestern Morgen gewesen sein, als er diesen Raum betreten hatte. Die Zeit kreiste seitdem wie ein wilder Schwarm um ihn. Es gab nur wenige Augenblicke wie diesen, in dem sein Verstand halbwegs normal funktionierte. Er rief nach dem Doktor, dabei fiel ihm auf, dass er dessen Namen nicht kannte. Hatte er ihn vergessen, wie so vieles in den letzten Stunden? Aus der Tiefe seines Bewusstseins drangen erste Details in seinen Verstand. Er hatte den Doktor gefragt, ob er vom Tod seines Kommilitonen gehört habe. Gideon war Markus Stachinsky einmal hier begegnet.

»Ein Betriebsunfall«, hallte es in seinem Kopf, bevor das gleißende Licht anging. Ist Markus hier in diesem Labor ums Leben gekommen? Kalter Schweiß bildete sich auf Lamberts Stirn. Er wollte nach dem Doktor rufen, als dieser hereinkam. Mit betont freundlichem Gesichtsausdruck beugte er sich über Gideon Lambert. Sein Lächeln wirkte abstoßend.

»Ich möchte nach Hause, bitte machen Sie mich los.«

Lambert spürte eine kalte Hand an seinem Unterarm. In diesem Moment wunderte er sich darüber, dass es außer dem Doktor kein Personal in diesem Labor gab. Dieser wandte sich von Lambert ab, nahm ein Fläschchen aus einem Wandschrank und zog eine Spritze auf.

»Nein! Ich will nicht mehr, hören Sie? Ich möchte nach Hause, ich steige aus. Bitte machen Sie mich endlich los«, seine Stimme war kraftlos, ohne jeden Mut, fast weinerlich. Als der Mann den Riemen an Lamberts Oberarm anzog, spannten sich die Muskeln des Studenten vor Angst. Der Doktor bemühte sich um ein sanftes Lächeln. Auf Gideon wirkte es wie die eiskalte Visage des Teufels.

»Gleich fühlen Sie sich besser«, bemerkte der Doktor und drückte die Spitze der Nadel in die Vene. Gideon wollte ihn noch einmal anflehen, als dieses grelle Licht seinen Körper erneut ausfüllte.

15

Als Joshua das Büro betrat, hätte er Schorndorf, dem Leiter der Behörde, beinahe die Tür ins Kreuz gerammt. Seine Gesichtszüge wirkten angespannt. Ein kurzer Blick zu Karin verriet Joshua den Ernst der Lage.

»Der Herr Trempe. Freut mich sehr, Sie auch mal wieder in diesen Räumen begrüßen zu dürfen. Darf man erfahren, womit Sie den lieben langen Vormittag zugebracht haben?«

Joshua schmiss die Lederjacke auf den Haken neben Schorndorf und setzte sich anschließend an den Schreibtisch.

»Ich habe im Fall der Drogentoten ermittelt, Herr Schorndorf.«

»Sieh an. Ich habe heute Morgen mit dem Staatsanwalt telefoniert. Er sagte mir, aus seiner Sicht gäbe es keinen Fall!«

»Aus meiner Sicht schon.« Joshua wollte ihm gerade von den Eindrücken seiner Ermittlungen berichten, als Schorndorf ihm ins Wort fiel.

»Während Sie Ihren«, er wedelte hektisch mit dem rechten Arm in der Luft, »Hirngespinsten nachjagen, ist die nächste Bank überfallen worden. Heute Nachmittag um drei geben wir eine Pressekonferenz. Überlegen Sie sich schon mal, wie Sie das den Medien erklären wollen!«

Schorndorf gab ihm keine Chance zu einer Antwort. Ohne ein weiteres Wort verließ er hastig das Büro und knallte die Tür hinter sich zu. Joshua schüttelte ungläubig den Kopf. Daniel war unterwegs zum Tatort, einer Sparkasse in Viersen. Er berichtete Karin von seinem Besuch bei Bornmeier und seinen Ermittlungen in der Universität. Sie breitete hilflos die Arme aus.

»Okay. Wenn der Herr Staatsanwalt es so sieht, bitte.«

Joshua hob den Blick zur Decke und seufzte.

»Joshua! Jack liegt im Krankenhaus. Wir haben eine Serie von mittlerweile einem Dutzend Überfällen zu klären. Das Opfer des letzten Überfalls liegt im Koma, die Ärzte beurteilen seine Überlebenschance mit fünfzig zu fünfzig. Kann also durchaus noch ein Raubmord draus werden. Schorndorf möchte den Fall am liebsten gestern geklärt haben, kann uns aber keine Verstärkung zur Verfügung stellen. Wir brauchen dich jetzt hier!«

Widerwillig zog Joshua einen Stapel Akten zu sich her. Nacheinander blätterte er sie durch. Es fiel ihm schwer, sich auf diesen Fall zu konzentrieren. Stachinskys Vater ging ihm durch den Kopf. Seine Sicherheit, als er ihn nach dem Mörder seines Sohnes fragte. Das plötzliche Verschwinden, die Ungläubigkeit, die er mit jeder seiner Gesten ausdrückte. Joshua sah die stahlblauen Augen des Mannes vor sich. Selten hatte er einen solch eisigen Ausdruck gesehen.

Joshuas Augen waren auf das Foto eines zerstörten Geldautomaten gerichtet. Das Bild drang nur bis zu den Pupillen vor. Sein Bewusstsein präsentierte ihm die Wohnung des Opfers. Wer konnte einen Grund haben, dieses Zimmer zu durchsuchen? Was hatte Markus Stachinsky zu verbergen gehabt? Die Stimme des Radiosprechers drang für einen Moment in den Vordergrund. Er kündigte eine neue Frostperiode an und warnte gleichzeitig davor, die Eisfläche des Unterbacher Sees zu betreten. Gedankenlos sah Joshua aus dem Fenster. Erneut versuchte er, seine

Konzentration auf die Akte zu lenken, als tief in seinem Unterbewusstsein ein Film startete.

Seit drei Tagen hatte eisiger Frost den Düsseldorfer Stadtteil Hamm im Würgegriff. Joshua war jeden Tag mit dem Fahrrad von Bilk durch den Hafen in das kleine Dorf nahe der Innenstadt gefahren, um Jack zu besuchen. Im Sommer hatten sie hinter der Dorfkirche bis zum Einbruch der Dunkelheit Fußball gespielt. Im Winter hatten sie in dem ausgebauten Dachboden vor einem alten Kohleofen gesessen. An diesem Tag wollten sie auf dem zugefrorenen Dorfweiher Schlittschuhlaufen. Am Stacheldraht befestigte Warnschilder ignorierten sie. Bis zur Mitte des Sees trug die Eisfläche. Es ging blitzschnell, Joshuas Kinn ragte noch wenige Zentimeter aus dem Eiswasser. Seine Hände krallten sich in den Rand der Eisfläche und rutschten doch immer weiter zurück. Er sah Nachbarskinder, die schreiend davonliefen. Jack zögerte keine Sekunde. Er rannte zum Ufer, brach einen Ast von einer Weide und robbte auf dem Bauch zu der Einsturzstelle.

Das Klingeln des Telefons riss ihn aus seinem Tagtraum.

»Strietzel. Ich habe eben erste Ergebnisse von den Virologen bekommen. Die haben es in sich!«

Joshua brauchte nur eine Sekunde, um bei der Sache zu sein.

»Die Kollegen haben sich zuerst die Hepatitis-Erreger vorgenommen, wie ich es schon vermutet hatte. Das Ergebnis: Die Viren sind allesamt inaktiv! Daher auch keine Infektion der Leber.«

Joshua war verwirrt. Von inaktiven Viren hatte er bisher noch nichts gehört. Er konnte sich nicht mal ansatzweise vorstellen, welchen Belang dieses Ergebnis für seine Ermittlungen haben sollte. Er stellte sich das Gesicht von Bornmeier vor, würde er ihn darum bitten, aufgrund inaktiver Hepatitis-B-Viren ein Ermittlungsverfahren einzuleiten. Der nächste Satz des Gerichtsmediziners sollte den sterbenden Hoffnungen neues Leben einhauchen.

»Nach den bisherigen Erkenntnissen handelt es sich bei den Viren um gentechnisch verändertes Material. Das jetzt zu erklären, würde zu weit führen. Ich schlage vor, du wendest dich direkt an die Kollegen der Virologie.«

Joshua bedankte sich bei Strietzel. Langsam und nachdenklich legte er den Telefonhörer auf. Karin hatte längst den Blick von den Akten abgewandt. Mit ernster Miene sah sie Joshua an. Dieser sprang hoch und riss die Lederjacke vom Wandhaken. Die geöffnete Tür in der Hand drehte er sich noch einmal zu Karin Seitz um.

»Ich muss noch mal zur Uni.«

Karin warf den Kugelschreiber auf ihren Schreibtisch und schnappte nach Luft.

»Sieht so aus, als haben wir einen Ansatz. Die Hepatitis-Viren sind manipuliert worden.«

»*Wir* haben keinen Ansatz. *Wir* versuchen gerade, eine Serie von Banküberfällen aufzuklären«, Karin war außer sich vor Wut, »außerdem haben *wir* in einer Stunde eine Pressekonferenz und so gut wie keine Ergebnisse!«

Joshua machte einige hilflose Gesten. Auf gar keinen Fall wollte er es versäumen, diesem Hinweis nachzugehen.

»Bis dahin bin ich wieder zurück.«

Joshua hob noch den Arm zum Gruß und wollte die Tür hinter sich zuziehen, als Daniel sich an ihm vorbeidrängte. Van Bloom setzte gerade zu einem flüchtigen Gruß an, da bekam er den Schnellhefter ins Gesicht.

Auf dem Weg zu seinem Auto rief Joshua Seifert an und erzählte ihm von seiner Begegnung mit Stachinsky. Er bat den Kollegen, seine Adresse herauszufinden.

16

Stachinskys Finger glitten über das kalte Metall. Zufrieden wickelte er das ölgetränkte Tuch darum. Für Sekunden wichen seine Gedanken ab. Grenzenlose Trauer, die sich längst mit Wut zur Unkenntlichkeit vermischt hatte, trat für einen Augenblick in den Hintergrund, machte Platz für die Erinnerung. Mit Tränen in den Augen hatte er letzte Nacht im Garten des kleinen Backsteinhäuschens in Friemersheim gestanden. Dort, wo alles begonnen hatte. An dem Ort, an dem das Schicksal seinen verhängnisvollen Anfang nahm. Das Haus, in dem er seinen Vater für immer aus seinem Herzen verbannt hatte.

Dieses Flittchen will ich nie mehr sehen!

Die Worte seines Vaters schienen sich in die Mauern gebrannt zu haben. Beim Anblick des alten Hauses erklangen sie erneut. Helena hätte ihn bestohlen, hatte er behauptet, ohne es beweisen zu können. Als man seine Frau wenig später mit einer Spritze in der Hand neben einer Parkbank gefunden hatte, kamen Thomas Stachinsky erste Zweifel.

Der Vollmond gestattete es ihm, ohne das verräterische Licht der Taschenlampe zu suchen. Der Deckel der stillgelegten Sickergrube lag unter einer dicken Erdschicht verborgen. Im Schutze eines mächtigen Apfelbaumes grub er ihn frei. Nach Helenas Therapie hatten sie den Baum gepflanzt, als Zeichen für einen Neubeginn. Noch bevor der erste Apfel reif gewesen war, war Thomas Stachinsky Witwer. Sein Blick fiel auf ein gerahmtes Foto seines Sohnes. In diesen Tagen plante er einen Neuanfang. Gemeinsam mit Markus wollte er alles nachholen. In den Semesterferien wollte er ihm ›sein‹ Buenos Aires zeigen. Seine Augen wurden feucht. Rebecca schilderte ihn so, wie er ihn sich immer gewünscht hatte. Markus wusste nichts von der Vergangenheit seines Vaters, zumindest nicht die ganze Wahrheit. Nächste Woche wollte er ihm sein Leben ausbreiten.

Wie ein lebendiges Bild tauchten Kindheitserinnerungen auf. Aus seinem Zimmer in der oberen Etage schoss er abends mit einer Steinschleuder Murmeln in den Rhein, freute sich über die kleinen Wasserfontänen. Das Häuschen an der Friemersheimer Straße lag direkt an den Rheinauen. Auf der anderen Rheinseite arbeiteten die Stahlkocher in der unerträglichen Hitze, die von den Hochöfen ausging. Sein Vater war einer von ihnen. Abends war der Himmel über dem Rhein glutrot.

So richtig hatte er nicht daran geglaubt, dass die alte P 38 seines Großvaters noch in ihrem Versteck liegen würde. Sie war noch genauso unversehrt wie damals. Drei Päckchen Munition waren ebenfalls noch in tadellosem Zustand. Er hoffte, die Feuchtigkeit hatte das Schießpulver nicht unbrauchbar gemacht.

Die Polizei nahm Fixer nicht ernst. Das hatte er schon damals schmerzhaft erfahren müssen. Markus hielten sie für einen, die Worte des Polizisten waren deutlich genug gewesen. Stachinsky erinnerte sich an den jungen Kommissar, vor allem sein Name fiel ihm auf.

Stachinsky steckte die Waffe in seine Manteltasche. Eine Sekunde dachte er daran, zwei Kugeln mitzunehmen. Mehr würde er nicht benötigen, eine davon für den Mörder. Er steckte ein ganzes Päckchen ein.

Stachinsky faltete ein Blatt Papier auseinander, holte sich ein Telefonbuch und begann. Die Liste war lang, aber der Mörder seines Sohnes war darunter. Seit heute Mittag gab es für ihn keinen Zweifel mehr.

17

Nachdem Joshua sich vorgestellt hatte, führte der Virologe ihn mit ernstem Gesichtsausdruck in sein Büro. Die Wände waren komplett mit dunklen Eichenbrettern vertäfelt. Joshua bewunderte den aus tiefroten Fasern gewobenen Läufer in der Mitte des Raumes.

»Ein echter Buchara«, erklärte sein Gastgeber im Vorübergehen, »den habe ich mir im vergangenen Jahr aus Turkmenistan mitgebracht.«

Joshua wunderte sich über die edle Ausstattung dieses Büros.

Professor Marburg orderte bei seiner Sekretärin zwei Tassen Kaffee. Joshua freute es, dass der Mediziner so viel Zeit für ihn übrig hatte. Er bedankte sich noch einmal.

»Keine Ursache. Ehrlich gesagt bin ich mittlerweile froh über das Interesse der Polizei an dieser Sache.«

Joshua, der mit gemischten Gefühlen hierhergekommen war, verschwieg dem Mediziner das abnehmende Interesse seiner Behörde. Eine Dame in mittlerem Alter und in einen modischen Zweiteiler gekleidet, servierte den Kaffee. Marburg verrührte ein wenig Milch, bevor er sich entspannt mit der Tasse und dem Unterteller in der Hand zurücklehnte. Seine dünnen, blonden Haare bildeten einen angenehmen Kontrast zu seiner leicht gebräunten Haut. Nach einem kleinen Schluck mit halb geschlossenen Augen stellte er das Geschirr vor sich ab und atmete tief durch.

»Also«, begann der Professor, »wie Ihnen der Kollege Strietzel vermutlich schon mitgeteilt hat, haben wir eine interessante Entdeckung bei der Untersuchung der Hepatitis-Viren gemacht.«

Joshua nickte zustimmend. Er war voller Spannung und wagte es nicht, den Arzt zu unterbrechen.

»Zunächst einmal hat uns die Anzahl der Viren nachdenklich gemacht. Hochgerechnet dürften sich im Körper des Opfers circa 1 Billion Hepatitis-B-Erreger befunden haben.«

Joshua pfiff staunend durch die Zähne.

»Das ist nicht außergewöhnlich, fast schon normal. Überrascht hat uns die in der Relation vergleichsweise geringe Anzahl von Antikörpern. Auch das kann bei einem drogenabhängigen Menschen zwar noch hingenommen werden, allerdings«, seine Gesichtszüge spannten sich, der Ausdruck seiner Augen wurde ernster, »hätten wir in den Gewebeproben Reste von Wirtszellen finden müssen.«

Professor Marburg erkannte den unwissenden Ausdruck in Joshuas Gesicht.

»Ich versuche, es Ihnen vereinfacht zu erklären. Viren sind keine eigenständigen Lebensformen. Sie verfügen weder über Stoffwechsel noch besitzen sie die Möglichkeit, sich selbstständig fortzupflanzen. Um sich zu reproduzieren, docken sie an eine Wirtszelle an. Die Hülle der Viren wird dabei aufgelöst, ihre DNA dringt in die Zelle ein. Die Nucleinsäure, das Basismaterial des Virus, verdoppelt sich und die Proteinbausteine der Hülle werden neu gebildet. Habe ich mich einigermaßen verständlich ausgedrückt?«

»Ja, bis hierhin kann ich Ihnen folgen. Aber Sie erwähnten vorhin etwas von Zellresten, die Sie nicht finden konnten.«

Professor Marburg deutete mit seinem ausgestreckten Zeigefinger in Joshuas Richtung.

»Genau das ist der springende Punkt. Das körpereigene Immunsystem zerstört befallene Zellen, um die Viren gewissermaßen im Keim zu vernichten. Sie fressen die Zelle quasi auf, allerdings nicht ganz. Stellen Sie sich so eine Zelle wie eine Apfelsine vor. Das Fruchtfleisch wird gegessen, die Schale bleibt übrig. Genau die hätten wir finden müssen.«

»Haben Sie aber nicht!«

»Nein. Konnten wir auch gar nicht. Weil es keine gibt!«

Joshua vernahm ein leises Surren im Hintergrund. Die Lamellen hinter dem Fenster drehten sich zur Seite. Sekunden später drangen Sonnenstrahlen in das Büro.

»Bis eben befand ich mich noch in dem Glauben, Ihnen folgen zu können, Herr Professor. Aber das ist mir jetzt zu hoch.«

Der Arzt lachte kurz auf. Joshua hielt seine Argumentation für widersprüchlich, war sich aber nicht sicher, die Ausführungen des Professors richtig verstanden zu haben.

»Da machen Sie sich mal keine Sorgen. Das ging uns genauso. Wir haben daraufhin das Genom der Viren untersucht und sind zu einem sensationellen Ergebnis gekommen. Dem Virus fehlt ein Gen, beziehungsweise es wurde ausgeschaltet. Genau dieses Gen ist dafür verantwortlich, dass der Erreger an eine Wirtszelle andockt und sich reproduzieren kann. Das Virus ist also künstlich inaktiviert worden! Es kommt zwar bei der Reproduktion von Viren in etwa jedem zehnten Fall zu Veränderungen des Erbmaterials, aber sicher nicht in dieser Form. Dann wären diese Viren längst ausgestorben.«

Für einige Sekunden wurde es still. Joshua dachte angestrengt nach. Vor einer Stunde hatte er sich gewünscht, ein Motiv für ein Gewaltverbrechen zu finden. Wie sollte er diese Fakten werten?

»Wenn ich Sie richtig verstanden habe, Herr Professor, hat jemand das Opfer vor einer Hepatitis-B-Infektion bewahrt?«

Marburg schüttelte energisch den Kopf.

»Das wäre nicht möglich gewesen. Sperren Sie ein Kaninchenpärchen in einen Stall und kastrieren Sie vorher den Bock. Da können Sie bis zu Ihrer Pensionierung warten, es werden nicht mehr. So ähnlich verhält es sich mit den Viren. Die Erreger sind dem Opfer bereits manipuliert zugeführt worden.«

»Aber warum?«

Joshua hatte den Eindruck, es würden immer mehr Fragen auftauchen, je tiefer er in die Ermittlung eindrang.

»Darum sind wir ja so froh über das Interesse der Polizei. Denn diese Frage brennt uns ebenso unter den Nägeln. Ein vermeintlicher Grund hätte darin liegen können, einen Impfstoff gegen diese Erreger zu entwickeln. Aber diese Methode wurde schon vor etlichen Jahren als erfolglos verworfen.«

Joshua fielen die Sätze von Markus Stachinskys Mitbewohnerin ein. Einige Studenten finanzierten als Probanden für medizinische Testreihen ihr Studium. Dem Protokoll der Krefelder Kollegen zufolge hatte Patrick Schönfeld kurz vor seinem Tod einen Job angenommen, über den er nicht reden wollte. Kleine Zahnräder griffen ineinander. Er brauchte weitere Anhaltspunkte, ein Motiv, das er Bornmeier servieren konnte.

»Wer ist dazu in der Lage, DNA zu manipulieren?«

»Ihr Hausarzt garantiert nicht. DNA vergleichen kann mittlerweile jedes gut ausgestattete Labor. Aber Gene verändern«, Marburg legte die Stirn in Falten, »das können nur die großen Labors und Forschungsinstitute. Genmanipulierte Viren in einen menschlichen Körper …«, Marburg winkte abweisend mit dem rechten Arm,

»also da gibt es ganze Kataloge mit Vorschriften und Bestimmungen.«

Er beugte sich vornüber und warf Joshua einen verschwörerischen Blick zu.

»Ich bin mir deshalb hundertprozentig sicher: Diese Erreger sind nicht auf legalem Weg in den Körper des Opfers gelangt!«

Professor Marburg verharrte in einer unbequem aussehenden Sitzhaltung halb über die Tischplatte gebeugt. Den stechenden Blick seiner azurblauen Augen weiterhin auf Joshua gerichtet, schien er eine Reaktion des Kriminalbeamten abzuwarten. Dieser rieb sich gedankenversunken übers Kinn. So gerne er sich der Überzeugung seines Gesprächspartners auch anschließen mochte, es standen immer noch die Obduktionsberichte im Raum. Darin manifestiert war eine Überdosis Rauschgift als Todesursache. In beiden Fällen. Joshua schreckte aus seinen Gedanken.

»Sie haben doch Proben von einem zweiten Drogentoten bekommen, oder?«

Marburgs Augenbrauen wanderten hoch und sorgten für erneute Faltenbildung auf seiner Stirn.

»Stimmt, das hatte ich vergessen. Die Befunde sind nahezu identisch. Bis auf eine Kleinigkeit. Im Blut des Krefelder Opfers fanden wir zusätzlich Antikörper von zwei verschiedenen Grippeerregern. Das ist zwar ungewöhnlich, aber durchaus nicht unmöglich. Einige Viren sowie Zellhüllen konnten wir ebenfalls nachweisen.«

Joshua schnippte zufrieden mit den Fingern. Das war der endgültige Beweis dafür, dass die Fälle zusammenhingen. Bornmeier dürfte keine andere Wahl mehr bleiben, als ein Ermittlungsverfahren einzuleiten. Marburg hatte sein Anliegen schon erahnt und den entsprechenden Bericht in Kopie parat. Mit zufriedenem Gesichtsausdruck überreichte der Professor Joshua die grüne Akte.

18

Joshua hatte sich unterwegs an einer Tankstelle Einwegrasierer gekauft. Vor dem Innenspiegel seines Autos kratzte er flüchtig die Haare an den Wangen und am Hals ab. Das Ergebnis hatte Ähnlichkeit mit einer ordentlichen Rasur.

Voller Erwartung übergab er Bornmeier den Bericht des Virologen.

»Trempe, Sie geben wohl nie auf, was?«

Seine Stimme hatte einen freundlichen Unterton. Joshua redete sich ein, eine Spur von Anerkennung herauszuhören. Mit einem tiefen Seufzer schlug Bornmeier die Mappe auf und reduzierte Joshuas Optimismus auf ein Mindestmaß. Für gewöhnlich überflog der Staatsanwalt derlei Schriftsätze nur kurz und versprach, sich später ausgiebig darum zu kümmern. Bornmeier beugte sich aber vor und schien den Bericht Zeile für Zeile zu lesen. Joshua versuchte, kleinste Regungen, minimale Veränderungen in der Mimik des Staatsanwaltes auszumachen. Nach zehn Minuten schlug er die Mappe zu. Mit zusammengepressten Lippen sah er Joshua in die Augen.

»Zugegeben, eine interessante These.«

Joshua war sich über die mögliche Reaktion des Staatsanwaltes nicht klar, als er dessen Büro betrat. Er kannte Bornmeier schon über ein Jahr, konnte ihn allerdings noch nie richtig einschätzen. Er überdachte den Grad seiner Motivation. War er dermaßen überzeugt von einer Straftat, dass selbst kleinste Hinweise zu handfesten Indizien wuchsen? Er sah Marburg vor sich. Der ernste Blick, die Überzeugung, die aus jedem seiner Worte drang. Die Argumentation des Mediziners erschien ihm absolut schlüssig. Joshua fand darin keinen Raum für Zweifel.

»Herr Trempe«, fuhr Bornmeier fort, »meine Aufgabe besteht darin, Fakten von Vermutungen zu befreien und den Rest zu bewerten. Das sollte übrigens auch Ihre Intention sein. In dem Bericht werden sehr viele Konjunktive verwendet. Mit hoher Wahrscheinlichkeit sind die Erreger gentechnisch manipuliert worden, zum Beispiel. Oder hier«, Bornmeier blätterte in der Kladde, »die Viren sind dem Opfer vermutlich künstlich zugeführt worden. Vermutlich, wahrscheinlich, Trempe, ich brauche Fakten und keine Halbwahrheiten.«

Joshua spürte, wie sich sein Puls beschleunigte. Seine Wut konzentrierte sich auf Marburg. Der Professor hatte einen Riesenballon aufgeblasen und in dem Bericht die Luft rausgelassen. Mit einem Ruck zogen ihn die Ergebnisse wieder auf den Ausgangspunkt der Ermittlungen zurück. Bornmeiers Mundwinkel glitten nach oben. Der Hauch eines Lächelns war zu erkennen.

»Eine Grundlage, Vorabermittlungen einzuleiten, sehe ich aber gegeben. Ich mache Ihnen einen Vorschlag, Trempe.«

Der Staatsanwalt lehnte sich vor und schien eine Reaktion des Kripobeamten abzuwarten. Als Joshua keinerlei Regung zeigte, fuhr er fort.

»Ich werde veranlassen, die Proben von unseren Spezialisten beim BKA untersuchen zu lassen. Sollten die Kollegen zu demselben Ergebnis kommen wie Ihr Professor, leite ich ein Ermittlungsverfahren ein. Allerdings«, Bornmeier zögerte eine Sekunde, »für eine Mordermittlung sehe ich nach wie vor keinen Anhaltspunkt.«

Joshua stand wortlos auf und reichte dem Staatsanwalt resigniert die Hand. Mit diesem Teilerfolg wollte er sich nicht zufriedengeben.

In seinem Auto kramte Joshua einen Zettel aus der Tasche seiner Lederjacke und überflog die Adresse. Nach kurzem Zögern steckte er ihn wieder zurück. Sein Fernbleiben bei der Pressekonferenz würde Karin sicher geradebiegen, aber die Fahrt zu diesem Institut nach Dormagen konnte er sich nicht erlauben.

Das Büro war verwaist. Joshua bekam ein schlechtes Gewissen. Er nahm sich einen lauwarmen Kaffee aus der Thermoskanne auf der Fensterbank und begann damit, den Aktenstapel auf seinem Schreibtisch zu bearbeiten. Der Blick fiel auf eine Umlaufmappe neben dem Telefon. Sie kam vom KK 11 und enthielt Kopien der Briefe, die Seifert in Markus Stachinskys Zimmer gefunden hatte, sowie einige Privatfotos. Joshua blätterte sie durch und blieb an dem Foto eines jungen Mannes hängen. Es handelte sich, wie der Text darunter verriet, um Thomas Stachinsky. Auf seinem Arm hielt er einen Säugling. Joshua hielt das Foto dicht vor seine Augen. Er kannte dieses Gesicht. Die dunklen Haare zum Mittelscheitel gekämmt, das kantige, leicht hervorstechende Kinn. Heute Mittag auf dem Gelände der Uni hatte er schon das Gefühl gehabt, Stachinsky bereits irgendwo begegnet zu sein. Es war unmöglich, er hatte die letzten zwanzig Jahre in Argentinien gelebt. Es muss also sehr lange her sein, grübelte Joshua. Auf einmal kam es ihm so vor, als öffne sich ein Vorhang vor seinen Augen. Mit einem Satz sprang er auf und lief aus dem Büro.

19

Gideon Lambert fühlte sich schläfrig. Die letzte Injektion vor einer Stunde musste ein starkes Beruhigungsmittel gewesen sein. Sein Verstand war aber fast wieder so klar wie der Quadratmeter Himmel, den er durch die gläserne Dachkuppel über sich sehen konnte. Die wenigen Stunden des Tages, in denen er seinen Verstand nutzen konnte, verbrachte er in ohnmächtiger Angst. Seine Gelenke schmerzten, die Lederriemen an seinen Händen und Beinen verhinderten jede Bewegung. Das Atmen fiel ihm schwer. Gestern hatte man ihm eine Atemschutzmaske umgebunden. Er wunderte sich über die ihn umgebende Stille. Das leise Surren der Apparate, es war verstummt. Gideon vernahm Stimmen aus dem Nebenraum. Er versuchte zu schreien. Aus der Maske kamen nur dumpfe Laute. Verzweifelt versuchte er, dem Gespräch zu lauschen. Eine durchdringende Stimme fragte nach Markus Stachinsky. Das Gespräch wurde hitziger, er hörte die Stimme erneut nach Markus Stachinsky fragen, dieses Mal erheblich lauter.

»Wie oft soll ich es noch sagen? Ich kenne keinen Markus Stachinsky und jetzt raus hier, sonst rufe ich die Polizei!«, hörte er den Doktor schreien. Gideon Lambert zog sich der Brustkorb zusammen. Schweiß bildete sich auf seiner Stirn. Er bekam mit, wie eine Tür ins Schloss fiel und eine zweite kurz darauf geöffnet wurde.

Seine Pupillen weiteten sich vor Angst, als der Mann wortlos eine Spritze aufzog. Voller Entsetzen schrie Lambert in den dicken Stoff seiner Maske.

»Du hast es bald geschafft. Noch eine Spritze und dann machen wir zwei einen kleinen Ausflug. Ich hatte mir eigentlich mehr von dir erhofft, schade.«

Seine Stimme klang gutmütig. Er hörte sich an wie ein Vater, der freundschaftlich mit seinem Sohn spricht. Hinter seinem Lächeln war Kälte zu erahnen, während er die Spritze ansetzte. Gideons Muskeln entspannten sich, sein Körper hatte bereits kapituliert. Er wartete auf das Licht. Es kam nicht. Für einen Augenblick fühlte Lambert Erleichterung, bis er die zweite Spritze sah. Wieder explodierte dieser grelle Blitz in seinem Inneren. Er wartete auf dieses unbeschreibliche Glücksgefühl, sein Kreislauf schien ihn zerreißen zu wollen. Dunkelheit umgab ihn, die Gedanken erloschen.

Langsam kehrte sein Bewusstsein zurück, zog ihn empor aus einem Meer von Licht und Farben. Die Welt schien in gleichmäßigem Rhythmus zu schaukeln. Unwirkliche Bilder drangen in sein Hirn. Klare, kalte Luft zog in seine Nase. Sie roch nach Tannennadeln und Feuchtigkeit. Gideon Lambert spürte einen harten Gegenstand in seinem Rücken. Er wollte sich drehen, aber sein Körper gehorchte ihm nicht. Schemenhaft erkannte er einen Mann. Er wirkte übermächtig wie ein Riese, als er sich herunterbeugte. Seine Gesichtszüge schaukelten sanft wie die Oberfläche eines Sees. Der eisige Blick machte ihm Angst.

Den Einstich der Spritze nahm er kaum wahr. Er vernahm immer leiser werdende Schritte auf einem Kiesbett, wollte sich herumdrehen, aber sein Körper gehorchte ihm nicht mehr. Mühsam gelang es ihm, die Augen zu öffnen. Gideon sah drei Lichter, die immer größer wurden. Ein durchdringender, lauter Signalton, gefolgt von markerschütterndem, metallischem Kreischen bohrte sich in seinen Kopf. Gideon Lambert schloss die Augen.

20

Als Joshua auf dem Hof seiner Eltern aus dem Auto stieg, hielt er sich reflexartig die Ohren zu. Der ohrenbetäubende Lärm des Presslufthammers kam aus der Scheune. Er trat vor die offene Tür und erkannte durch einen Nebel aus Betonstaub seine Mutter. Winkend kam sie auf ihn zu.

»So ein Mist«, schrie sie auch gleich los, »die Fliesenleger haben gar nicht erst angefangen, weil der Estrich zu brüchig ist. Das muss nun alles raus, so ein Mist«, fluchte sie erneut. Seine Mutter trug einen alten Arbeitsanzug ihres Mannes, die Hosenbeine hatte sie hochgekrempelt. Eine feine Staubschicht bedeckte ihren Körper.

»Dein Vater hockt schon den ganzen Tag in der Küche. Der hat vielleicht eine Laune. Geh ihn mal aufmuntern.«

»Ich denke, das wird mir gelingen.«

Gunther Trempe begrüßte seinen Sohn einsilbig. Nach einem knappen Blick durch das Küchenfenster zur Scheune glitten seine Mundwinkel demonstrativ herab. Joshua ging nicht darauf ein. Er legte das Foto vor seinem Vater auf den Küchentisch und setzte sich ihm gegenüber. Gunther Trempe sah es sich an und zögerte. Er benötigte nicht einmal drei Sekunden, um den Mann auf dem Bild zu erkennen.

»Wo hast du das her?«

Die Stimme seines Vaters war leise, seine Worte klangen eisern und bestimmt.

»Es stammt aus dem Zimmer eines Drogentoten.«

Gunther Trempe sah ihn ungläubig an. Er stand auf und holte eine Akte vom Sideboard. Mit einem Griff zog er die Kopie eines Phantombildes heraus. Damals wurden diese Bilder noch gezeichnet. Dennoch war die Ähnlichkeit nicht zu übersehen. Joshua hatte sich die Zeichnung hundertmal ansehen müssen. Er erinnerte sich daran, als er das Foto sah.

»Der Mann heißt Thomas Stachinsky, ich bin ihm heute begegnet.«

»Hast du ihn festgenommen?«

Ungeduldig flogen die Worte aus ihm heraus. Gunther Trempe gierte geradezu nach Antworten auf Fragen, die er sich seit zwanzig Jahren stellte.

»Da kannte ich das Foto noch nicht.«

»Ihr müsst die Ermittlungen wieder aufnehmen, heute noch!«

Joshua nickte nur. Er wollte unbedingt die wahre Todesursache der beiden Studenten ermitteln. Zudem drängte die Staatsanwaltschaft, in dem Fall der Banküberfälle schnellstmöglich zu einem Ergebnis zu kommen. Bornmeier jetzt aufgrund eines Fotos zu bitten, die Ermittlungen eines zwanzig Jahre zurückliegenden Bankraubes neu aufzunehmen, wäre verwegen. Er glaubte nicht einmal, dass es für einen Haftbefehl reichen würde. Sein Vater war anderer Ansicht, er würde es seinem Sohn niemals verzeihen, nicht alles versucht zu haben. Joshua spürte eine unsichtbare Hand auf seinem Rücken. Sie versuchte ihn auf einen Weg zu drängen, den er nicht begehen wollte. Er bot seinem Vater schließlich den Kompromiss an, den Fall noch heute an die zuständige Dienststelle zu melden. Gunther Trempe, der natürlich wusste, dass dieser Bankraub nicht in den Zuständigkeitsbereich des Landeskriminalamtes fiel, stimmte zähneknirschend zu.

Joshua berichtete ihm von seinem Fall. Sein Vater wirkte äußerst interessiert. Die Grippe hatte sich ein wenig gelegt, er trug einen blauen Hausanzug.

»Was macht dich so sicher? Ihr habt zwei Tote mit ähnlichem medizinischem Befund. Ihr glaubt nicht an Drogenabhängige. Aber nehmen wir einmal an, ihr hättet zwei Selbstmordopfer, die zu ihren Lebzeiten unter schweren Depressionen litten, würdest du in dem Fall auch ein Gewaltverbrechen vermuten?«

»Vater, das ist doch nicht zu vergleichen.«

»Vielleicht schon. Das Immunsystem von Drogenabhängigen dürfte enorm geschwächt sein. Da ist es doch kein Wunder, dass sie voller Viren sind.«

»Und wie erklärst du dir die Tatsache, dass diese Viren gentechnisch verändert wurden?«

Joshua verschwieg absichtlich die in dem Bericht von Marburg enthaltenen Konjunktive. Gunther Trempe dachte angestrengt nach. Er strich dabei mit der rechten Hand sein dünnes Haar glatt.

»Du hast doch eben gesagt, womit manche Studenten ihr Studium finanzieren. Sie haben als Probanden für medizinische Tests zur Verfügung gestanden, was die merkwürdigen Viren erklärt. Da ist vielleicht ein Wissenschaftler übers Ziel hinausgeschossen, das macht ihn aber doch nicht gleich zum Mörder! Wie du sagtest, sind die Opfer ja letztendlich auch an einer Überdosis gestorben.«

Joshua war ernüchtert. Er sprach oft mit seinem Vater über aktuelle Fälle. Gunther Trempe ermahnte ihn ständig, die Details nicht aus dem Auge zu verlieren, seine Thesen aus anderen Blickwinkeln zu betrachten, nicht so oft aus dem Bauch heraus zu agieren. Es tat manchmal weh, half allerdings oft. Sein Vater sah die Dinge von außen, dazu mit seinem kriminalistischen Sachverstand. Erste Zweifel drangen in den Vordergrund. Mit einem Blick auf die Uhr verabschiedete er sich.

Unterwegs rief er Jacks Frau an. Corinnas Stimme klang unverändert deprimiert. Sie fragte alle zwei Stunden in der Klinik nach, ohne nur die geringste Hoffnung zu bekommen. Sie wollte ihren Mann heute Abend noch einmal besuchen und sich dann bei Joshua melden. Das Tropenmedizinische Institut der Uniklinik war das Beste seiner Art im Land. Joshua konnte nicht begreifen, warum sie Jack gegenüber so hilflos waren. Er fühlte sich ohnmächtig und leer.

Das Wetter zeigte zum Winterende hin seine ganze Vielfalt. Die Straßen waren noch feucht vom Schneeregen des Vormittages, im Osten drückten mächtige Wolkenberge aufs Gemüt und im Westen beleuchtete strahlender Sonnenschein den hellblauen Himmel. Joshua kam es wie ein Spiegelbild seiner Seele vor. Sollte er gegen alle Bedenken die Ermittlungen einstellen? Welche Wahl hatte er? Die Kollegen würden ihm kaum länger den Rücken decken. Das Schlimmste war der fehlende Austausch innerhalb einer SoKo. Joshua war auf sich allein gestellt, spürte die Gefahr, wichtige Ansatzpunkte zu übersehen.

Karins Blick kündigte ein nahendes Gewitter an. Daniel hatte soeben seine Teezeremonie begonnen. Joshua entschuldigte sich dafür, die Pressekonferenz versäumt zu haben und klärte sie über seine Ermittlungen auf. Karin und Daniel sagten kein Wort.

»Okay, Leute. Das war ein Flop. Ab sofort konzentriere ich mich auf diesen Fall!«

Mit ausgestrecktem Arm deutete Joshua auf den Aktenstapel vor ihm. Karin und Daniel sahen ihn ungläubig an.

»Das ist zu gütig«, presste Karin schmallippig hervor, »ich habe Schorndorf übrigens gesagt, der Staatsanwalt wollte dich sprechen.«

Joshua nickte und wollte mit der Arbeit beginnen, als es zaghaft an der Tür klopfte. Der schlanke, mittelgroße Mann mit dem blassen Teint trug einen hellgrauen Anzug. Die Haare waren akkurat gescheitelt. Den Hals verdeckte eine weinrote Fliege. Durch die kleinen, runden Gläser seiner Brille blinzelte ein nervöses Augenpaar. Er stellte sich betont höflich als Leonard Frantz vom Gesundheitsamt Düsseldorf vor. Als Joshua sich vorstellte, legte sich ein zufriedenes Lächeln auf Frantz' Gesicht und brachte für eine Sekunde seine weißen Zähne zum Vorschein. Stumm nickend folgte er Joshuas Angebot und nahm auf dem Besucherstuhl Platz.

»Da bin ich ja endlich richtig. Ihr Kollege, Herr Seifert, sagte mir, Sie wären für mich zuständig, Herr Trempe.«

Daniels Stoppuhr piepte. Die zwei Minuten, die sein Darjeelingtee ziehen sollte, waren herum. Nachdem er die Zitrone ausgedrückt und entsorgt hatte, ging Daniel an dem verdutzten Frantz vorbei zu seinem Schreibtisch.

»Also, es ist so«, begann Leonard Frantz, »vor drei Tagen war Doktor Abel, ein Arzt für innere Medizin aus Kaiserswerth, bei mir im Büro. Er meldete die Hepatitiserkrankung eines Patienten. Das ist übrigens Vorschrift. Obwohl wir es sowieso herausbekommen hätten«, schob er beiläufig hinterher.

»Denn Gideon Lambert, so sein Name, hatte einen Tag vorher Blut spenden wollen. Das Rote Kreuz hat uns heute Morgen informiert. So weit, so gut. Oder auch nicht, denn dieser Patient wurde seit der Behandlung bei Doktor Abel vermisst.«

Karin und Daniel tauschten einen gelangweilten Blick, Joshua hörte interessiert zu.

»Im Normalfall schreiben wir die entsprechende Person an, verbunden mit der Bitte, bei uns vorstellig zu werden. Unser Ziel ist es dann, mittels eines Fragebogens herauszufinden, wo der Patient sich angesteckt haben könnte, um einer eventuellen Epidemie vorzubeugen. Da mir Herr Doktor Abel aber versicherte, der junge Mann sei nicht erreichbar, habe ich mich selber auf den Weg gemacht. Nachdem ich ihn in seiner Wohnung mehrfach nicht erreichen konnte, habe ich mich an das Ordnungsamt gewandt. Die Kollegen dort haben wiederum Ihre Kollegen eingeschaltet. Und dabei stellte sich heraus, dass Gideon Lambert heute Morgen Selbstmord verübt hat«, Frantz sah betreten zu Boden, »man hat seine Leiche auf den Bahngleisen gefunden.«

Leonard Frantz beendete seine Aussage und sah seinen Zuhörern nacheinander erwartungsvoll in die Augen. Als die erhoffte Begeisterung ob dieser Sensation ausblieb, nestelte er nervös an der Fliege. Karin presste ihre Lippen aufeinander. Joshua reagierte als Erster.

»Herr Frantz, das ist eine tragische Geschichte. Aber wie Sie sagten, haben die Kollegen den Selbstmord bereits bearbeitet. Weshalb hat der Kollege Seifert Sie zu uns geschickt?«

Frantz hob die Augenbrauen und nickte zustimmend. Als wolle er seiner Aussage einen besonderen Ausdruck verleihen, faltete der Sachbearbeiter die Hände vor seine Brust. Er atmete noch einmal tief durch, bevor er zur Antwort ansetzte.

»Da ist noch die Aussage von Herrn Doktor Abel. Demnach handelte es sich bei den Viren im Körper des Patienten nicht um normale Hepatitis-B-Erreger. Also normal vielleicht schon, aber eben merkwürdig. Er hat in dem Blut dieses Studenten viel zu wenige Antikörper gefunden. Trotzdem ist die Infektion nicht ausgebrochen. Außerdem hätte er irgendwelche Zellreste finden müssen. So genau habe ich das auch nicht verstanden. Da fragen Sie den Doktor am besten noch einmal selber. Er fand das

Ergebnis seiner Untersuchungen auf alle Fälle sehr mysteriös! Noch etwas: Die Gerichtsmedizin hat uns Ergebnisse von zwei Personen zukommen lassen. Die Befunde weisen eine frappierende Übereinstimmung mit den Aussagen von Doktor Abel aus.«

»O nein!« Karin verdrehte genervt die Augen. Frantz sah sie einen Augenblick irritiert an.

»Ich wollte es nur melden«, entgegnete Frantz zaghaft.

»Das ist in Ordnung, danke. Ich glaube, Sie haben uns sehr geholfen«, Joshuas Enthusiasmus war ihm anzumerken. Frantz hatte das Büro bereits verlassen, Daniel zupfte Flusen von seinem Oberhemd, als Karin bedeutungsvoll nickte.

»Ich denke, diese Aussage können wir nicht ignorieren.«

»Du glaubst, Joshua hatte die ganze Zeit recht?«

»Ich glaube, die bisherigen Erkenntnisse bedürfen der Klärung«, antwortete Karin mit einem Seitenblick auf Joshua. Dieser nickte zufrieden.

»Allerdings haben wir immer noch nichts für den Staatsanwalt«, schob Joshua skeptisch hinterher.

»Bis die Ergebnisse vom BKA kommen, können wir nicht warten. Das kann doch kein Zufall sein, dass drei Tote voller Hepatitisviren sind«, rief Daniel. Joshua freute sich über die Zustimmung seines Kollegen.

»Ihr meint, da draußen bringt jemand Menschen um, weil sie an Hepatitis erkrankt sind«, Karin konnte den unausgesprochenen Ansatz ihres Kollegen nicht nachvollziehen.

»Falsch«, ging Joshua dazwischen, »nach den Aussagen von Professor Marburg sind den Studenten diese vermutlich gentechnisch veränderten Viren injiziert worden.«

»Aber warum?«

Karins Skepsis hielt sich.

»Warum sind sie jetzt tot?«, ergänzte Joshua und griff zum Telefonhörer. Nach zwei Telefonaten stand er auf.

»Ich fahre zum Elisabeth-Krankenhaus. Dort liegt der Lokführer mit einem Schock. Die Leiche muss schnellstmöglich obduziert werden. Außerdem muss jemand nach Dormagen und vor allem zur Uni. Wir brauchen die Liste aller Firmen, die in letzter Zeit dort Probanden werben wollten.«

»Wie denn?«

Joshua sah sie erstaunt an.

»Wir können doch jetzt nicht auf eigene Faust eine Ermittlung einleiten. Wie stellst du dir das vor? Komm hau ab, wir decken dich. Mehr ist nicht drin.«

21

Kalle nahm sich noch einmal den Bericht der Kriminaltechnik vor. Eben hatte Joshua ihn angerufen und die Neuigkeiten verkündet. Er bat ihn inständig, irgendein Indiz zu finden. Einen kleinen Happen, den die Staatsanwaltschaft schlucken musste. So wie sein Kollege Staatsanwalt Bornmeier beschrieb, dürfte die Chance auf ein Ermittlungsverfahren bei Viola Lubjuhn, der Krefelder Staatsanwältin, größer sein. Kalle las den Bericht schon zum zweiten Mal. Die ganze Zeit über hatte er dieses komische Gefühl im Hinterkopf. Das Gefühl, irgendetwas übersehen oder nicht richtig gedeutet zu haben. Während er unentwegt Zucker in seinen Kaffee schaufelte, sah er sich die Bilder vom Tatort an. Die merkwürdig verwinkelte Haltung des Opfers. Die Bank, auf der sich der Löffel und das Feuerzeug befanden. Warum ist er nicht dort sitzen geblieben? Kalle blätterte noch einmal in dem Bericht von Max Drescher. An Spritze und Löffel befanden sich ausschließlich die Fingerabdrücke des Opfers, las er. Kalle rieb sich nachdenklich das Kinn. Während er zu seiner Tasse griff, kam ihm ein Gedanke. Er stellte sie langsam zurück und las die Seite noch einmal. »… auf dem Einwegfeuerzeug der Marke »bic« konnten keinerlei Spuren gesichert werden.« Kalle griff sofort zum Telefon.

»Hallo Max. Warum konnten auf dem Feuerzeug keine Spuren gesichert werden?«

Für einige Sekunden vernahm er nur leises Atmen. Drescher musste die Frage erst zuordnen.

»Weil keine drauf waren«, kam anschließend die lapidare Antwort.

»Hättet ihr Fingerabdrücke feststellen können, wenn welche darauf gewesen wären?«

»Ja, natürlich. Hm … Du hast recht. Das ist merkwürdig. Moment mal«, Kalle hörte Rascheln im Hintergrund, »nein, das Feuerzeug war geradezu klinisch rein. Wir haben Rückstände von verflüssigtem Heroin auf dem Löffel gefunden. Übrigens keine Speichelreste, die wir eigentlich erwartet hatten.«

»Danke, Max. Noch was: Wäre es möglich, dass Spuren auf dem Feuerzeug verwischt wurden?«

»Ja, schon. Aber in der Regel stellen wir das fest. Reste von Fingerprints oder Abdrücke eines Handschuhs, Faserspuren etc. sind in einem solchen Fall meist nachweisbar.«

In seinem Unterbewusstsein erschien das Bild eines Fixers, der die Flüssigkeit, zumeist der eigene Speichel, auf dem Löffel zum Kochen brachte. Kalle war nun endgültig davon überzeugt, dass Patrick Schönfeld nicht alleine gewesen war in dieser Nacht.

Krieger fiel ihm ein. Die Aussage des Zeugen, das Opfer habe sich mit dem Feuerzeug ein Süppchen gekocht. Handschuhe wurden am Tatort nicht gefunden. Kalle zog die Visitenkarte aus der Hosentasche. Es war lediglich eine Handynummer angegeben. Die freundlich monotone Stimme einer Frau teilte ihm in mehreren Sprachen mit, dass der Teilnehmer nicht zu erreichen sei. Kalle erinnerte sich an das Hotel, in dem Krieger wohnte. Krieger war bereits abgereist. Er wollte es später noch einmal über Handy probieren.

Er rief Joshua an und machte sich auf den Weg zur Staatsanwältin.

22

Bert Maibusch begrüßte ihn leise. In seinem linken Arm befand sich eine Kanüle, die durch einen Schlauch mit einer Flasche über dem Bett verbunden war. Seine Augen wirkten glasig. Die Haut war farblos, Joshua hätte sein Alter auf mindestens siebzig Jahre geschätzt, wenn er es nicht besser gewusst hätte. Der junge Arzt verabschiedete sich mit dem Hinweis, er möge bitte jede Aufregung vermeiden. Joshua zog einen Stuhl an die Bettkante und setzte sich fast in Augenhöhe zu dem Lokführer. Das Telefonat mit Kalle vorhin auf dem Flur festigte seine Vermutung. Sie hatten drei perfide Morde aufzuklären. Die Leiche von Gideon Lambert befand sich bereits im Institut für Rechtsmedizin. Strietzel versprach ihm, diesen Fall vorrangig zu behandeln.

»Das war es wohl«, begann Maibusch ungefragt. Seine Augen wurden feucht, die Worte kamen leise und undeutlich aus seinem Mund. Auf Joshuas Stirn bildeten sich kleine Falten.

»Es war das dritte Mal in meiner Dienstzeit. Ich bin 55 Jahre alt, sie werden mich vorzeitig in den Ruhestand befördern. Sie können mich doch für nichts anderes gebrauchen.«

Maibusch schluckte. Eine kleine Träne rollte behäbig seine rechte Wange hinunter. Joshua kam sich unsagbar hilflos vor. Er gönnte Bert Maibusch eine kurze Pause, bevor er seine Frage formulierte.

»Haben Sie eine zweite Person in der Nähe gesehen?«

Maibusch sah ihn geistesabwesend an. Joshua überlegte, ob der Lokführer seine Frage verstanden hatte. Dieser presste seinen Kopf in das Kissen und starrte die Decke an. Joshua wollte seine Frage wiederholen, als sich die Lippen des Patienten öffneten.

»Ja. Ich sah einen Mann hinter der Brücke verschwinden. Nur für einen winzigen Augenblick. Plötzlich sah ich jemanden auf den Schienen … Ich habe sofort gebremst.«

Joshua nahm die feinen Vibrationen wahr, die Maibuschs Körper wie Wellen durchliefen. Viel Zeit dürfte ihm nicht mehr bleiben. Eilig stellte er die nächste Frage.

»Lag dieser Mann leblos da, war er vielleicht bewusstlos?«

»Nein … Er hob seinen Oberkörper, sah mich an und, und … hat gelächelt.«

Maibusch bekam einen Weinkrampf. Sein Gesicht verfärbte sich dunkelrot. Joshua sprang von seinem Stuhl, als der Arzt ins Zimmer stürzte, begleitet von einer jungen Frau. Der Mediziner warf Joshua einen wütenden Blick zu, zog gleichzeitig eine Spritze auf. Joshua verstand und verließ das Zimmer. Auf dem Flur kam ihm Serena Wenz entgegen. Die Kommissarin war mit den Ermittlungen des vermeintlichen Selbstmordes betraut worden. Joshua hatte mit ihr telefoniert. Er kannte die gleichaltrige Polizistin bereits aus der Ausbildung. Sie wollten sich bei einer Tasse Kaffee in der Cafeteria über den Fall unterhalten. Als Joshua Anstalten machte, mit seinem Kaffee in den kleinen Raucherraum durchzugehen, verzog sie missmutig ihr Gesicht. Sie setzten sich an einen freien Tisch im Nichtraucherbereich. Die blonde Kommissarin hatte ihre

Haare zu einem Zopf gebunden. Die kleinen, leuchtenden Augen hafteten auf seinen. Sie verzog keine Miene und doch stand ein Lächeln in ihrem Gesicht. Ohne seine Augen zu verlassen, nippte sie an dem schwarzen Getränk. Zu seiner Verwunderung fühlte Joshua eine leichte Nervosität, ohne dass es ihm unangenehm war.

»Und?«

Joshua zögerte. Ein kleines, träumerisches Zögern, das dafür sorgte, dass ihre Mundwinkel hochglitten und ihre Lippen ein Lächeln andeuteten. Er zuckte kaum spürbar, bevor seine Antwort kam.

»Ihr müsst die Spurensicherung verständigen. Der Lokführer hat jemanden weglaufen sehen.«

Das Lächeln verflog, ihre Gesichtshaut spannte sich.

»Du willst damit sagen, den hat jemand vor den Zug gelegt?«

»Die Annahme ist nicht abwegig.«

Joshua erzählte ihr ausführlich von seinen Ermittlungen. Erst jetzt wurde ihm deutlich, wie irrsinnig die Hintergründe waren. Die Neugierde war ihr anzusehen. Als er von der Reaktion des Staatsanwaltes berichtete, schüttelte sie ungläubig den Kopf.

»Das könnte sich nach der Aussage des Lokführers ändern.«

Joshuas Gestik verriet seine Bedenken. Wenn er dem Staatsanwalt die Aussage eines Lokführers unter Schock vorlegte, der für den Bruchteil eines Augenblicks irgendjemanden gesehen zu haben glaubte, den er vermutlich nicht einmal ansatzweise beschreiben konnte, würde Bornmeier allenfalls milde lächeln.

»Wenn wir Spuren finden«, antwortete Joshua. »Selbst dann haben wir noch nichts Eindeutiges. Es ist zum Verzweifeln. Alles deutet auf eine Serie von Morden hin und doch haben wir nichts in der Hand.«

»Aber noch ein paar Asse im Ärmel.«

Joshua ließ die Schultern hängen. Natürlich standen noch die Ergebnisse vom BKA und eine Obduktion aus. Andererseits hatte es in wenigen Tagen drei Tote gegeben. Nichts deutete darauf hin, es könnten in absehbarer Zeit nicht mehr werden. Wenn der Verdacht sich erhärten sollte, dass es sich bei den Opfern um Probanden für medizinische Tests gehandelt hatte, wäre zudem die Chance sehr gering, über die Drogenbeschaffung an die Täter zu gelangen.

»Was ist mit den Angehörigen des Jungen. Sind die verständigt?«

Joshua dachte an Kalles Gespräch mit den Eltern von Patrick Schönfeld. Die Todesnachricht eines Kindes zu überbringen, ließ so manchen Polizisten bereits an seine psychischen Grenzen stoßen. Was seine Kollegen mitzuteilen hatten, ging darüber hinaus.

»Der Vater lebt nicht mehr, die Mutter wohnt irgendwo in Frankreich. Unsere Leute versuchen gerade, die Adresse zu bekommen. Seine Wohnung haben wir durchsucht. Einen Abschiedsbrief konnten wir nicht finden. An der Uni beschreiben sie ihn als sehr fröhlichen und aufgeschlossenen Menschen. Der Selbstmord war ein regelrechter Schock für seine Kommilitonen. Niemand hatte damit gerechnet.«

Joshua schluckte hastig den Rest seines Kaffees. Er war aufgewühlt, konnte nicht länger tatenlos abwarten.

»Ich würde mir gerne den Tatort ansehen.«

Serena nickte.

Von einem kleinen Parkplatz im Wald, an dem Jogger ihre Fahrzeuge abstellten, gelangten sie zu den Schienen. Die Luft war diesig wie an einem Novemberabend. Es wurde kalt, die Dämmerung setzte ein. Der Boden war mit einer dünnen Schicht Schnee bedeckt. Auf dem Gleiskörper erkannte Joshua Nummerntafeln der Kriminaltechnik. Der Bahnabschnitt bei Angermund wurde für den Abend gesperrt, der Zugverkehr großräumig umgeleitet. Er reichte Serena seine Hand, als sie den Bahndamm bestiegen. Sie fühlte sich weich und zart an.

Ungefähr einhundert Meter stadteinwärts von der Stelle, an der die kleinen Täfelchen standen, war über dem Gleis eine kleine Brücke zu sehen. Dahinter leuchteten Scheinwerfer die Umgebung aus. Einige Kollegen in weißen Schutzanzügen liefen geschäftig umher. Joshua und Serena gingen über die Bahnschwellen dorthin. Wenige Meter vor der dunklen Betonwand der Brücke befand sich eine weitere Nummerntafel. Die Innenwand der Brücke ließ Blutspritzer erkennen.

»Habt ihr schon was«, fragte Joshua in die Runde. Ein untersetzt wirkender Kollege mit langen, grauen Haaren trat zu ihm.

Robert Marx, wie er sich vorstellte, zauderte.

»Da ist *schon* eine Spur. Die Person hat den Bahndamm direkt hinter der Brücke verlassen.«

Joshuas Augen strahlten den Spurenermittler erwartungsfroh an. Dieser hob abwehrend die Hände.

»Mit Spur meine ich breit getretenes Gras und abgeknickte Halme. Ich komme mir vor wie Winnetou. Kurz vor der Straße«, er deutete mit einem Nicken auf die nahe Landstraße, »hat er einen großen Satz auf den Asphalt gemacht. War also wohl kein Spaziergänger.«

»Wieso nicht?«

»Zwischen der Stelle, an der die Grasfläche aufhört, und dem Asphalt der Straße befindet sich ein achtzig Zentimeter breiter Streifen mit lockerer Erde. Dort wäre ein Fußabdruck in hervorragender Qualität zurückgeblieben. Einem Spaziergänger wäre das wohl schnuppe gewesen.«

»Habt ihr nur diese eine Spur?«, wollte Joshua wissen.

»Ja, und auch nur in eine Richtung. In dem Gebiet neben der Unfallstelle gibt es keinerlei Spuren. Dafür können wir die vorhandenen Spuren zeitlich einigermaßen fixieren. Um 18.22 Uhr ist der Unfall passiert. Bis circa 19 Uhr hat es geschneit. Die Schneedecke ist gleichmäßig, ohne Lücken. Das bedeutet, die Person ist vor 19 Uhr hier entlanggelaufen.«

»Gibt es Reifenspuren?«

»Soweit sind wir noch nicht. Die Straße wird gerade gesperrt, wir werden uns gleich darum kümmern.«

Grübelnd sah Joshua sich um. Seine Augen wanderten langsam von der Stelle, an der die Kriminaltechniker die Fußspur sichern konnten, auf dem Schienenstrang entlang bis zu der Stelle, an der Lambert von dem Regionalzug erfasst worden war. Er versuchte, sich die Szene aus Sicht des Opfers vorzustellen. Sofort bildete sich eine Gänsehaut auf seinem Körper.

»Der Lokführer sagte aus, der Mann habe kurz vor dem Aufprall seinen Oberkörper angehoben?«, unterbrach Serena seine Vorstellungen.

Er hat gelächelt, dachte Joshua. Sein letzter Ausdruck auf dieser Welt war ein Lächeln. Warum lächelt ein Mensch in der Sekunde seines Todes?

»Ja, das hat er«, antwortete Joshua immer noch geistesabwesend und ohne den Sinn der Frage zu verstehen.

»Was, wenn der ominöse Unbekannte gar nicht beteiligt war?«

»Er hat sich darum bemüht, keine Spuren zu hinterlassen und war ungefähr zur Tatzeit zumindest in der Nähe des Tatortes. Worauf willst du hinaus?«

»Der Lokführer sah den Mann gerade noch hinter der Brücke verschwinden. Die ist von der Unfallstelle circa

80 Meter entfernt. Für diese Strecke bräuchte er bei dem Gelände mindestens zwanzig Sekunden. Für einen Menschen, der dazu in der Lage ist, seinen Oberkörper anzuheben, sollte diese Zeit ausreichen, sich in Sicherheit zu bringen. Es muss einen Grund dafür geben, weshalb er das nicht tat.«

Er hätte verletzt sein können, der Bericht der Gerichtsmedizin stand ja noch aus, überlegte Joshua. Serena hatte recht, grundsätzlich sollten sie diesen Ansatz verfolgen. Unterwegs zum Parkplatz dachte er intensiv darüber nach. Was war mit den anderen? Über die Umstände, die zum Tod von Markus Stachinsky geführt hatten, war ihnen nicht viel bekannt. Patrick Schönfeld, der Bericht aus Krefeld, er dachte an Kalles letzten Anruf. Das Feuerzeug ohne die Fingerabdrücke des Opfers. Jemand hat seinen Tod vorbereitet. Auch Schönfeld hätte sich also wehren können. Es gab nicht die geringsten Anzeichen eines Kampfes.

Was würde Jack dazu sagen?, ging es Joshua unvermittelt durch den Kopf. Wie an einem unsichtbaren Faden zog der Gedanke das Bild seines Freundes an seinem inneren Auge vorbei. Am meisten machte ihm zu schaffen, dass er nicht mit ihm reden konnte. Seine Gedanken wanderten zu Corinna. Seit der Geburt der Kinder war sie ein Nervenbündel, litt unter Depressionen. Jack kümmerte sich aufopferungsvoll um seine Familie. Kurz bevor er mit der Altherrenmannschaft aus Hamm in den Thailandurlaub aufgebrochen war, hatte Corinna die Kur beendet. Danach war es ihr deutlich besser gegangen, sogar die lange unter dunklen Gefühlen vergrabene Fröhlichkeit war wiedergekehrt. Das Klingeln seines Handys holte Joshua in die Realität zurück. Es war Eugen Strietzel. Der Gerichtsmediziner klang sehr aufgeregt.

»Blut- und Gewebeproben sind bereits auf dem Weg

zur Virologie. Ich habe mit unseren bescheidenen Mitteln vermutlich nur die Spitze des Eisberges angekratzt, aber das reicht mir schon«, Strietzel sprach ungewohnt schnell. Er schien völlig aus der Fassung zu sein.

»Der Junge war eine lebende Zeitbombe! Auch wenn es sarkastisch klingt, sein Tod hat vermutlich vielen anderen das Leben gerettet.«

Joshua atmete tief durch. Er kannte den Rechtsmediziner als eher nüchternen Zeitgenossen. Die Leichen auf seinen silbernen Tischen betrachtete er als das, was sie im Sinne des Gesetzes waren, potenzielle Spurenträger. Es machte ihm nichts aus, mit seiner Kollegin neben aufgeschnittenen Körpern und abgetrennten Schädeldecken Kochrezepte auszutauschen. Die Unruhe Strietzels übertrug sich auf Joshua, seine Anspannung nahm spürbar zu.

»Ich kann dir das jetzt nicht alles am Telefon erklären. Am besten kommst du morgen früh gleich zu mir oder fährst direkt zu den Virologen. Ich denke, die fangen sofort mit den Untersuchungen an.«

»NEIN! Ich komme sofort.«

»Das geht leider nicht. Meine Frau und ich haben heute unseren Hochzeitstag. Ich habe ihr hoch und heilig versprechen müssen, spätestens um vier zu Hause zu sein. Also, bis morgen.«

Ein leises Knacken, gefolgt von beunruhigender Stille drang an sein Ohr. Sprachlos sah er auf das Mobiltelefon. Die Ziffern 18:34 waren in der aufkommenden Dunkelheit kaum noch zu erkennen.

»Das gibt es doch nicht«, murmelte Joshua undeutlich. Immer noch perplex berichtete er Serena von dem Gespräch.

Die Scheinwerfer am Rand der Bahntrasse waren inzwischen abgebaut und befanden sich nun auf der Fahrbahn unweit des Bahnüberganges. Joshua versuchte, die nebulösen Andeutungen Strietzels zu deuten. Die Untersuchungsergebnisse der ersten beiden Opfer hatte der Mediziner vergleichsweise nüchtern kommentiert. In Gedanken verabschiedete Joshua sich von seinem freien Wochenende. Er war beinahe froh darüber.

»Konntest du Bornmeier noch erreichen?«

»Nein. Ich werde es gleich morgen früh noch einmal versuchen.«

Für Karin war jetzt klar, dass sie mitten in einer Mordermittlung steckten. Joshua hatte nicht damit gerechnet, seine Kollegin noch in der Dienststelle anzutreffen. Daniel war bereits gegangen. Er hatte am nächsten Tag Geburtstag und wollte noch einiges vorbereiten. Obwohl er niemanden eingeladen hatte, ging er anscheinend vom Besuch der Kollegen aus. Zumindest hatte er seinen nahenden Geburtstag in dieser Woche rund ein Dutzend Mal unauffällig erwähnt. Kalle hatte sich etwas Besonderes einfallen lassen und sich dafür von der Freundin des Kollegen den Zweitschlüssel von Daniels Wohnung ausgeliehen. Das Problem bestand bisher darin, Daniel an diesem Tag von seiner Wohnung fernzuhalten. Das dürfte sich nun erledigt haben.

»Wie weit seid ihr in eurem Fall?«

Joshua hatte sich unterwegs an einer Tankstelle belegte Brötchen besorgt, die beinahe so alt waren wie dieser Tag. Als er vor der Kasse anstehen musste, waren ihm die dicken Schlagzeilen der Boulevardpresse aufgefallen. Im Radio bekam er noch das Ende eines provokanten Berichtes dazu mit. Karin grinste ihn breit an.

»Die Paparazzi waren ausnahmsweise von Vorteil. Schorndorf konnte es sich nicht mehr leisten, auf eine Handvoll Polizisten zu setzen. Ab morgen werden zwanzig Geldautomaten rund um die Uhr bewacht.«

Der Behördenleiter war der Ansicht, das Interesse aus der Bevölkerung sowie der übergeordneten Dienststellen würde beständig auf ihn fokussiert. Jeden noch so harmlosen Zeitungsartikel nahm er als Kritik an seinen Führungsfähigkeiten wahr. Joshua gefiel dieser plötzliche Aktionismus überhaupt nicht.

»Wir werden ab morgen jede verfügbare Kraft benötigen. Die Automatenknacker müssen warten.«

»Bin gespannt, wie du das Schorndorf beibringen willst. So, wie der sich heute aufgespielt hat, wird das wohl nichts.«

23

Es regnete unablässig wie aus Eimern, besser hätte sich das Wetter der allgemeinen Stimmungslage nicht anpassen können. Während die engsten Angehörigen vor dem Grab angekommen waren, reichte das Ende des Trauerzuges noch bis auf den Bürgersteig vor dem Haupttor des Düsseldorfer Südfriedhofes. Corinna musste von beiden Seiten gehalten werden, ihr Gesicht war aufgeweicht von Tränen. Ein Blitzlichtgewitter leuchtete den geschmückten Eichensarg aus, als Schorndorf eine peinlich pathetische Rede hielt. In dem Augenblick, da der Sarg in die Tiefe glitt, konnte Joshua seinen Schmerz nicht mehr länger in seinem Innern gefangen halten. NEIN, schrie er aus voller Kehle und immer wieder. Er spürte eine Hand auf seiner Schulter, die ihn schüttelte.

»Joshua! Joshua!«

Als er die Augen aufschlug, nahm er Janines Finger wahr, die ihn sanft streichelten. Das T-Shirt klebte an seinem Oberkörper. Tief und gleichmäßig atmete er durch. Die Schlafzimmertür öffnete sich leise. Britt kam herein und rieb sich die verschlafenen Augen.

»Schon gut, mein Kleines. Papa hat nur schlecht geträumt.«

Wortlos drehte sie sich um und ging zurück in ihr Zimmer. Joshua sah auf die rote Leuchtanzeige seines Weckers. 5:05 Uhr. Er gab seiner Frau einen zärtlichen Kuss und stand auf. Ohne ins Bad zu gehen, streifte er sich den Jogginganzug über.

Jagger blinzelte ihn müde aus seinem Korb an. Die Falten in seinem Gesicht hingen schlaff herab, es schien so, als seien über Nacht einige hinzugekommen. Als Joshua die Laufschuhe anzog, schoss Jagger hellwach auf ihn zu.

Monoton klatschten die Schuhe auf den nassen Asphalt des Radweges. Drei Schritte lang atmete er ein, drei Schritte aus. Sein Lauf glich der Gleichmäßigkeit eines Uhrwerks. Die Gedanken schossen unkontrollierbar wie Blitze eines nächtlichen Gewitters durch seinen Kopf. Wie an einer Schnur gezogen, bog Joshua in einen Feldweg ein und lief entlang einer Allee aus Pappeln. Den vorauseilenden Jagger hatte die Dunkelheit verschluckt. Mit einem mächtigen Satz übersprang er den kleinen Bachlauf, dessen Oberfläche das Mondlicht reflektierte. Feuchte, kalte Luft durchströmte seinen Körper. Winzige Bruchstücke formierten sich zu Gedanken, die wehtaten. Die Ermittlungen werden ab heute an Intensität zunehmen, für Jack wird keine Zeit bleiben. Ausgerechnet jetzt!

Jagger rannte bellend hinter dem Fahrrad des Zeitungsboten her. Der Rentner schaltete einen Gang hoch und fuhr unverrichteter Dinge an einer Reihe von Häusern vorbei, bis Jagger sich lustlos abwandte. Der ältere Herr rief Joshua ein paar Flüche hinterher.

Die Espressomaschine spie gurgelnd die letzten Tropfen in die Tasse. Frisch geduscht und rasiert bereitete Joshua ein Frühstück aus Müsli und Früchten zu. Zufrieden überflog er die Tageszeitung. Ein Fußballskandal hatte die Bankraubserie in den Innenteil verdrängt. Auf Seite drei wurde in einem Einspalter von einem Selbstmord auf Bahngleisen berichtet. Er wollte aufstehen, um sein Geschirr abzuräumen, als Janine neben ihm stand. Das Unterhemd von ihm war ihr viel zu groß. Sie sah verführerisch aus. Joshua legte seinen rechten Arm um ihre Hüften und küsste ihre Brust durch das Hemd.

»Nicht«, flüsterte sie, »die Kinder sind schon wach.«

In der Virologie der Universitätsklinik meldete sich der Anrufbeantworter. Eine Frauenstimme verkündete die Bürozeiten. Der Samstagvormittag befand sich erwartungsgemäß nicht darunter. Joshua fuhr direkt zum Institut für Rechtsmedizin. Tief hängende Wolkenberge verkündeten drohend ein verregnetes Wochenende.

Strietzel empfing ihn in Jeans und dunkelblauem Pullover. Während Joshua im kühl wirkenden Büro Platz nahm, zog der Arzt sich einen Kittel über. Mit einem Fingerzeig bat er Joshua, ihm ins Labor zu folgen. Unterwegs durch einen der Flure gab Strietzel erste Ergebnisse preis.

»An den Fußgelenken und dem Knöchel der rechten Hand haben wir Druckstellen und Wundmale entdeckt. Nach der Größe zu urteilen könnte es sich um Lederbänder gehandelt haben, wie sie beispielsweise in der Psychiatrie verwendet werden.«

»Komisch.«

»Was meinst du?«

»Wenn ich jemanden fessele, lasse ich doch nicht eine Hand frei.«

»Der linke Unterarm ist bei dem Aufprall auf die Schiene geschleudert worden und unter die Räder gekommen. Da lässt sich nichts mehr feststellen. «

Neonlampen flackerten überall an der Decke auf. Das Licht spiegelte sich auf den Edelstahltischen in der Mitte des Raumes. Auf einem der Tische lag eine nackte Frauenleiche. Ihr Körper war mit dunklen Flecken überzogen. Joshua hatte nie verstehen können, aus welchem Grund ein Mensch den Beruf eines Pathologen ergreifen wollte. Er ging um den Tisch mit der Leiche herum. Es machte ihm nicht viel aus. Es war eine »saubere« Leiche. Der erste Mordfall, damals in Krefeld, fiel ihm ein. Die Leiche hatte mehrere Wochen in einem See gelegen. Der aufgequollene Körper war wochenlang die Hauptfigur seiner Albträume gewesen.

»Überzeuge dich selbst«, Strietzel deutete auf ein Mikroskop zwischen zwei Kühlboxen.

Joshua kam es vor, als blicke er in eine andere Welt. Hunderte kleiner Objekte in unterschiedlichsten Formen und Farben präsentiertem sich seinem Auge. Einige von ihnen bewegten sich zu seiner Überraschung ruckartig vorwärts, andere verharrten leblos an ihrem Platz. Ratlos wandte er sich von dem Gerät ab und sah den Mediziner fragend an.

»Was ist das?«

»Eine Blutprobe eures Selbstmörders«, Strietzel antwortete betont sachlich und emotionslos.

»Das habe ich mir gedacht. Ich meinte auch diese … Punkte.«

Strietzel lehnte sich an einen Unterschrank und verschränkte die Arme vor der Brust.

»Diese Punkte, wie du es ausdrückst, kann bis vor kurzem noch nie ein Mensch gesehen haben. Es gibt sie nämlich eigentlich gar nicht, zumindest einen Teil davon«, schränkte er ein. Bevor Joshua nachhaken konnte, fuhr Strietzel fort.

»Die Kollegen an der Uni haben die ganze Nacht durchgearbeitet. Heute Morgen um fünf waren sie so freundlich, mich zu wecken. Sagt dir H5N1 etwas?«

»Der Vogelgrippevirus?«

»Genau! Eine bisher unbekannte Mutation von diesem Erreger tummelte sich milliardenfach in seinem Körper. Ebenso häufig kommt der Erreger des Denguefiebers in seinem Blut vor und noch ein halbes Dutzend anderer Viren, die nicht gerade auf der Artenschutzliste stehen.«

»Wie kam er daran?«

Joshua hatte nicht viel Ahnung von Virologie, was den Schatten, der sich über ihm zusammenzog, nur noch bedrohlicher erscheinen ließ. Die Lippen des Arztes bildeten eine dünne, gerade Linie. Der kalte, stählerne Ausdruck seiner Augen machte Joshua unruhig.

»Intravenös, würde ich sagen.«

Strietzel machte eine kurze Pause. Joshuas Unruhe stieg weiter an.

»Diese Mixtur kann er sich wohl kaum auf natürlichem Wege zugezogen haben. Wenn man mal von dem aus der Art geschlagenen H5N1-Erreger absieht, kommt der Rest in jedem gut sortierten Labor vor.«

»Wie bitte?«

»Die Pharmaindustrie ist im Besitz aller bekannten Viren. Sie benötigt sie, um Impfstoffe zu entwickeln. Um deine Frage vorwegzunehmen, sie werden den Menschen nicht versuchsweise injiziert. Erst in der dritten Phase der Medikamentenentwicklung kommen die Probanden ins Spiel. Dabei geht es dann lediglich noch um Verträglichkeiten und Nebenwirkungen. Wovon im uns betreffenden Fall keine Rede sein kann. Der Verblichene war die reinste Labormaus und selbst denen geht es noch besser. Es war natürlich nicht die Todesursache, aber das Opfer wurde zweifelsfrei für illegale medizinische Versuche missbraucht. Übrigens allem Anschein nach sehr erfolgversprechend, auch wenn es zynisch klingt. Aus medizinischer Sicht die viel größere Sensation.«

Drei Morde, um ein Medikament oder einen Impfstoff zu entwickeln. Joshua bekam eine Gänsehaut bei dem Gedanken, wie skrupellos mit dem Leben von Menschen umgegangen wurde. Aus Strietzels Augen entwich die

Kälte, seine Mimik ging in eine kühle Sachlichkeit über, als er weitersprach.

»Die Kollegen der Virologie konnten Antikörper und Zellreste nachweisen, und zwar von sämtlichen Erregern, die sich in seinem Körper befanden. Es sieht beinahe so aus, als wäre es jemandem gelungen, einen universellen Impfstoff zu entwickeln. Das würde quasi der Lizenz gleichkommen, Geld zu drucken.«

Joshua pfiff durch die Zähne. Da war also das lang ersehnte Motiv. Im selben Moment kamen ihm Bedenken. Sobald dieser Impfstoff auf den Markt käme, gäbe es eine Spur zum Mörder. Zudem dürften große Pharmakonzerne wohl kaum derartige Mittel einsetzen und einem kleinen Labor die Möglichkeiten der Herstellung und Vermarktung fehlen.

»Es sind letztendlich nur Formeln«, klärte Strietzel ihn erneut auf, »die könnten großen Konzernen über Mittelsmänner zum Kauf angeboten werden. Und glaube mir, die Pharmaindustrie ist nicht so zimperlich, wie du denkst, wenn es darum geht, ein gutes Geschäft zu machen. Außerdem dauert es noch Jahre bis zur Zulassung, da wächst viel Gras.«

Joshua schluckte.

»Du meinst, da haben die Mitarbeiter eines kleinen Labors gemeinschaftlich einen dreifachen Mord verübt?«

»Muss nicht sein. Eine Einzelperson wäre ebenso denkbar. Was den wissenschaftlichen Background betrifft.«

Joshua fiel ein Detail auf, welches einen Anflug von Erleichterung in ihm auslöste.

»Du sagtest, es ist ihnen gelungen, einen Impfstoff zu entwickeln. Heißt das, wir brauchen keine weiteren Opfer mehr befürchten?«

»Möglich«, Strietzels unsicherer Ausdruck war Gift für Joshuas vorschnellen Optimismus, »allerdings werden in der Praxis Hunderte von Tests gemacht, um das Ergebnis zu verifizieren. Mit Mäusen und Ratten, aber dieser Schritt wurde im vorliegenden Fall ja offensichtlich übersprungen. Besser, du schränkst deine Erwartungen ein wenig ein.«

Wie eine riesige Pranke mit nadelgleichen Krallen spürte Joshua die Zeit im Nacken. Noch schwebte sie über ihm, was sich Sekunden später ändern sollte.

»In Ordnung. Behalte das Ergebnis auf jeden Fall für dich. Es darf kein Wort an die Öffentlichkeit dringen. Das gilt auch für die Virologen!«

»Machst du Witze? Ich muss die Gesundheitsbehörden und das Innenministerium informieren und zwar eigentlich schon gestern.«

Die Pranke begann, sich bedrohlich zu senken.

»Wieso?«, Joshua hob seine Stimme, »sein Immunsystem hatte die Erreger doch eliminiert, oder?«

»Ja, und wann?«, auch Strietzel wurde nun lauter.

»Was ist, wenn dieser Lambert mit Menschen in Kontakt kam, bevor sein Immunsystem reagieren konnte? Joshua, er war dazu in der Lage, unser Land mit einer Epidemie zu überziehen, wie es sie noch nie zuvor gegeben hat. Wenn er es nicht bereits getan hat! Alle verfügbaren Fachkräfte müssen sofort damit beginnen Impfstoffe zu entwickeln, bevor es zu einer Katastrophe kommt. Und dafür möchte ich die Verantwortung nicht übernehmen.«

Joshua senkte den Kopf, legte eine Hand an die Stirn und schloss die Augen. Strietzel war keiner von den Zeitgenossen, die vorschnell in Panik gerieten. Seine Sichtweise war nur allzu verständlich. Für die Medien ist es eine Bombe, dachte er besorgt. Immerhin würde Schorndorf nicht mehr umhinkommen, jede verfügbare Einsatzkraft mit diesem Fall zu betrauen. Joshua hatte die Geister gerufen, ohne die geringste Ahnung, wie mächtig sie sein würden.

Er dachte daran, dass Jack normalerweise die Leitung der Ermittlungen übertragen bekäme, und fragte sich, wer seine Rolle nun übernehmen würde. Bei dem Gedanken an seinen Freund durchdrangen plötzlich einzelne Sonnenstrahlen seine verdunkelte Seele. Hoffnungsvoll wanderten seine Augen in das Gesicht von Eugen Strietzel.

»Habt ihr auch Antikörper gegen das Denguefieber gefunden?«

Strietzel stutzte. Nachdenklich starrte er Joshua an.

»Ja, haben wir. Gegen den Erreger, das Fieber ist eine Abwehrreaktion des Körpers gegen den Eindringling. Dagegen war bisher kein Kraut gewachsen. Alleine damit lässt sich im asiatischen Raum ein Vermögen machen.«

Der Gerichtsmediziner wirkte jetzt fast euphorisch.

»Die erste Infektion verläuft wenig spektakulär, aber bei der zweiten kann es zu einem sogenannten Dengue-Schock-Syndrom ...«

»Ich weiß«, unterbrach Joshua ihn hektisch. Die Freude über Strietzels Antwort war ihm anzusehen.

»Das bedeutet, man kann ein Antibiotikum oder so was in der Art gegen das Denguefieber herstellen?«

Strietzel lachte. Es war ein Lachen, das Joshua wie ein Faustschlag in den Magen fuhr.

»Erstens: Ein Antibiotikum wirkt nur gegen Bakterien, nicht gegen Viren. Obwohl es immer noch Hausärzte geben soll, die bei einem grippalen Infekt darauf setzen.

Zweitens: Wir haben Antikörper des Dengue-Erregers entdeckt. Wir haben auch Hüllen von Zellen entdeckt, die dieser Virus als Wirt auserkoren hat. Aber, und das ist das Entscheidende, wir haben nicht die geringste Ahnung, was den Körper dazu veranlasst hat, diese Antikörper zu bilden. Das weiß vermutlich nur ein einziger Mensch. Die Kollegen an der Uni untersuchen den Körper weiter rund um die Uhr. Es ist eine absolute Sensation.«

Mit gnadenloser Geschwindigkeit rauschte das Gefühl der Ohnmacht durch seinen Leib. Die ersten klaren Gedanken, die sein Verstand zu fassen bekam, wirkten so widersprüchlich auf Joshua wie die Aussagen Strietzels. Irgendwo da draußen trieb ein perverser Wissenschaftler seine tödlichen Versuche an nichts ahnenden Menschen. Ausgerechnet an dieses Monster war nun die verzweifelte Hoffnung gekettet, seinen Freund zu retten. Was wäre, wenn sie ihn bekämen? Wenn sie den rettenden Impfstoff in seinem Labor sicherstellen könnten? Würden dann Jahre vergehen, bis dieser Impfstoff die höchstamtliche Zulassung erlangte? Jahre, die Jack nicht mehr zur Verfügung stünden.

Übers Handy erreichte Joshua der Anruf des Staatsanwaltes. Bornmeier bat ihn, sofort in sein Büro zu kommen.

Der Jurist wirkte mitgenommen. Mit fahrigen Bewegungen bot er Joshua einen Stuhl an. Zur Genugtuung des Kommissars hatte Strietzel den Advokaten über seine Privatnummer verständigt und offenbar in helle Aufregung versetzt.

»Ich habe das Ermittlungsverfahren bereits eingeleitet. Ihre Behörde ist unterrichtet und angewiesen, umgehend eine Sonderkommission zu gründen. Mensch, Trempe, ich bewundere Ihren Riecher. Das muss in den Genen liegen.«

»Leider fehlt mir die Fähigkeit, Staatsanwälte zu überzeugen. Aber ich bin schon froh, nicht sicherheitshalber einen vierten Mord abwarten zu müssen.«

Das letzte Wort war noch auf dem Weg zu Bornmeier, da biss Joshua sich bereits auf die Lippen. Bornmeier brachte aber genügend Souveränität auf, ihm diese Bemerkung nicht übel zu nehmen.

»Ich wünschte mir, Sie könnten die Dinge einmal aus meiner Perspektive sehen.«

Das wünschte Joshua sich auch. Es kam immer wieder vor, dass er die Handlungsweise des Staatsanwaltes nicht nachvollziehen konnte. Thomas Stachinsky fiel ihm ein. Der Uraltbankraub musste noch bearbeitet werden. Joshua malte sich aus, wie sein Vater den ganzen Tag nervös neben dem Telefon verbrachte und auf die Erfolgsmeldung wartete. Ihm war nicht wohl dabei. Die Zeile am Schluss des letzten Briefes ging ihm durch den Kopf. Stachinsky mahnte seinen Sohn, zur Polizei zu gehen. Ein Mann, der zwanzig Jahre am anderen Ende der Welt verbrachte, weil er eine Bank überfallen hatte. Ein Vater, dessen Nähe zu seinem Sohn sich auf Briefe beschränkte. Mehr noch, Stachinsky kam wenige Tage vor der Verjährung seiner Tat nach Deutschland zurück und riskierte eine lange Gefängnisstrafe. Dafür musste es einen triftigen Grund geben. Gestern hatte Stachinsky deutlich gemacht, wie gering sein Vertrauen in die Polizei war. Wenn sie ihn nun verhaften würden, dürfte seine Kooperationsbereitschaft gegen null tendieren. Joshua blieb keine Wahl. Er durfte nicht auf Zeit spielen. Abgesehen davon, dass er sich strafbar machte, würde das Verhältnis zu seinem Vater wohl tiefe Risse erleiden.

Joshua biss auf die Zähne und berichtete Bornmeier detailliert von dem Bankraub vor fast genau zwanzig Jahren. Der Staatsanwalt pfiff anerkennend.

»Glückwunsch, mein Lieber. Da können wir den Medien auch mal wieder was Positives präsentieren. Wann läuft die Verjährungsfrist denn ab?«

»Heute. Wir wissen allerdings nicht, wo Stachinsky sich aufhält.«

»Das macht nichts. Sobald der Haftbefehl ausgestellt ist, unterbricht die Verjährungsfrist. Aber«, Bornmeier wurde nachdenklich, »das muss Stachinsky doch auch gewusst haben. Warum riskiert er das?«

Joshua zuckte nur stumm mit den Schultern.

24

Die Ereignisse überschlugen sich. Die Krefelder Staatsanwaltschaft in Person von Viola Lubjuhn hatte zeitgleich, wenn auch aus anderen Beweggründen ein Ermittlungsverfahren eingeleitet. Somit wurde den Krefelder Kollegen auch die Leitung der Ermittlung übertragen. Schorndorf war zähneknirschend der Anweisung des Staatsanwaltes gefolgt und hatte eine 15-köpfige Sonderkommission gegründet. Die Aufgabe des Landeskriminalamtes bestand nun darin, die Kollegen zu beraten, sowie ihnen mit ihren technischen Mitteln und ihrem Wissen zur Seite zu stehen. Aufgrund der Möglichkeiten, die dem LKA zur Verfügung standen und der geografischen Nähe wurde man sich einig, Öffentlichkeitsarbeit und Lagebesprechungen nach Düsseldorf zu verlagern.

Das Innenministerium hatte nach einer eiligst einberufenen Krisensitzung den Beschluss gefasst, die Öffentlichkeit umgehend zu informieren. Bornmeier hatte ohne Zögern die Öffentlichkeitsfahndung zugelassen. In der vor einer Stunde beendeten Pressekonferenz wurde ein Bild von Gideon Lambert verteilt. Zwar diente diese Vorgehensweise in erster Linie dem Zweck, herauszufinden, ob und wer möglicherweise mit dem Studenten in Kontakt gekommen war und sich so mit den lebensbedrohlichen Erregern infiziert haben könnte, auf der anderen Seite bestand aber auch die Möglichkeit, Hinweise zu erlangen, die zum Täter führen könnten. Die Nachricht schlug in der Medienwelt wie eine Bombe ein. Der WDR hatte sein komplettes Programm geändert und berichtete ununterbrochen in Sondersendungen von dieser Seuche, wie der Radiosender es dramatisch formulierte. Joshua hielt diese Panikmache für absolut übertrieben. Seiner Meinung nach dürfte Gideon Lambert die letzten Tage seines Lebens wohl kaum in Freiheit verbracht haben.

Eine Abordnung von zehn Kollegen aus Krefeld war inzwischen eingetroffen, unter ihnen auch die Staatsanwältin Viola Lubjuhn. Gemeinsam mit den Kriminalisten des LKA traf man sich in einem Sitzungssaal im Erdgeschoss. Es galt nun, möglichst rasch die Ermittlungen zu koordinieren.

Noch bevor diese offiziell begannen, musste Joshua die erste Niederlage einstecken. Schorndorf berief Rafael Gamerschlag vom Dezernat 61 zum Leiter der Sonderkommission »Virus«. Daniel und Joshua waren erst seit einem Jahr beim LKA, mit Karin Seitz hatte Schorndorf sich schon vor Jahren überworfen. Als Joshua den Behördenleiter im Flur vor dem Sitzungssaal nach dem Grund für dessen Entscheidung fragte, machte Schorndorf keinen Hehl aus seiner Abneigung.

»Herr Trempe, Ihre fachlichen Qualifikationen mal außen vor gelassen, unser Fall wird möglicherweise das Interesse der Weltöffentlichkeit auf sich ziehen. Dieser kann ich unmöglich einen leitenden Ermittler präsentieren, dessen äußeres Erscheinungsbild eher an einen Ganoven erinnert als an einen Polizisten. Vielleicht lassen sie sich mal von Ihrem Kollegen van Bloom beraten, was Ihr Outfit betrifft.«

Joshua zeigte sich unbeeindruckt und nickte nur lapidar. Der Umstand, nicht als Leiter der SoKo in die Ermittlungen zu gehen, schmerzte ihn weniger als die Tatsache, auf diese, wie er fand, polemische Art und Weise abqualifiziert worden zu sein. Zudem hegte Joshua Zweifel an der Richtigkeit dieser Personalentscheidung. Er musste sich eingestehen, den Kollegen nicht gut genug zu kennen, um sich ein Urteil erlauben zu können. Aber sein Ruf hatte ihn schon nach wenigen Wochen im LKA ereilt. »Pille«, wie Gamerschlag unter den Kollegen genannt wurde, weil er permanent damit beschäftigt war, diverse Medikamente und Nahrungsergänzungsmittel einzunehmen, war nicht sonderlich beliebt. Ungefähr die Hälfte des Jahres blieb er dem Dienst aufgrund von Krankheiten fern, die kaum jemand kannte. Karin meinte einmal im Scherz, Pille sei ein wandelndes Medizinlexikon. Darüber hinaus wurde er für alle möglichen Gelegenheiten, hauptsächlich aber Arzttermine, vom Dienst freigestellt. Auf dem Flur machte das Gerücht die Runde, Pille habe allein im vergangenen Jahr dreimal frei bekommen, um der Beerdigung seines Schwiegervaters beizuwohnen. Was schon deshalb nicht stimmen konnte, weil dieser mindestens einmal pro Monat mit Schorndorf Golf spielte.

Nachdem Schorndorf eine seiner langweiligen Ansprachen mit dem üblichen Hinweis auf die besondere Dringlichkeit vorgetragen hatte, übernahm Rafael Gamerschlag. Er hatte sich in der kurzen Zeit erstaunlich gut in die Akten eingelesen. Den meisten der Anwesenden war dies noch nicht möglich gewesen. Gamerschlag teilte als Erstes eine kleine Untergruppe von fünf Personen ein, die Befragungen auf dem Gelände der Universität durchführen sollte. Das Hauptaugenmerk war darauf gerichtet, die Adressen der Firmen ausfindig zu machen, die für medizinische Versuche Probanden suchten. Auf der Website der Uni boten derzeit lediglich zwei Firmen diesen Job an. Es wäre hilfreich, an die Daten des Servers zu kommen. Möglicherweise befanden sich noch einige dieser Onlineanzeigen auf dessen Festplatten. Dies war ohne richterliche Anordnung aber nicht machbar. Eine solche Anordnung ohne ausreichend begründeten Verdacht zu bekommen, war allerdings aussichtslos. So mussten sie sich auf die Aussagen der Studenten sowie des Personals verlassen. Zwei Kollegen der Rufbereitschaft waren unterwegs zum WG Café. Die Ermittler erhofften sich ein möglichst aussagefähiges Phantombild des Mannes, der Stachinskys Zimmer durchsucht hatte.

»Noch ein Hinweis zu eurer Sicherheit«, fügte Gamerschlag an, »da ihr in der Universität auf unmittelbare Kontaktpersonen der Opfer, also auf eventuell infizierte Personen treffen könntet, würde ich raten, Befragungen ausschließlich mit Mundschutz vorzunehmen.«

Nach einem kurzen Augenblick staunender Ruhe brach schallendes Gelächter aus. Pille schluckte, seine Blicke tanzten sichtlich nervös durch das Publikum. Wie ein Segel im Wind zog der Respekt der Kollegen an ihm vorbei.

»Ich wette, der fährt gleich zur Klinik und lässt sich gegen drei Dutzend Krankheiten impfen«, flüsterte Karin in Joshuas Ohr. Mit leichter Verunsicherung teilte Gamerschlag den Rest der SoKo-Mannschaft für die Umfeldermittlung ein. Am Ende wiederholte er noch einmal Schorndorfs einleitende Worte, indem er absolute Diskretion, vor allem aber Stillschweigen gegenüber den Medien anordnete.

Ein Bote kam mit einem kleinen Handwagen in ihr Büro, um die Akten der Bankraubserie abzuholen. Aufgrund der aktuellen Lage hatte sich die Behördenleitung dazu entschlossen, den Fall alleine den zuständigen Kreispolizeibehörden zu überlassen. Joshua wählte die Nummer der Firma »MDD« in Dormagen. Es meldete sich ein Anrufbeantworter, der ihm verriet, außerhalb der Geschäftszeiten angerufen zu haben. Joshua beschlich eine innere Unruhe. Endlich konnte er offiziell ermitteln und wusste nicht, wo er beginnen sollte. Jack ging ihm durch den Kopf. Er wählte seine Festnetznummer. Als sich niemand meldete, wählte er Corinnas Handy an. Sie war in der Klinik, hatte das Handy trotz Verbot angelassen. Ihre Worte brachte sie sehr leise und undeutlich hervor. Jacks Kreislauf war in der Nacht zusammengebrochen, erst heute Morgen konnten die Ärzte seinen Zustand stabilisieren. Das Fieber hielt unvermindert an, dazu kamen weitere innere Blutungen. In einer Stunde sollte er operiert werden. Resigniert legte Joshua den Hörer auf. Die Aussage Strietzels ging ihm wieder durch den Kopf. Die Antikörper im Blut von Gideon Lambert. Joshua nahm sich die Akte und blätterte nachdenklich darin. Bei den Aussagen des Sachbearbeiters der Gesundheitsbehörde stockte er. Joshua nahm sich das Telefonbuch und notierte eine Adresse. Anschließend zog er die alte Lederjacke über und verschwand.

25

Als Joshua die schiefergedeckte Villa in Kaiserswerth erreichte, bog ein Cabriolet der oberen Mittelklasse in die Toreinfahrt ein. Eine ältere Dame mit Einkaufstaschen einer Boutique auf der Königsallee stieg aus dem Wagen und musterte ihn. Joshua verzog sein Gesicht zu einem gequälten Grinsen und hielt der Dame seinen Dienstausweis entgegen. Sie betrachtete den Ausweis gründlicher, als er erwartet hatte, bevor sie ihn kritisch musterte. Ihr Make-up war eine Spur zu auffällig. Die kastanienrot glänzenden Haare standen in Widerspruch zum Gesamtbild. Trotz Make-up ließ ihre Haut den Herbst des Lebens durchschimmern.

»Sie wollen meinen Mann sprechen?«

Frau Abel wählte einen strengen Tonfall für ihre Frage. Ihre Körpersprache war eine Mischung aus Angriffslust und Respektlosigkeit.

»Hat er denn was verbrochen?«

Ihre Mundwinkel glitten ab, als würden sie von unsichtbaren Gewichten gezogen. Die Pupillen verkleinerten sich, schossen kleine Giftpfeile in seine Richtung. Pikiert drängte sie sich mit Taschen behangen an ihm vorbei. In der Haustür drehte sie sich noch einmal verächtlich um.

»Mein Mann ist in der Praxis. Guten Tag.«

Joshua wollte nach der Adresse fragen, die zufallende Haustüre verhinderte sein Anliegen. Kopfschüttelnd ging er zum Auto. Auf dem Bürgersteig schlenderte ein

Rentner mit seinem Dackel vorbei. Der freundliche Mann erklärte ihm den Weg.

Joshua klingelte seit fünf Minuten an der Praxistür. Der helle Flachbau aus Sichtmauerwerk lag nicht weit von einem Einkaufszentrum entfernt. Er wollte sich auf den Weg um das Gebäude machen, als er ein Geräusch hinter der Tür vernahm.

Doktor Justus Abel reichte Joshua mit freundlichem Gesichtsausdruck die Hand. Offenbar war ihm der Grund seines Besuches sofort klar. Der Arzt geleitete Joshua in ein kleines Büro.

»Haben Sie heute Notdienst?«

»Nein. Dann hätte Ihnen sicherlich eine meiner Mitarbeiterinnen geöffnet. Ich bin nicht nur praktizierender Arzt, sondern auch forschend tätig. Was leider oft nur am Wochenende möglich ist.«

»Sie betreiben ein Forschungslabor?«

»Ja, gewissermaßen. Ich habe oft bereut, damals nicht ein paar Jahre drangehängt und in die klinische Forschung gegangen zu sein. Heute habe ich es zu einem ansehnlichen kleinen Labor mit recht guter Ausstattung gebracht. Mit staatlicher Unterstützung, aber immerhin.«

Joshua fiel das marode Gesundheitssystem ein. Nach jedem Reförmchen wurde den Patienten tiefer in die Taschen gegriffen und auf der anderen Seite bekam ein wohlhabender Arzt Unterstützung für sein Hobby?

»Forschen Sie in staatlichem Auftrag?«

»Als beamteter Arzt? Gott bewahre, nein. Die rotgrüne Regierung hat vor Jahren ein Programm ins Leben gerufen mit dem Namen: »Gesundheitsforschung 2000: Forschung für den Menschen«. Die Idee war, ein riesiges Kompetenzteam zu schaffen. Mittlerweile gibt es Netzwerke, an denen bis zu 160 Ärzte und Institutionen beteiligt sind. Regelmäßig finden Treffen statt, bei denen es zu einem regen Erfahrungsaustausch kommt. Ich gehöre dem Kompetenznetz Depression und Suizidalität an.«

Joshua machte sich Notizen. Aus seiner Sicht schienen Depression und Suizidgefährdung nichts mit dem Aufgabengebiet eines Arztes der inneren Medizin gemein zu haben. Er wollte nicht näher darauf eingehen. Sein Anliegen war ein anderes.

»Sie haben sicherlich vom Tod Gideon Lamberts gehört?«

Abels Mimik wurde plötzlich ernst. Seine Lippen bildeten eine dünne Linie. Mit skeptischem Blick antwortete er.

»Herr Frantz vom Gesundheitsamt hat mich verständigt. Ich kann es immer noch nicht glauben. Es ist geradezu unmöglich, dass Gideon Lambert Suizid begangen hat.«

Joshua hielt sein Wissen vorläufig zurück, er wollte mehr über das Opfer erfahren.

»Warum halten Sie einen Selbstmord für unwahrscheinlich, Herr Doktor Abel?«

»Der Suizid ist das Ende einer oftmals langen Entwicklung. Dieser Entwicklung vorausgehend sind gewisse seelische Zustände. Bei dem Patienten haben bestimmte Gefühle und Empfindungen wie Verzweiflung oder Hoffnungslosigkeit überhandgenommen. Er steht dem Wunsch zu sterben zunehmend ambivalent gegenüber. Nun, Gideon Lambert war, wenn ich das so sagen darf, das genaue Gegenteil eines solchen Patienten. Er war aufgeschlossen, agil und lebensfroh. Das ist natürlich keine Versicherung. Menschen können sich verstellen, aber«, Abel fuhr nachdenklich mit der flachen Hand über seine Haare, »es hat mich doch sehr gewundert.«

Joshua klärte ihn über den mutmaßlichen Mord an Gideon Lambert auf. Justus Abel wirkte fast ein wenig erleichtert. Joshua teilte dem Mediziner mit, man habe im Blut Lamberts verschiedene Antikörper nachgewiesen, vermied es aber, zu sehr ins Detail zu gehen.

»Das ist merkwürdig. Ich habe eben keine Antikörper gefunden, obwohl ich explizit danach gesucht habe. Merkwürdig«, wiederholte er.

»Haben Sie noch eine Probe seines Blutes?«

»Ja. Ich hebe die Proben immer einige Zeit auf.«

Joshua atmete erleichtert durch. Mit einem Vergleich dieser Proben müsste es möglich sein, den Tatzeitraum einzuschränken. Er erinnerte sich an die Aussage von Leonard Frantz, wonach Lambert nach dem Besuch bei Doktor Abel spurlos verschwunden war. Dies konnte bedeuten, dass Lambert direkt zum Täter gegangen oder von diesem entführt worden war. Somit wurde die Gefahr der Weiterverbreitung der Viren auf ein Minimum reduziert. Justus Abel versprach, die Blutprobe Lamberts umgehend zur Virologie der Uniklinik zu schicken.

»Benötigen Sie oder an diesem Netzwerk beteiligte Ärzte und Institute eigentlich Probanden?«

»Nein, wir betreiben lediglich Grundlagenforschung. Probanden werden hauptsächlich zur Medikamentenentwicklung benötigt und dort erst in der dritten Phase. Dass am Netzwerk beteiligte Institute Probanden benötigen, kann ich allerdings nicht ausschließen.«

Abel gab ihm eine Internetadresse.

»Auf dieser Website ist alles erklärt. Sie finden dort auch die anderen Netzwerke.«

Joshua machte sich nur geringe Hoffnungen, in diesen Netzwerken das gesuchte Labor zu finden. Allerdings konnten sich dort Türen öffnen und Hinweise bereithalten. Die Ermittlung begann wie ein zäher, trüber Fluss.

Er hielt Abels Hand noch in seiner, als aus dem Innern der Lederjacke die Melodie seines Mobiltelefons erklang.

Auf dem Weg zum Auto hörte er Bornmeiers Stimme. Der Staatsanwalt klang ungewöhnlich leger.

»Mensch Trempe, warum sind Sie nicht einen Tag eher gekommen?«

Joshua konnte nicht verstehen, worauf der Jurist hinauswollte.

»Ihr Vater hat sich im Datum geirrt. Der Bankraub ist seit heute Nacht um null Uhr offiziell verjährt!«

Joshua atmete tief durch, während er sich auf den Fahrersitz fallen ließ. Damit wäre er aus dem Schneider, aber ihm fehlte der Glaube.

»Unmöglich! Mein Vater kann sich nicht so irren.«

»In dem Fall schon. Die Polizei wurde damals verständigt, als die Alarmanlage anschlug. Das war gegen 0:30 Uhr morgens. Selbstverständlich ist das auch so in den Ermittlungsprotokollen vermerkt. Was ebenfalls in den Akten steht und von ihrem Vater vermutlich übersehen wurde, ist die Aufzeichnung der automatischen Kamera im Tresorraum.«

»Das soll mein Vater übersehen haben!«, fuhr Joshua dazwischen. In diesem Augenblick schämte er sich ein bisschen für das aufkeimende Gefühl der Freude. Seit Joshua damals die Polizeischule begonnen hatte, mahnte sein Vater ihn bei jeder sich bietenden Gelegenheit gebetsmühlenartig, die Details zu beachten. »Es sind oft die winzigsten Kleinigkeiten, die Kriminalfälle entscheiden«, war dabei sein Lieblingsspruch.

»Das wundert mich nicht. Auf den Bildern war nur für wenige Sekunden eine Hand im Handschuh zu erkennen, bevor es dunkel wurde. Absolut nichts Verwertbares, ich kann verstehen, dass die ermittelnden Beamten diesem Indiz nicht weiter nachgegangen sind.«

Joshua grübelte. Er konnte den tieferen Sinn von Bornmeiers Aussage nicht erkennen.

»Was hat die Kamera mit der Verjährung zu tun?«

»Ganz einfach. Die Szene mit der Hand wurde von der Kamera auch zeitlich erfasst. Demnach fand der für die Verjährungsfrist ausschlaggebende Beginn der Tatausübung am zweiten März 1987 um 23:58 Uhr statt. Heute haben wir den dritten März 2007, die Tat ist also verjährt. Es fehlen exakt zwei Minuten. Ich kenne den IQ von Stachinsky nicht, bin aber dennoch davon überzeugt, dass dieser Mann mehr Glück als Verstand hat.«

Wie sage ich es meinem Vater, war der erste Gedanke. Seit zwanzig Jahren hatte dieser die Kopien aller Akten, die den Bankraub auch nur im Entferntesten berührten, bei sich zu Hause. Immer auf der Suche nach dem einen übersehenen Detail und dann das. Joshua bemühte sich, es zu verdrängen. Er rief Seifert an.

»Hallo Elmar. Habt ihr die Adresse von Stachinsky?«

»Nein. Wir haben alle Hotels und Pensionen abtelefoniert. Negativ.«

Resigniert drückte Joshua auf die Taste mit dem kleinen roten Hörer und fuhr zum LKA. Er ging direkt zum »technischen Zeichner« durch, wie sie den Kollegen Michalke nannten, der mithilfe eines Computers aus den Erinnerungen von Zeugen ein Bild anfertigte. Zwei junge Männer und Alexa, das Mädchen, das Joshua in Stachinskys Zimmer geführt hatte, saßen um einen Monitor. Joshua stellte sich hinter sie.

»Kommt ihr voran?«

Michalke rümpfte die Nase.

»Der Täter ist zwischen 1,50 und 2 Meter groß. Hilft euch das weiter?«

Die Zeugen drehten sich pikiert um.

»Er ist auf jeden Fall kleiner als dieser Herr«, sagte einer der Männer und deutete dabei auf Joshua.

»Quatsch«, fuhr das Mädchen dazwischen. Er ist mindestens eine Handbreit größer.«

Michalke seufzte. Er begann damit, ein Dutzend Nasen anzubieten. Bei jedem einzelnen Riechorgan entfachte eine Diskussion unter den Zeugen. Michalke drehte sich zu Joshua um, stieß genervt seinen Atem aus. Anschließend schob er Nase Nummer dreizehn ins Bild. Nachdem das Abstimmungsergebnis zunächst mit einem für Michalke unbefriedigenden 2:1 ausging, gab die junge Frau schließlich nach. Zufrieden öffnete Michalke die Datei mit den Mündern. Joshuas vage Hoffnung war zu dem Zeitpunkt bereits erloschen. Das halb fertige Phantombild hatte nicht die geringste Ähnlichkeit mit Thomas Stachinsky. Mit einem kurzen Gruß verschwand er.

Bereits auf dem Flur war Karins energische Stimme zu vernehmen. Kaum im Büro, bekam Joshua mit, wie seine Kollegin wutentbrannt den Hörer aufknallte. Sie war außer Atem, ihre Stirn gerötet. Allmählich beruhigte sich ihr Puls wieder. Daniel stand vor dem großen Spiegel, den er eigenhändig an die Wand hinter Karin gehängt hatte, und entfernte geduldig ein Haar aus seiner Nase.

»Der spinnt doch!«, entfuhr es Karin unvermittelt. Die Rede war von Tom. Der Kollege vom Dezernat Wirtschaft durfte sich seit drei Wochen ihr Exmann nennen. Tom war der Ansicht, Karin hätte aufgrund ihrer beruflichen Situation nicht die Möglichkeit, sich ausreichend um die Kinder zu kümmern. Tom war vor einem halben Jahr ins Haus der Eltern seiner Freundin Sabine in der Nähe von Korschenbroich eingezogen. Es handelte sich dabei um einen zum Landhotel umgebauten ehemaligen Bauernhof.

»Ideal für Kinder«, imitierte sie seine Stimme und tippte sich gleichzeitig mehrmals den Zeigefinger an die Stirn.

»Robin ist sechzehn und Carmen wird im Mai achtzehn, ideal für Kinder«, wiederholte sie höhnisch.

Was Karins Seele aber endgültig zum Kochen gebracht hatte, war Toms Vorhaben, in Zukunft auf eine Halbtagsstelle zu wechseln. Schorndorfs Einverständnis habe er sich schon geholt und es ginge lediglich noch darum, die Kinder von dieser Idee zu überzeugen sowie die Höhe des von ihr zu zahlenden Unterhaltes möglichst außergerichtlich in »gegenseitigem Einvernehmen zu regeln«.

Karin dachte an die Scheidung vor wenigen Wochen. Ihre Wut kehrte zurück. Ihr Anwalt, ihre Freunde, alle hatten ihr dringend davon abgeraten, auf Unterhalt zu verzichten. Sie kamen mit ihrem Gehalt klar. Es gab keine Veranlassung, von Tom Alimente zu fordern. Es war auch ihr Stolz, der sie daran gehindert hatte. Sie wollte auf niemanden angewiesen sein, zuallerletzt auf ihren Exmann. Sie nahm sich vor, am Abend ein intensives Gespräch mit ihren Kindern zu führen.

»Wie klappt es mit dem Phantombild?«

»Prima. Der Täter ist nicht 1,82 Meter groß. Soviel wissen wir schon mal.«

»Wie kommst du denn da drauf?«

»Weil er laut unserer Zeugen entweder größer oder kleiner ist als ich.«

Daniel las mittlerweile aufmerksam die Berichte der Gerichtsmedizin. Als wolle er deren Richtigkeit überprüfen, durchstöberte er zeitgleich das Internet. Karin und Joshua hatten sich an die Arbeitsweise des Kollegen gewöhnt, immer zuerst das Internet zu befragen. Karin nannte ihn deshalb gelegentlich den »www-Kommissar«.

»Das könnte ein Ansatz sein«, murmelte Daniel, während er eine Internetseite durchlas.

»Und wir spielen auch noch mit.«

Mit betont nachdenklichem Ausdruck sah Daniel die beiden an.

»Würde der Herr seinen Kollegen vielleicht die Gnade

erweisen, an seinen Gedanken teilzuhaben?«, Karin hasste Daniels Art, künstliche Spannung zu erzeugen. Mit einem zufriedenen Grinsen tat er ihr den Gefallen.

»Es gibt weltweit eine Reihe von Forschungsinstituten, die sich damit beschäftigen, einen universellen Impfstoff gegen alle Arten von Grippeerregern zu entwickeln. Hier steht«, er deutete auf seinen Monitor, »wer diesen als Erstes veröffentlicht, dem dürfte der Nobelpreis für Medizin sicher sein.«

Karin und Joshua tauschten irritierte Blicke.

»Vielleicht war das die Absicht des Täters? Er hat uns eine Leiche serviert, die das Ergebnis seiner Forschungen beinhaltet. Und wir geben diese Ergebnisse umgehend an die Öffentlichkeit weiter.«

»Sicher. Als Nächstes schickt der Täter eine Bewerbung zum Nobelpreiskomitee«, Karin schüttelte den Kopf.

»Das meine ich nicht«, fuhr Daniel fort, »es deutet auf ein gewisses Maß an Eitelkeit hin. Er möchte seine Arbeit gewürdigt wissen. Der Täter wusste genau, was er uns mit dieser Leiche serviert.«

»Gar nicht so abwegig«, nahm Joshua den Gedanken auf, »es ist beinahe so, als würde ein Mörder uns die Tatwaffe ins Haus schicken. Es wäre sicherlich klüger gewesen, das Opfer zu verbrennen oder in einen See zu werfen, statt es uns auf dem Silbertablett zu servieren.«

»Der Täter kann auch absolut überzeugt gewesen sein. Mal ehrlich, wäre der Zug eine Sekunde später gekommen, der Lokführer hätte den Mann nicht gesehen und wir wären vermutlich weiter damit beschäftigt, eine Bankraubserie aufzuklären.«

»Uns wurden Drogentote serviert, die absolut nichts mit dem Milieu am Hut haben. Ein Profikiller würde nicht so agieren. Zumal die Viren in ihrem Körper eine verräterische Spur bedeuten können.«

»Falls der Täter davon wusste.«

Joshua zögerte. Sie hatten absolut keine Kenntnisse darüber, ob es sich um einen Einzeltäter handelte oder nicht. Er zog den Zettel mit der Internetadresse aus der Tasche und gab ihn Daniel.

»Von Doktor Abel. Versuch doch mal bitte, was rauszubekommen.«

In diesem Augenblick betrat Michalke das Büro. Der Kriminaltechniker wirkte müde, ausgepowert. Mit hängenden Mundwinkeln legte er ein Phantombild auf den Schreibtisch. Karin nahm es und reichte es wenig später kopfschüttelnd an Daniel weiter.

»Der Herr trug keine Brille und auf seiner Nasenspitze befand sich kein weithin sichtbares Furunkel. Das ist auch schon beinahe das Einzige, worauf diese Studenten sich einigen konnten. Hoffentlich möchte niemand von denen eine Laufbahn bei der Polizei einschlagen.«

Daniel reichte das Bild ebenfalls kopfschüttelnd weiter. Joshua dachte darüber nach, warum niemand in dieser Wohngemeinschaft Anstoß daran nahm, dass ein wildfremder Mensch das Zimmer eines Mitbewohners sehen wollte. Er hatte das Bild bereits achtlos abgelegt, als eine innere Stimme ihn mahnte, es noch einmal anzusehen. Auf den ersten Blick war es ein Durchschnittsgesicht, wie es sicherlich tausendfach in dieser Stadt vorkam. Gleichmäßige Züge, eine modische Kurzhaarfrisur, keinerlei Grübchen, Falten oder sonstige Besonderheiten. Ohne Befund, wie ein Mediziner sagen würde. Ein Detail gab es aber, welches Joshua veranlasste, das Bild noch einmal genauer in Augenschein zu nehmen. Die ungewöhnlich eng zusammenliegenden, kleinen Pupillen. Joshua streckte den Arm, der das Bild hielt, weit von sich. Allmählich füllte es sich mit Leben, wurde dreidimensional und schien ihn freundlich anzulächeln. Joshua war sich nun sicher, diesen Mann in den letzten Tagen gesehen zu haben.

26

Daniels Stimmung wankte zwischen Wut und Enttäuschung. Karin musste dringend nach Hause, ein klärendes Gespräch mit ihren Kindern führen. Joshua wollte unbedingt noch Seifert besuchen. Also baten sie ihn, zur Virologie zu fahren und einen ersten Bericht abzuholen. Vor wenigen Minuten hatte ihn der Pförtner dort mitleidvoll angesehen und mitgeteilt, dass heute Samstag sei. Dass seine Kollegen ihn an diesem Tag kurz vor achtzehn Uhr vergebens zur Uni schickten, während sie ihrerseits privaten Terminen nachgingen, machte Daniel wütend. Maßlos enttäuscht war er über den Umstand, ihnen offenbar gleichgültig zu sein. Eine andere Erklärung, weshalb sie ihm nicht einmal zu seinem 40. Geburtstag gratuliert hatten, fiel ihm nicht ein. Da er jetzt auch nicht mehr mit Besuch rechnete, tröstete Daniel sich damit, ersatzweise einen schönen Abend mit seiner Freundin zu verbringen. Der Anruf bei Melissa beförderte seine Stimmung wenig später auf den absoluten Nullpunkt. Sie könne leider erst später kommen, da sie noch auf eine Party eingeladen sei. Deprimiert steckte er das Handy weg. Im Aufzug ging er gedanklich seinen Weinbestand durch. Ein fruchtiger, schwerer Rotwein musste es sein, mit dem er einsam auf der Couch sitzend seinen runden Geburtstag feiern würde. Oben auf dem Flur glaubte er, Stimmen gehört zu haben. Als die Treppenbeleuchtung erlosch, sah er durch den Türspion

Licht in der Wohnung. Leise ging er zur Wohnungstür und hielt seinen Kopf dicht daran. Absolute Stille umgab ihn. Die unteren Etagen waren an Firmen vermietet. An Wochenenden und Feiertagen befand sich meist niemand im Haus. Sein Wohnungsschlüssel hatte das Schloss bereits erfasst, als Daniel deutlich ein Klirren vernahm. So, als würden Gläser aneinanderstoßen, gefolgt von leisen Männerstimmen. Daniel reagierte sofort. Er zog seine Sig-Sauer 226 aus dem Schulterhalfter und entsicherte sie. Vorsichtig drückte er den Schlüssel ganz ins Schloss und drehte ihn langsam. Mit einem Ruck schmiss Daniel die Tür auf, sprang in die Wohnung, stellte sich breitbeinig im 90-Grad-Winkel zu den ausgestreckten Armen, umklammerte mit beiden Händen die Dienstpistole und schrie: »Keine Bewegung, die Hände …«

Ein volles Sektglas zerplatzte auf dem weißen Marmorboden des Flures und beendete mit hellem Klang eine Sekunde der atemlosen Spannung. Erstes, zaghaftes Klatschen ging in donnernden Applaus über, der wiederum nahtlos in ein Geburtstagsständchen der versammelten Kollegenschar mündete. Daniel hatte mittlerweile die Arme sinken lassen. Bis seine Gesichtszüge sich entspannten, verging etwas mehr Zeit. Joshua gratulierte ihm als Erster.

»Hast 'ne komische Art, deine Wohnung zu betreten.«

Als Daniel durch seine Wohnung ging, war er sprachlos. Über fünfzig Gäste gratulierten ihm. Unterwegs zog er Joshua an sich und flüsterte ihm ins Ohr.

»Hättest du doch was gesagt. Auf so viel Besuch bin ich nicht vorbereitet. Ich versuche mal schnell, einen Partyservice zu bekommen.«

»Ist alles vorbereitet.«

Joshua schob den verdutzten Kollegen in die Küche.

In weißer Jacke, karierter Hose und Kochmütze gekleidet stand der Gerichtsmediziner Eugen Strietzel am Gasherd, assistiert von seiner Kollegin Judith Vanderheyden. Daniel entfuhr ein leises: »Das gibts doch nicht.« Von hinten tippte Kalle ihm auf die Schulter. Neben ihm stand eine schlanke, hübsche Frau mit langen, blonden Haaren.

»Darf ich vorstellen, Frau van Bloom.«

Daniel breitete derart überrascht seine Arme aus, dass seine linke Hand Joshuas Nase traf.

»Luna! Ich dachte, du kannst nicht kommen?«

»Wusstest du eigentlich, wie charmant dein Kollege Frauen überreden kann?«

Eine leichte Röte zog über Kalles Gesicht.

»Das war harte Recherche«, antwortete Kalle mit gespielter Empörung, »bis ich mal rausbekommen habe, dass deine Schwester in Syrien alte Scherben aus der Erde buddelt.«

Daniel bekam nicht mit, dass sie ihn bewusst in der Küche hielten, indem ihn immer wieder andere Gäste in ein Gespräch verwickelten. Aus dem Wohnzimmer erklang plötzlich ein Tusch. Kalle gab ihm ein Zeichen.

Mitten im Wohnzimmer standen die Kollegen des LKA in einer Reihe aufgestellt. Das Licht hatte Kalle ausgeschaltet. Wenige Kerzen auf der Fensterbank hinter den Kollegen ließen schemenhaft deren Konturen erkennen. Daniel bemerkte flackerndes Licht, begleitet von bekanntem Knistern. Auf ein Zeichen Kalles öffneten die Kollegen in der Mitte eine Lücke von einem Meter Breite. Daniel musste bei dem Anblick schlucken, seine Augen wurden feucht.

In einem verführerisch schönen Kleid aus dunkelroter Seide trat Melissa durch die Lücke. Sie trug eine kleine Torte voller brennender Wunderkerzen. Während die Gäste lautstark in Stevie Wonders »Happy Birthday« einstimmten, bewegte Melissa sich verführerisch auf ihren Freund zu. Ihre Hüften ließ sie dabei sanft kreisen.

Es war weit nach Mitternacht, als die letzten Gäste sich verabschiedeten. Melissa musste schon gegen elf nach Hause, ihr Babysitter konnte nicht länger bleiben.

Eugen Strietzel und Joshua saßen am Küchentisch, genossen einen exquisiten Rotwein und ein letztes Bier, während Daniel damit beschäftigt war, die Wohnung aufzuräumen und zu putzen.

»Was ist eigentlich mit dir los, Joshua? Du sagst seit Stunden nichts mehr.«

Joshua drehte gedankenversunken sein Bierglas.

»Kann man die Antikörper von diesem Lambert nicht einfach Jack injizieren?«

»Daher weht der Wind. Nein, so einfach ist das nicht. Es ist ein Impfstoff erforderlich, der das Immunsystem veranlasst, eine ausreichende Anzahl Antikörper zu produzieren. In Lamberts Fall wurde es dazu angeregt. Wir wissen leider nicht wodurch. Joshua«, Strietzel legte seine Hand auf Joshuas Arm, »in der Uniklinik ist Jack bestens aufgehoben. Wer behandelt ihn eigentlich?«

»Doktor Rosenbaum.«

»Rosenbaum? … Hm, kenne ich nicht.«

Es lag an der Sorge um seinen Freund, aber auch am Alkohol, dass Joshuas Gedanken so schwerfällig und zäh flossen. Während er den Mediziner mit leerem Blick und glasigen Augen ansah, verweilten sie noch immer bei den letzten Sätzen. Aus einem entlegenen Winkel rauschte wie ein sanfter Wind Michalkes Computerausdruck in sein Bewusstsein. Das Phantombild vermischte sich mit dem Gedankenbrei der letzten Sätze und erhielt langsam einen Namen. Stundenlang hatte er sich den Kopf zerbrochen, woher er diesen Mann kannte. Nun hing sein Bild glasklar an der Innenseite seiner Stirn. Wie eine Folie lag das Phantombild darüber. Die Gesichtszüge wirkten übertrieben, beinahe wie eine Karikatur. In einer Art Metamorphose glichen die Bilder sich immer mehr an, bis sie nicht mehr zu unterscheiden waren.

Sein Blick wurde klar, Joshua spürte die sich spannenden Muskeln. Die Pulsfrequenz erhöhte sich stetig, angestrengt versuchte er, seinen Verstand anzutreiben. Der erste klare Gedanke jagte ihm einen Schrecken ein. Jack war in höchster Gefahr! Sollte er das nächste Opfer dieses Wahnsinnigen werden? Joshua sprang hoch, rannte zur Garderobe und zog das Handy aus der Lederjacke.

27

Strietzel hatte sich nur widerwillig bereit erklärt, Joshua zur Uni zu begleiten. Er war immer noch außer Atem. Joshua hatte nicht die Nerven gehabt, in Daniels Wohnung auf ein Taxi zu warten. Im Dauerlauf zog er den Rechtsmediziner hinter sich her zum Taxistand am Hauptbahnhof. Strietzel hatte nicht einmal die Zeit gehabt, sein Kochkostüm auszuziehen.

Die Nachtschwester wirkte äußerst verwirrt. Sie erzählte von Besuchszeiten und Nachtruhe der Patienten. Erst als Joshua ihr seinen Dienstausweis unter die Augen hielt, schien sie die Lage halbwegs zu realisieren. Misstrauisch wanderten ihre Augen an Strietzels Kleidung entlang.

»Wo ist Doktor Rosenbaum?«, Joshuas laute Stimme war nicht dazu bestimmt, den gesundheitsfördernden Schlaf der Kranken aufrechtzuerhalten. Frau Grunert, wie das kleine Namensschild an ihrer Brust verriet, war immer noch sichtlich irritiert.

»Sie müssen sich in der Klinik geirrt haben, junger Mann. Bei uns arbeitet kein Doktor Rosenbaum.«

Joshua wurde wütend. Dieser Rosenbaum konnte nicht unbemerkt geblieben sein.

»Ich habe ihn selber von der Intensivstation kommen sehen, mich sogar mit ihm unterhalten. Bitte denken Sie nach. Wo ist Doktor Rosenbaum?«

Frau Grunerts Augen begannen, zu flackern. Energisch stemmte sie die Arme in die Hüften.

»Folgen Sie mir bitte. Leise!«

Der Duft von frisch aufgebrühtem Kaffee mischte sich in dem kleinen Raum mit dem Geruch von Medizin. Die Frau in dem dunkelblauen Kittel zog einen dünnen Ordner aus der Schublade eines Metallschrankes. Sie befeuchtete ihren rechten Zeigefinger, bevor sie darin blätterte. Mit strenger Mimik drehte sie sich um und hielt Joshua die aufgeschlagene Mappe entgegen.

»Bitte. Wenn Sie glauben, ich wüsste nicht, mit wem ich hier Tag für Tag zusammenarbeite, dann überzeugen Sie sich gefälligst selbst. Das ist eine Liste aller Mitarbeiter dieser Klinik. Die Seite mit den Ärzten ist aufgeschlagen.«

Joshua sah ihr einen Moment in die Augen. Strietzel stand neben ihm und überflog die Auflistung. Ein Doktor Rosenbaum befand sich nicht darunter.

»Kann ich Ihren Ausweis noch mal haben?«

Joshua hob überrascht den Kopf.

»Sie haben eine ganz schöne Fahne. Ich kann mir nicht vorstellen, dass es seine Ordnung hat, wenn hier mitten in der Nacht ein betrunkener Polizist in Begleitung eines Kochs reinschneit und nach einem Arzt fragt, den es gar nicht gibt!«

»Ich bin selber Arzt«, antwortete Eugen Strietzel.

»Klar, und ich bin Mutter Teresa. Den Ausweis oder raus, aber zackig!«

Sie unterstrich ihre Forderung mit einem blitzschnell in die Höhe schießenden Arm, der bedrohlich zur Tür zeigte.

»Lass uns verschwinden, hat eh keinen Zweck«, flüsterte Strietzel. Joshua nickte. Heute Nacht dürften die Chancen denkbar gering sein. Die Wirkung des Alkohols war mittlerweile kaum noch spürbar, der Nebel lichtete sich. Gedanken, so klar wie Quellwasser, gelangten an die Oberfläche. Die Intensivstation konnte nicht das Labor des Täters sein. Überhaupt musste es sich um einen unglaublichen Zufall gehandelt haben, dem ominösen Rosenbaum hier begegnet zu sein. Er konnte es unmöglich riskieren, hier ein- und auszugehen. Was wollte Rosenbaum in der Intensivstation?

Sie waren der Anweisung der resoluten Dame gefolgt und standen auf dem Flur. Joshua suchte nach einem Zusammenhang. Die Intensivstation der Virologie dürfte Patienten mit den exotischsten Viren behandeln, dachte er. Ideale Versuchspersonen, um ein Gegenmittel zu testen. Der letzte Gedanke elektrisierte ihn.

»Wir müssen Jack helfen!«

»Wie stellst du dir das vor. Soll ich ihn operieren?«

»Du musst ihn untersuchen, sofort!«

Er zog Strietzel am Arm in Richtung der beiden Türen, durch die man zur Intensivstation gelangte.

»Halt! Was wird das denn jetzt?«

Joshua drehte sich um.

»Wir müssen auf die Intensivstation. Mein Freund ist in Lebensgefahr. Bitte verständigen Sie sofort den Arzt.«

Frau Grunert schien jedoch der Gedanke zu beschäftigen, die Psychiatrie einzuschalten. Strietzel schüttelte Joshuas Arm ab und blieb stehen.

»Joshua, komm zur Vernunft. Wir können da nicht rein. Warte, bis der Arzt kommt, das kann doch nicht lange dauern«, Strietzel wandte sich der Pflegerin zu, »bitte rufen Sie den Arzt.«

Joshua schürzte die Lippen und nickte kaum wahrnehmbar.

»Denk an unsere Berichte. Keines der Opfer ist an einem Vireninfekt gestorben. Lambert hatte sogar Antikörper gegen eine Vielzahl von Erregern in seinem Blut. Alle drei haben über einen längeren Zeitraum Drogen verabreicht bekommen. Das wäre in Jacks Fall wohl kaum möglich.«

»Wir wissen absolut nicht, was dieser falsche Doktor dort drin gemacht hat. Irgendeinen Grund muss es geben für das Risiko, das er einging.«

Ein älterer Mann, begleitet von zwei jungen Männern in grünen Kitteln, rannte auf sie zu. Die Haut des Mannes war schwarz wie die Nacht. Doktor Mwandalas fast weiße Haare zogen die ersten Blicke magisch auf sich. Joshua klärte ihn eilig auf. Ein Doktor Rosenbaum war auch ihm unbekannt. Joshua stellte zufrieden fest, dass Mwandala seine Aussage sehr ernst nahm. Eugen Strietzel und Joshua mussten im Flur warten, während Mwandala und seine Assistenten zur Intensivstation gingen. Nach Minuten, die Joshua wie eine Ewigkeit vorkamen, traten die Mediziner wieder auf den Flur. Joshua bemühte sich, eine erste Prognose von ihren Gesichtern abzulesen. Er fragte sich, ob der neutrale Gesichtsausdruck Teil ihrer Ausbildung war.

»Keine Veränderungen«, Mwandalas Stimme hatte einen betont beruhigenden Klang, »der Kreislauf ist stabil. Wir werden seine letzte Blutprobe noch einmal genauer analysieren, um ganz sicher zu sein.«

»Es geht ihm also gut?«

In den Augen des Arztes konnte Joshua erkennen, dass er die falschen Schlüsse gezogen hatte.

»Den Umständen entsprechend«, Mwandala zögerte, als ob es darum ging, ein finsteres Geheimnis zu wahren. Er fuhr sich nervös mit der Zunge über die Lippen und bewegte seinen dunklen Kopf hin und her. Schließlich gab er seinen Kollegen ein Zeichen und ging mit den Besuchern in ein Büro am Ende des Flures. Ohne ein Wort nahm er einige Röntgenbilder und Ultraschallaufnahmen und klemmte sie vor eine Glasscheibe an der Wand hinter ihm. Joshua fürchtete einen medizinischen Vortrag, von dem er als Laie nur die Hälfte verstehen würde. Aber Mwandala erklärte Jacks Lage äußerst verständlich.

»Wir haben Ihren Kollegen gestern Morgen operiert, um innere Blutungen zu stillen. Vier Stunden nach der Operation traten bereits neue Blutungen auf. Stellen sie sich seine Organe wie einen porösen Fahrradschlauch vor. Das eine Loch ist geflickt, da öffnet sich bereits das nächste. Es handelt sich um eine besonders aggressive Form des Dengue-Schock-Syndroms. Die Stabilität seines Kreislaufes ist kaum noch herzustellen.«

Mwandala machte eine kurze Pause, sprach mit gesenkter Stimme weiter.

»Uns bleibt wenig Hoffnung, um ehrlich zu sein.«

»Man muss doch irgendetwas tun können!«

Doktor Mwandala presste die Lippen zusammen. Eugen Strietzel erzählte von dem Obduktionsbefund Lamberts. Mwandala nickte zustimmend.

»Ich habe davon gehört. Es gibt eine Reihe Wissenschaftler, die fieberhaft an einem solchen Impfstoff forschen. Aber ich fürchte, die Zeit reicht nicht mehr.«

»Wie lange haben wir noch?«

Strietzels Frage schoss Joshua durch Mark und Bein. Bis vor wenigen Augenblicken waren Vertrauen und Optimismus grenzenlos. Sein Freund hatte eine schwere Krankheit. Ihn quälte pausenlos die Frage, wann er gesund würde. Die Frage, ob er gesund würde, hatte Joshua nie gestellt. Sie kam ihm absurd vor. Die Krankheit war erkannt, das Monster saß in der Falle. Nur eine Frage der Zeit, bis die Mediziner es eliminiert hätten.

»Schwer zu sagen. Mit viel Glück noch zwei bis drei Tage. Vielleicht auch vier. Es tut mir wirklich leid.«

Joshua fühlte sich, als sei er mit voller Wucht vor eine Wand gelaufen. Eine Mauer aus harter, unverrückbarer Realität.

28

Als sein Sohn David ihn wecken kam, war es bereits elf Uhr. So lange und gut hatte Joshua seit Jahren nicht mehr geschlafen. Seine gute Laune überdauerte nur den winzigen Moment, den er benötigte, um den gestrigen Tag in seine Erinnerung zu holen.

Das kalte Duschwasser vermischte sich mit Tränen. Am Waschbecken schleuderte er sich mit beiden Händen kaltes Wasser ins Gesicht. Im Spiegel zeigte sich ein deprimierendes Bild. Hängende Gesichtszüge, die Haut so blass wie die Fahne der Kapitulation.

Würde Jack dich so schnell aufgeben?

Die Stimme des Gewissens umklammerte sein Herz wie eine unsichtbare Hand. Sie drückte es zusammen, pumpte das Blut mit der unerschöpflichen Kraft der Hoffnung durch die Venen. Das beklemmende Gefühl der Ohnmacht wich dem Glauben an eine Chance. Die winzigen Körner in der Sanduhr, die Doktor Mwandala umgedreht hatte, gerieten ins Stocken.

Als er Janine bei einem Teller Müsli davon erzählte, gab er sich kämpferisch, verband seine Euphorie eng mit Doktor Rosenbaum. Janine schwieg.

Vor dem Landeskriminalamt war reger Betrieb. Überall standen Übertragungswagen von Radio- und Fernsehanstalten. Der Innenminister des Landes hatte am Morgen in einem Fernsehinterview versichert, dass es noch keinerlei

Erkenntnisse gäbe, die auf eine Verbreitung der gefundenen Erreger schließen ließen. Der Nachfrage nach dem Gegenteil wich der Politiker standesgemäß, mit vielen Worten und wenig Inhalt, aus. Schorndorf stand währenddessen wie ein braver Schuljunge hinter dem Minister. Nachdem dieser geendet hatte und jemand dem Behördenleiter ein Mikrofon entgegenhielt, schaltete der Sender ab.

Um dreizehn Uhr traf sich eine verkleinerte SoKo, bestehend aus sieben Leuten, im Pausenraum des LKA. Kalle brachte aus Krefeld eine Espressomaschine und Kuchen mit. Den Dienst an Sonntagen versuchten sie stets, so angenehm wie möglich zu gestalten. Kalle füllte Zuckerwürfel in ein Schälchen auf dem Tisch und stellte den halb vollen Karton anschließend neben seine Tasse.

Joshua gab die Ereignisse der letzten Nacht wieder. Nachdem er die Prognose Doktor Mwandalas ausgesprochen hatte, breitete sich entsetzte Stimmung aus. Strietzels Bericht befand sich mittlerweile als Kopie bei den Ermittlungsakten. Karin fasste Joshuas minimale Hoffnung in Worte.

»Wenn ich das richtig sehe, ist der Mörder, den wir jagen, der einzige Mensch, der eventuell in der Lage ist, Jack das Leben zu retten.«

»Theoretisch«, griff Kalle den Satz der Kollegin auf, »selbst wenn wir den Mörder finden würden und selbst, wenn es uns gelingen sollte, den Impfstoff bei ihm sicherzustellen, wie stellt ihr euch das vor? Sollen wir damit zur Uni fahren und es Jack persönlich injizieren? Wir haben keine Chance!«

Frustriert schlug Joshua mit der Faust auf den Tisch. Kalle hatte vollkommen recht. Niemand würde es erlauben, einen nicht zugelassenen Impfstoff, noch dazu von einem wahnsinnigen Mörder entwickelt, zu verwenden.

Den Kollegen der Untergruppe Uni war es gelungen,

Adresslisten von Studenten zu erhalten. Sie hatten am gestrigen Samstag über fünfzig Studenten privat aufgesucht. Auf diese Weise war es ihnen gelungen, die Namen und Adressen von vier Unternehmen ausfindig zu machen, welche für medizinische Tests Probanden einstellten. Rafael Gamerschlag hatte den Ermittlungsstand in Stichworten auf einem Flipchart zusammengefasst. Die bisherigen Erkenntnisse waren deutlich in der Minderzahl. Offene Fragen und wünschenswerte Teilerfolge dominierten. Rosenbaum und Stachinsky mussten gefunden werden, außerdem war immer noch nicht klar, ob Gideon Lambert eines gewaltsamen Todes gestorben war. Gegen Rosenbaum wurde Haftbefehl erlassen, die Auftritte in der WG sowie in der Uniklinik waren Grund genug. Merkwürdigerweise tauchte der Name Jonas Rosenbaum in keinem Melderegister auf. Gegen Stachinsky lag nichts vor. Daniel van Bloom meldete sich zu Wort. Joshuas Kollege hatte mittlerweile weiter recherchiert und herausgefunden, dass ein Labor in Gent bei der Entwicklung eines universellen Impfstoffes die Nase vorn hatte. Dort beabsichtigten sie, in Kürze die zweite Phase der Medikamentenerprobung zu beginnen. Laut Strietzel würde ein solches Medikament dessen Entwickler steinreich machen.

»Wenn das stimmt, dann ist der Vorsprung kaum noch aufzuholen. Es sei denn, man überspringt die zweite Testphase und erprobt den Impfstoff direkt am Menschen.«

Rafael Gamerschlag ging diese Vermutung zu weit.

»Dafür dürfte es dann wohl kaum eine Zulassung geben.«

»Das ist dem Täter nicht wichtig«, antwortete Joshua, »ihm geht es nur darum, diesen Stoff zu entwickeln, um ihn anschließend an einen großen Pharmakonzern zu verkaufen. Allerdings dürfte ihm der Fortschritt seiner Kollegen nicht verborgen geblieben sein. Das könnte bedeuten: Er gerät unter Zeitdruck und macht Fehler.«

Daniel schüttelte den Kopf.

»In Gent rechnen sie damit, frühestens in drei Jahren die Zulassung zu erhalten.«

Joshua ließ sich in den Stuhl zurückfallen. Seine Gedanken tasteten nach einer Kerbe, einem Vorsprung, wie die Hände eines Bergsteigers an einer Steilwand. Es musste sie geben, die Opfer wurden der Öffentlichkeit preisgegeben, lagen im Park, in einem Hinterhof und auf den Gleisen. Sie wiesen Gemeinsamkeiten auf, dennoch ergab die Umfeldermittlung keinen brauchbaren Ansatz. Kalle wunderte sich darüber, im privaten Umfeld von Patrick Schönfeld bis auf die vage Aussage des Vaters keinen Hinweis auf die Nebentätigkeit des Opfers gefunden zu haben.

»Das ist in der Tat merkwürdig«, Joshua lehnte sich vor, »weder bei Schönfeld noch bei den beiden anderen Opfern gibt es den geringsten Anhaltspunkt für eine Nebentätigkeit. Markus Stachinsky hatte eine penible Ordnung. Seine Finanzen hatte er buchhalterisch verwaltet.«

»Probanden müssen vorab einige Papiere unterschreiben, in denen sie die Firmen praktisch von aller Schuld freisprechen. Dazu müsste es eine Art Dienstleistungsvertrag geben«, Daniel hatte offensichtlich auch in diese Richtung recherchiert. »Die Labore können nichts verheimlichen. Daran sind sie auch gar nicht interessiert. Schließlich dienen diese Tests ja als Nachweis.«

»Daher der Einbruch in Stachinskys Zimmer«, murmelte Joshua. Er sah Rosenbaum vor sich, im weißen Kittel vor den Türen der Intensivstation. Sah die dunklen Augen. War es der Blick eines Mörders?

»Unser Täter wird wohl kaum Verträge mit seinen Opfern abschließen«, folgerte Karin, »aber was konnte die

Studenten bewegen, diese Versuche praktisch anonym mitzumachen?«

Kalle rieb Zeigefinger und Daumen aneinander.

»Hätte der Täter sie mit außergewöhnlich viel Geld geködert, wäre er ein enormes Risiko eingegangen. Er hätte sich nicht nur verdächtig gemacht, er wäre auch die Gefahr eingegangen, dass es sich herumspricht. Wo wir beim Geld sind – Barzahlung dürfte doch wohl ebenfalls ungewöhnlich sein, oder?«

»Wir werden die Konten natürlich überprüfen«, meldete Gamerschlag sich, »aber davon verspreche ich mir ehrlich gesagt nichts.«

»Das gibt es doch nicht«, Joshua konnte die Argumentation nicht nachvollziehen, »falls ich mich als Proband für so was zur Verfügung stelle, bin ich doch extrem vorsichtig. Wenn mir einer sagt, du bekommst einen Haufen Geld, wir machen nichts schriftlich, und Stillschweigen verlangt, schrillen bei mir doch alle Alarmglocken. Erst recht bei Medizinstudenten. Dazu kommt noch, dass keines der Opfer unter Geldnot litt. Das ist doch oberfaul!«

»Da die Studenten diesen Job offenbar freiwillig angenommen haben«, nahm Karin den Faden auf, »bleibt nur eine Möglichkeit und die ist genauso absurd. Sie haben gewusst, um was es geht, machten mit dem Täter gemeinsame Sache.«

Heiko Schirmer, ein junger Kommissar vom KK 11, der das erste Mal Mitglied einer SoKo war und der Untergruppe Uni angehörte, meldete sich zu Wort.

»Könnte vielleicht interessant sein: Es gibt da einen privaten Jobvermittler, der sich immer größerer Beliebtheit unter den Studenten erfreut. Sie nennen ihn Rossi, sein Name lautet Paolo Barnetta, Faunastraße 19. Bürozeit täglich von 9 bis 11 und von 16 bis 18 Uhr. Solche Arbeitszeiten möchte ich auch mal haben.«

Joshua notierte sich Name und Adresse.

Die Diskussionen verloren sich zunehmend in Vermutungen. Es blieb ihnen nichts anderes übrig, als auf die nächsten Tage zu bauen. Die Ermittlungen in den vier Laboratorien könnten einen Hinweis bringen. Ebenso die Ergebnisse der Kriminaltechnik sowie der Virologie.

29

In Joshuas linken Schuh lief Wasser, als er aus dem Wagen stieg. Schnee und Tauwetter wechselten sich in Halbtagsschichten ab. Aus dem angrenzenden Zoopark klang Kindergeschrei zur Faunastraße. Joshua amüsierte sich bei dem Anblick von zwei Kleinkindern. Dick eingepackt erinnerten sie an Michelinmännchen. Jack hatte mal mit einer Freundin in der Nähe gewohnt. Als Anika auszog, reichte Jacks Polizistengehalt nicht mehr für die Miete.

Joshua suchte vergebens nach einem Firmenschild. Barnettas Geschäfte liefen anscheinend auch ohne Werbung prächtig. Über eine knarrende Holztreppe gelangte er in die Wohnung im ersten Stock. An der Wand gegenüber dem Treppenaufgang befand sich das erwartete Firmenschild. Ein schlanker Mann um die dreißig öffnete die Tür. Er trug eine modische Markenjeans und ein azurblaues Trikot mit einem kleinen Sticker der italienischen Flagge. Joshua war überrascht, als der Mann sich mit dem Namen Paolo Barnetta vorstellte. Er hatte ihn im ersten Augenblick für einen Praktikanten gehalten. Barnetta führte Joshua in ein modern eingerichtetes, helles Büro. Als er hinter seinen Schreibtisch ging, erkannte Joshua den Grund für den Spitznamen des Gastgebers. Das Trikot war mit der Nummer 20 und dem Namen »Rossi« beflockt. Mit diesem Outfit wollte er offenbar ein Image erlangen, das ihm junge Kunden einbringen sollte. Darüber hinaus assoziierte man das Trikot mit dem Fair-Play-Gedanken, dachte Joshua anerkennend.

»Bin gespannt, was die Polizei hierher führt, habe ich vielleicht falsch geparkt?«

Joshua hatte für diesen Uraltkalauer nicht einmal ein Grinsen übrig. Er kam direkt zur Sache.

»Wir ermitteln in drei Mordfällen an Studenten. Die Ermordeten hatten sich vermutlich unmittelbar vor ihrem Tod als Probanden für medizinische Tests zur Verfügung gestellt. Wir müssen herausfinden, wer sie eingestellt hat. In diesem Zusammenhang ist Ihr Name aufgetaucht.«

»Klingt logisch. Viele meiner Klienten sind Studenten. Tragische Geschichte, was man so hört.«

»Ich dachte immer, Studenten haben nicht viel Geld. Wenn man sich hier so umschaut, gewinnt man einen anderen Eindruck.«

Barnetta grinste. Aus kleinen Lautsprechern an der Wand klang gedämpfte italienische Musik.

»Das ist auch so, deswegen sind Studenten ja ständig auf der Suche nach Jobs.«

»Und davon können Sie leben?«

»Mittlerweile ja. Die Studenten zahlen zwar nur eine niedrige Provision, aber die Menge macht es. Angefangen habe ich mit der Vermittlung von Arbeitslosen. Läuft eigentlich ganz einfach. Die Arbeitssuchenden holen sich bei der Bundesagentur für Arbeit einen sogenannten Vermittlungsgutschein. Den bekommt jeder, der mindestens sechs Wochen und längstens ein Jahr arbeitslos gemeldet ist. Mit diesem Schein kommen sie dann zu mir. Nach jeder erfolgreichen Vermittlung gebe ich den Schein der BA und erhalte dafür 1000 Euro. Sollte das Beschäftigungsverhältnis über ein halbes Jahr hinausgehen, bekomme ich noch einmal 1000 Euro. Für meine Kunden ist die ganze Sache kostenlos. Lohnt sich aber nicht mehr, der Arbeitsmarkt ist abgegrast, was Vollzeitbeschäftigung angeht. Dafür läuft es mit den Studenten immer besser.«

»Moment. Warum bezahlen die Studenten Sie, wenn sie von der BA kostenlos vermittelt werden?«

»Sie sagten es bereits: Wenn. Studenten sind nicht arbeitslos gemeldet, werden von der BA nachrangig behandelt. Ich vermittele praktisch jeden und das sehr schnell, weil ich mich genau auf diesen Bereich spezialisiert habe. Unter den Firmen, die regelmäßig Studenten einstellen, habe ich mir einen Namen gemacht.«

Joshua kam der Gedanke, warum er sich täglich mit den widerlichsten Verbrechen befasste und damit vermutlich wesentlich weniger verdiente als dieser Barnetta. Die Idee war ebenso einfach wie genial. Joshua fielen einige Kartons unter der Fensterbank auf.

»Ziehen Sie um?«

Barnetta strich lässig eine Strähne seiner dunklen Haare zur Seite.

»Kann man sagen. Ich schließe die Firma diese Woche.«

Joshua konnte es nicht glauben. Nach seinem Eindruck hatte er damit gerechnet, Barnetta würde die Firma vergrößern. Er warf seinem Gegenüber einen fragenden Blick zu. Barnetta breitete theatralisch die Arme aus.

»Mein Vater ist Sizilianer. Er lebt in Marsala, an der Westküste. Ich bin zwar hier geboren, aber seitdem ist es mein Traum, dort zu leben. Meinem Vater geht es nicht gut. Ich habe genug verdient, um neu anzufangen, also?«

»Gehörten Markus Stachinsky, Patrick Schönfeld oder Gideon Lambert zu Ihren Kunden, beziehungsweise kannten Sie sie?«

»Nein, tut mir leid.«

Nach ihrem bisherigen Kenntnisstand stufte Joshua die Opfer nicht als unbedingt arbeitssuchend ein. Es musste sich um ein außergewöhnliches Angebot gehandelt haben. Die Tatsache, keinerlei Unterlagen über die Tätigkeit in den Wohnungen gefunden zu haben, machte es unwahrscheinlich, dass die Ermordeten über eine Agentur an ihre letzte Tätigkeit gekommen waren.

»Herr Barnetta, haben Sie auch Probanden vermittelt?«

»Selbstverständlich. Die Pharmaunternehmen zählen zu meinen besten Kunden. Sie haben oft spezielle Wünsche, die Probanden betreffend, mit denen ich dienen kann.«

»Gut. Ich bräuchte eine Liste Ihrer Auftraggeber. Die Kundenkartei würde ich mir auch gerne ansehen.«

Der fröhliche Ausdruck Barnettas wich einer ernsten Mimik.

»Tut mir leid, Herr Trempe. Es handelt sich um vertrauliche Daten. Wenn diese Firmen über mich die Polizei ins Haus bekommen, gibt es mächtigen Ärger.«

»Sie wollen die Firma doch sowieso aufgeben.«

»Nicht aufgeben, ich habe sie verkauft, inklusive Kundenkartei. Für eine beträchtliche Summe. Ich möchte weiterhin nach Deutschland einreisen können, meine Mutter besuchen.«

Joshua glaubte ihm nicht. Sein Gefühl meldete eine Unstimmigkeit, die er nicht deuten konnte. Er spürte Kälte zwischen ihnen aufkommen. Joshua hatte den Eindruck, dass Barnetta das Schicksal der Firma ziemlich egal wäre, sobald er auf Sizilien leben würde. Er wollte sich nicht von Äußerlichkeiten blenden lassen. Bis Joshua mit einer Durchsuchungsanordnung wiederkommen konnte, bliebe Barnetta genügend Zeit, brisante Dokumente beiseitezuschaffen.

»In Ordnung. Dann kommen in einer Stunde einige Kollegen mit einem entsprechenden richterlichen Beschluss hierher. Bin gespannt, was wir alles finden werden. Ich warte hier.«

Joshua zog das Handy aus der Jackentasche. Mit einem Seitenblick bemerkte er die Unruhe bei Barnetta.

»Schon gut. Aber bitte kein Wort darüber.«

Barnetta fingerte an der Maus, gab Joshua kurz darauf ein Zeichen, hinter den Schreibtisch zu kommen. Die Kundenkartei erfüllte den Bildschirm. Der Scrollbalken in der rechten Bildlaufleiste wurde schmal wie ein Strich.

»Wie viele Kunden haben Sie?«

»Etwa 600.«

Die Liste war alphabetisch geordnet. Joshua fand schnell heraus, dass sich die Mordopfer tatsächlich nicht unter ihnen befanden. Er öffnete die Datei »Auftraggeber«. Die Liste las sich wie das Who is Who der Pharmaindustrie. Sämtliche Firmen der Branche waren vertreten. Ebenso gut könnten sie das Branchenverzeichnis als Grundlage der Ermittlungen heranziehen. Barnetta stand auf und bot dem gebückt vor dem Monitor kauernden Polizisten seinen Platz an. Joshua scrollte die Liste langsam abwärts, überflog die Namen. Beim Buchstaben »M« angekommen, stoppte er. »Medizinische Forschungen Abel«. Die nächsten Spalten erhärteten den Verdacht. Doktor Justus Abel, Düsseldorf und die ihm bekannte Adresse waren dort vermerkt.

»Was wollte Doktor Abel genau von Ihnen?«

»Probanden«, antwortete Barnetta in einem Tonfall, der Selbstverständlichkeit ausdrückte. Joshua hatte das Gespräch mit Abel noch im Hinterkopf. Er würde keine Probanden benötigen, gab dieser an.

»Wann war das?«

Barnetta deutete Joshua mit einer Geste an, dass ihn diese Fragen langweilten. Missmutig blätterte er in einem Ordner.

»Zuletzt vor zwei Wochen. Ansonsten immer wieder mal, Doktor Abel ist ein guter Kunde.«

»Hatte er spezielle Wünsche?«

»Wünsche, Wünsche. Er benötigte des Öfteren Probanden mit Allergien oder Hautproblemen.«

Joshua reichten die Informationen. Abel konnte mit einem weiteren Besuch rechnen.

30

Der Taxifahrer hatte der Funkzentrale das Ziel zweimal angeben müssen. Es war ungewöhnlich, am späten Sonntagabend das Gewerbegebiet in Heerdt anzufahren. Vor einer Viertelstunde war bereits ein Kollege dort frei geworden. Er wendete in der Hofeinfahrt der Firma. Im Scheinwerferlicht sah er seinem Fahrgast hinterher. Außerhalb des milchiggelben Lichtes der Straßenlaternen war alles stockdunkel. Das Licht der Scheinwerfer wanderte über den Rücken des Mannes, erhellte kurz dessen Hinterkopf und wendete sich schließlich ab.

Stachinsky überdachte noch einmal die Beschreibung, die er vor einer Stunde am Handy mitgeteilt bekam. Er blieb stehen, suchte die Umgebung ab. Seine Pupillen hatten sich so weit vergrößert, dass er den schmalen Weg erkannte, der um den Flachbau herumführte. Der Kies unter seinen Füßen knirschte leise und bedrohlich. Aus dem Anbau am Ende des Weges drang weißes Neonlicht nach außen. Er fragte sich, welchen Grund es geben konnte, dass er diesmal den Seiteneingang benutzen sollte.

Wie ein Dämon aus der Dunkelheit kommend, trat die Erinnerung in sein Bewusstsein. Sie hatten die Geräte abgeschaltet, viel zu früh abgeschaltet. Markus lebte noch. Während Doktor Fahnenbruck ihm die Nachricht vom Tod seines Kindes mitteilte, stürmte seine Assistentin in den Flur.

»Seine Finger! Sie haben sich bewegt!«, schrie sie.

Der Arzt hatte ihn wiederbelebt. Sein Herz schlug ungleichmäßig. Es hatte die Zeit ohne die rettenden Automaten nicht unbeschadet überstanden. Sie gaben ihm noch wenige Tage, die Krankenkasse hatte Markus bereits abgeschrieben. Sie spielten auf Zeit, zögerten. Die Privatklinik in London war seine letzte Chance.

Eine Ratte lief über seine Schuhe und holte Stachinsky in die Wirklichkeit zurück. Die Gerichtsverhandlung bekam er nur noch aus dem fernen Argentinien mit. Fahnenbruck musste eine kleine Geldstrafe bezahlen. Die Zulassung wurde ihm allerdings entzogen. War der Tod seines Sohnes die späte Rache? Kalter Schweiß bildete sich auf seiner Stirn. Er hatte seinem Sohn nie etwas von dieser Nacht erzählt. Stachinsky konnte nicht darüber reden, hatte die Ereignisse verdrängt. Als er den Namen Fahnenbruck im letzten Brief, den er von seinem Sohn bekommen hatte, las, spürte er die Vergangenheit, die sich wie ein Netz über ihn ausbreitete.

Vier Chancen hatte Stachinsky. Nach diesem letzten Brief seines Sohnes hatte er die guten Kontakte zu den Behörden der argentinischen Hauptstadt, die er sich in den letzten zwanzig Jahren mit gezielten Zuwendungen aufgebaut hatte, genutzt. Über das dortige Außenhandelsministerium bekam er die Adressen von Pharmakonzernen, die in der unmittelbaren Nähe Düsseldorfs Forschungseinrichtungen betrieben. Der Rest war ein Kinderspiel.

Dreimal wurde er am Telefon freundlich abgewiesen. Beim vierten Telefonat, bei der vierten Frage nach Jonas Fahnenbruck drang eine Stille an sein Ohr, die seine Nerven anspannte wie das Drahtseil unter einem Artisten. Als Stachinsky ihm vor wenigen Tagen gegenüberstand, hatten sie sich nicht wiedererkannt. 20 Jahre hatten die Erinnerung vertilgt. Dieses Mal hatte er sich mit Namen gemeldet. Fahnenbruck ahnte in diesem Augenblick, dass er im Visier seines Jägers stand. Er vermied es, an Flucht zu denken, wollte die Konfrontation. Es gäbe für alles eine Erklärung, behauptete Fahnenbruck. Seine Stimme klang dabei leise, vorsichtig, sie verströmte Unsicherheit.

Stachinsky zog die P 38 aus der Manteltasche und entsicherte sie. Kurz vor der Seitentür ging das Licht aus. Er stoppte abrupt. Fahnenbruck wird nicht so naiv sein, ins offene Messer zu laufen, dachte er. Vereinzelt drang das Licht des Mondes durch das kahle Geäst der Linde über ihm. Für einen Schatten reichte es nicht aus. Stachinsky hielt den Atem an, verharrte regungslos neben der Seitentür. Es war nur das Rascheln einer Maus neben ihm zu hören. Eben noch hatte er geglaubt, Schritte zu hören. Er drehte sich herum, sah den Weg, den er gekommen war, nach wenigen Metern in der Dunkelheit verschwinden.

Hass und Trauer waren schlechte Ratgeber. Stachinsky musste sich eingestehen, blindlings zu agieren. Er hatte die Gelegenheit ergriffen, ohne sie zu hinterfragen. Ohne die kleinste Sicherheit, dass sich an diesem Abend nur zwei Personen an diesem Ort befinden würden. Es gab keine Wahl. Zeit investieren, würde bedeuten, sie zu verlieren. Als er sich herumdrehte, vernahm Stachinsky ein Geräusch. Es hörte sich wie mahlendes Kratzen auf Stein an, als ob jemand eine Zigarette austreten würde. Es kam aus der Richtung des Kundenparkplatzes, zu dem ein gepflasterter Weg gegenüber dem Seiteneingang führte. Langsam ging er den Weg entlang. In der Mitte stoppte er. Fünf Minuten blieb er regungslos stehen, um ganz sicherzugehen. Im Glauben, sich verhört zu haben, ging er langsam zum Anbau zurück. Als er die linke Hand an der Klinke hatte, spürte er einen warmen Atem im Nacken. Der letzte Gedanke wurde durch einen schmerzhaften Schlag gegen seinen Hinterkopf unterbrochen. Stachinsky verlor das Bewusstsein.

31

Vor dem LKA wurde Joshua von einem Fernsehreporter aufgehalten. Mit englischem Akzent fragte dieser, wie Joshua die Gefahr eines Übergriffes der Vogelgrippe auf den Menschen beurteile. Auf der Schaumstoffhülle des Mikrofons erkannte er das Zeichen eines englischen Fernsehsenders. Joshua verwies ihn an die Pressestelle. Von einer Menschentraube umzingelt, erkannte Joshua den Pressesprecher der Behörde vor dem Eingangsportal. Mit einem flüchtigen Gruß drängte er an ihm vorbei.

Zehn Minuten nach ihm betraten Karin und Daniel kurz hintereinander das gemeinsame Büro. Daniel war vorher in der Poststelle gewesen und legte einige Umschläge und Mappen in die Mitte des Tisches. Joshua entleerte das Faxgerät. Außer den üblichen Rundschreiben war ein Fax des Bundeskriminalamtes darunter. Die Kollegen bestätigten den Befund der Virologie im Fall Gideon Lambert. Joshua wählte die Nummer von Eugen Strietzel. Der Gerichtsmediziner begann seinen Arbeitstag gewöhnlich schon um sieben Uhr.

»Morgen, Eugen. Hast du die Probe von Doktor Abel bereits untersucht?«

»Mein Dienst hat eben erst begonnen«, Strietzel zögerte einen Moment. Fishing for compliments, dachte Joshua.

»Hast ja Glück, dass ich Frühaufsteher bin. Die Probe habe ich mir heute als erste vorgenommen. Der Kollege Abel hatte recht. Das Blut ist clean, jedenfalls was Zellrückstände der entsprechenden Erreger betrifft. Der Befund ist vergleichbar mit dem der ersten beiden Opfer. Mit Ausnahme harmloser, weil inaktiver Hepatitisviren ging es Lambert bis dahin gut.«

Joshua atmete erleichtert durch. In einem weiteren Telefonat informierte er die Pressestelle. Die Gefahr war nicht gebannt, aber eingekreist. Das Bild von Lambert ging bereits seit zwei Tagen durch die Medien. Nur wer in den vier Tagen vor dessen Tod Kontakt mit ihm hatte, war gefährdet. Die Hysterie in der Bevölkerung dürfte somit auf ein Mindestmaß schrumpfen. Zugleich hätten sie im Falle einer Infizierung auch einen Zeugen. Joshua war sich jedoch sicher, dass Gideon Lambert unmittelbar nach seinem Besuch bei Abel in die Gewalt des Täters geriet oder diesen freiwillig aufsuchte. Für einen Augenblick überlegte Joshua, ob übertriebene Hoffnung den Nährboden für diese Sicherheit bildete. Gideon Lambert hatte alleine gewohnt. Seine Nachbarn sagten aus, er lebte sehr zurückgezogen, bekam ganz selten Besuch und ging auch selbst kaum weg. Bis auf die Universität schien er über kein soziales Umfeld zu verfügen. Sie wussten einfach nicht genug über ihn, um sich ein Bild machen zu können. Joshua fiel auf, dass alle Opfer Einzelgänger waren. Machte dieser Umstand es dem Täter leichter? Sein Handy unterbrach die Überlegungen. Es war Corinna.

»Sie wollen Jack schon wieder operieren. Ich soll mein Einverständnis geben, Sie sagten, es könne zu Komplikationen kommen, wegen der Narkose. Was soll ich bloß machen?«

Joshua schloss die Augen und atmete tief durch. Er sah seinen Freund vor sich, in kurzen Hosen und mit dem roten Trikot der DJK TUSA 06, dem Fußballverein aus Hamm. Joshua hatte für die Schwarzgelben von Sparta Bilk gespielt. Das letzte Spiel gegen Jack. Joshua hatte sich mit dem Aufstieg zum Hammer Verein verabschieden wollen. Ein Punkt hatte ihnen noch gefehlt. Die Nachspielzeit lief, es stand 2:2, als Jack zum Elfmeterpunkt gelaufen war. Joshua hatte erst einen Elfmeter gehalten. Jack hatte kurz in die rechte Ecke genickt, bevor er schoss. Joshua war zum rechten Pfosten gehechtet und hielt den Ball. Er war überschwänglich gefeiert worden, Jack hatte nur hilflos mit den Schultern gezuckt, als seine Kameraden ihn trösten wollten.

»Die Ärzte werden wissen, was das Beste für ihn ist.«

»Ja. Du hast sicher recht.«

Joshua spürte, wie sehr es sie mitnahm. Sie konnte nichts mehr sagen. Das Gespräch endete in Tränen. Die Hilflosigkeit wuchs wie eine Ranke um seinen Brustkorb.

»Guten Morgen zusammen«, ein etwa fünfzigjähriger Kollege in Uniform betrat das Büro. Der ausladende Bauch verdeckte seine Gürtelschnalle. Als er Karin sah, nahm er die Mütze ab. Seine kurzen, grauen Haare reckten sich wie Streichhölzer der Decke entgegen.

»Ich bin der Wim. Wim Schmale. Ich soll mich bei euch zum Einsatz melden.«

Karin drehte sich zu ihm herum und musterte den Kollegen.

»Eigentlich sollte ich mich beim Kollegen Gamerschlag melden, aber der hat heute Vormittag Arzttermine«, erklärte Wim gut gelaunt.

Karin musste herzhaft lachen. Vermutlich ließ Gamerschlag sich im Moment gegen sämtliche bekannten Viren impfen. Bei ihm bestand bereits höchste Ansteckungsgefahr, wenn er nur von den Erregern hörte. Wim wirkte irritiert.

»Was verschafft uns denn die Ehre?«, wollte Joshua wissen.

»Der Erlass »Einsatztraining 24«, genau genommen«, Wims Stimmung wurde ein wenig gedrückter, »ich komme mit der Plastikspritze nicht klar. Meine Finger sind wohl zu dick. Habe den Test zweimal nicht bestanden und jetzt ist Innendienst angesagt.«

Joshua musste schmunzeln. Er hatte den Erlass ebenfalls gelesen. Sie sollten die Walther P 99 eigentlich schon vor einem halben Jahr bekommen. Die Nachfolgepistole der Sig-Sauer 226 war durch die überwiegende Verwendung von Kunststoffen nur noch halb so schwer wie das Vorgängermodell und, was wohl den Ausschlag gab, nur halb so teuer. Obwohl viele Kollegen mit der neuen Dienstwaffe nicht klar kamen und sie noch einige Mängel aufwies, kam dieser Erlass heraus. Jeder Polizist musste einmal im Jahr seine Schieß- und Eingrifftechnik nachweisen. Sollte dies nicht gelingen, wurde er aus dem Außendienst verwiesen. Die Gewerkschaft der Polizei vermutete, dass der geplante Abbau von 1400 Stellen dahintersteckte.

»Wir haben noch keinen Schriftführer«, fiel Daniel ein.

»Prima Idee. Am besten schnappst du dir gleich die Akten«, Joshua deutete mit einem Kopfnicken auf den hohen Stapel in der Mitte der Schreibtische. Wim war einverstanden. Er nahm auf dem Besucherstuhl Platz und begann. Ein Bote brachte die Pressemappe.

»Ich habe da noch einen Brief für einen Herrn Wendelin Schmale.«

Der neue Schriftführer hob verlegen den Arm. Karin sah ihn belustigt an.

»Meine Freunde nennen mich Wim«, erklärte er schüchtern. Joshua goss sich einen Kaffee ein, als sein Telefon sich meldete. Es war Elmar Seifert. Ohne Begrüßung kam er zur Sache.

»Wir haben einen Toten im Gewerbegebiet Heerdt. Ein Paketbote hat ihn vor einer halben Stunde entdeckt.«

»Wie schön für euch«, antwortete Joshua.

»Der Fall dürfte euch interessieren. Bei dem Toten handelt es sich um einen gewissen Jonas Fahnenbruck.«

»Kenne ich nicht«, antwortete Joshua desinteressiert.

»Vielleicht sagt dir sein Künstlername was. Wir haben in seinem Spind einen Arztkittel gefunden. Auf dem Namensschild steht Doktor Rosenbaum.«

»Wir kommen sofort!«

Während Joshua aufsprang und seine Lederjacke vom Haken riss, klärte er Karin und Daniel auf. Sie folgten ihm.

32

Mit quälenden Kopfschmerzen erhob Stachinsky sich. Vorsichtig drückte er seinen schmerzenden Rücken durch. Im schummrigen Licht, das durch die Lamellen der Fensterläden einfiel, erkannte er einige Gartengeräte und eine zusammengeklappte Sitzgarnitur um einen Holztisch. Schräg an dem Tisch lehnte ein halb geöffneter, vergilbter Sonnenschirm. Mühsam erhob er sich von der dunkelgrünen Kunststoffliege. Mit der rechten Hand tastete er seinen Hinterkopf ab. Er fühlte verkrustetes Blut auf einer Beule so dick wie eine Zitrone. Vorsichtig ging er zur Tür. Der erste Gedanke war, dass man ihn eingesperrt hatte. Mit einem kräftigen Ruck öffnete Stachinsky die knarrende Holztür. Das grelle Tageslicht schmerzte in den Augen. Vor der Holzhütte lag ein Garten von der Größe zweier Doppelgaragen. Die Schneereste der letzten Tage waren geschmolzen und gaben den Blick auf die Beete frei. Stachinsky drehte sich langsam herum, die Kopfschmerzen waren fast unerträglich. Sein Blick fiel auf ein durchtrenntes Vorhängeschloss, welches in einer Blechlasche neben dem Türrahmen baumelte. Instinktiv griff er in seine Manteltasche. Das kalte Metall der P 38 beruhigte ihn. Er ging in den Garten und sah sich um. Rechts und links reihte sich ein Schrebergarten an den anderen. Stachinsky hatte ansonsten keine Ahnung, wo er sich befand und vor allem, wie er dort hingekommen war. Angestrengt dachte er nach, versuchte die Erinnerung an die letzte Nacht aus dem Ozean der Schmerzen zu fischen. War er überfallen worden? Mit der rechten Hand fühlte er die Brieftasche in seiner Gesäßtasche. Er zog sie heraus und durchwühlte sie. Im hinteren Fach befand sich ein Stapel Geldscheine. Er zog einen Zettel heraus.

MedicalScience, Heerdter Straße 100.

Wie das Feuer einer Öllampe schien dieser Zettel den Nebel zu lichten. Tröpfchenweise floss die Erinnerung in sein Bewusstsein zurück. Ein Name erschien glasklar vor seinem inneren Auge: Jonas Fahnenbruck! Die Gedanken an den Vorabend formten sich zu einem Bild. Die Waffe in der Rechten, griff er mit der linken Hand zur Türklinke, als er den dumpfen Schlag spürte. Langsam erkannte Thomas Stachinsky logische Zusammenhänge. Das Licht in dem Anbau ging wenige Minuten zuvor aus. Fahnenbruck hatte das Gebäude durch einen anderen Ausgang verlassen, um sich von hinten an ihn anzuschleichen. Die Logik verlangte nach einer weiteren Antwort. Der Antwort auf eine Frage, über die er gar nicht mehr hätte nachdenken dürfen. Warum lebte er noch? Was wollte Fahnenbruck damit bezwecken, er selbst hatte ihm schließlich dieses Treffen angeboten. Welchen Sinn sollte es machen, dem Gespräch auf diese Art auszuweichen? Fahnenbruck musste auf Zeit spielen, er war im Begriff, seine Flucht vorzubereiten, schloss Stachinsky.

Ziellos lief er die Straße herauf, vorbei an Dutzenden von Schrebergärten. Er hatte sie immer für spießbürgerlich gehalten. Stachinsky vernahm ein wohltuendes, sanftes Plätschern neben sich und hielt an. Der Blick auf den idyllischen Tümpel und die liebevoll arrangierten Beete weckte den Wunsch in ihm, hier seinen Lebensabend zu verbringen, sich mit Rosen und Narzissen zu beschäftigen bis zum nächsten Winter. Als er weiterschlenderte, spürte er eine große Leere in sich. Nachdenklich registrierte er, wie das Feuer des Hasses in kokelnde Glut überging, wie sich sein Wunsch nach Rache in Gleichgültigkeit verwandelte. Verkrampft suchte er in den hintersten Winkeln seines Verstandes nach den Gründen für diesen Hass. Vergeltung für seinen Sohn war die einzige Aufgabe, die das Leben noch für ihn bereithielt. Irgendwann in ferner Vergangenheit war er falsch abgebogen. War es schon früh in seiner Jugend gewesen? Bei der Kellerparty seines Freundes, als er Helena kennenlernte? Oder war der Banküberfall die Ausfahrt, an der er hätte vorbeifahren sollen? Stachinsky fühlte sich alt und elend. Es kam ihm vor, als sei er sein Leben lang durch einen dunklen Tunnel gelaufen, von der Hoffnung getragen, irgendwann im hellen Glanz der Sonne zu stehen. Nun schien er am Ende des Tunnels angekommen zu sein und stand vor einer verschlossenen Tür.

Nach zehn Minuten gelangte er an eine Hauptstraße. In einigen Hundert Metern Entfernung erkannte er die Stichstraße, in der er letzte Nacht gewesen war. Stachinsky lief in ihre Richtung, er wollte Klarheit.

An der Einfahrt stand ein Streifenwagen. Stachinsky lief scheinbar desinteressiert vorüber. Die Liefereinfahrt der nächsten Firma war frei. Er ging westlich an dem Flachbau entlang. Am Ende des Weges gelangte er durch dichtes Gebüsch in den Wendehammer der Sackgasse. Vier Streifenwagen, zwei zivile Einsatzfahrzeuge und ein heller Lieferwagen parkten dort.

»Auch den Schleichweg entdeckt«, zischte ein junger Mann in olivgrünem Parka neben ihm. Seine Schultern waren mit Kamerataschen behängt. Stachinsky reagierte sofort.

»Anders lassen die uns ja nicht dran. Weißte schon, was passiert ist?«

»Ein gewisser Fahnenbruck ist umgelegt worden. Mehr weiß ich auch noch nicht.«

Stachinsky merkte, wie seine Knie nachgaben. Mit einigem Kraftaufwand spannte er seine Muskeln. Die Antwort des Journalisten donnerte wie ein Gewitter durch seinen Körper. Was hatte das zu bedeuten? Wortlos drehte er ab und ging den Weg, den er gekommen war. Jemand hatte in der Nacht seinen Plan vollzogen. Er wollte mit Jonas Fahnenbruck sprechen, sich die Gewissheit für seine dunkle Ahnung holen. Nun war Fahnenbruck tot, ohne dass Stachinsky dafür bezahlen musste.

Alles, was ihm noch blieb, war seinen Sohn zu beerdigen. Zuvor wollte Stachinsky alle Rechnungen bezahlen. Er wollte verhindern, dass Markus als der Sohn eines skrupellosen Verbrechers in der Erinnerung der Menschen haften bleiben könnte.

Die Versicherung der Bank würde in den nächsten Tagen einen Scheck erhalten. Er hatte die Summe um großzügige Zinsen aufgestockt und seiner Bank letzten Freitag den Auftrag gegeben, die Überweisung auszuführen. Er konnte es sich leisten, die Beute von damals hatte Stachinsky in den letzten Jahren mehr als verdreifacht. In einer Phase, in der die Rindfleischpreise aufgrund des BSE-Skandals weltweit in den Keller gesackt waren und etliche Farmer der Pampa in den Ruin getrieben hatten, hatte Stachinsky sich mit seinem Kapital in die Rinderzucht eingekauft. Darüber hinaus überwies er dem Weißen Ring, einer Organisation, die sich um die Opfer von Gewaltverbrechen kümmert, eine großzügige Spende.

Bevor er in das Land zurückfliegen würde, das ihm nie das Gefühl der Geborgenheit und die Vertrautheit einer Heimat vermitteln konnte, wollte Thomas Stachinsky seine Seele erleichtern, einen Hauch von Luft und Sonne in ihr spüren. Zwanzig lange Jahre musste er das verschweigen, was ihn am meisten bedrückte. Immer enger schnürten sich die Narben der Vergangenheit um sein Herz. Er wollte es rauslassen, reden, um Verzeihung bitten. Ihm fiel nur ein Mensch ein, dem er sich anvertrauen wollte, nachdem sein Sohn nicht mehr lebte. Die Adresse war noch dieselbe.

Stachinsky bestellte sich ein Taxi.

33

Die weiß gekleideten Männer der Spurensicherung durchsuchten die Räume der Firma »MedicalScience« bereits seit zwei Stunden. Zwei Beamte der Bereitschaft brachten den Taxifahrer zum LKA, um ein Phantombild anzufertigen. Joshua gefiel die Aussage des Zeugen nicht.

»Ein Mörder, der sich unmaskiert mitten in der Nacht von einem Taxi zum Tatort fahren lässt«, er tippte seinen Zeigefinger an die Stirn.

»Falls es sich um Mord handelt.«

»Warum trug der Täter sonst eine Waffe bei sich?«

Karin hob die Schultern. Totschlag im Affekt konnte im Moment niemand mit hundertprozentiger Sicherheit ausschließen. Bisher war bekannt, dass es sich offensichtlich um ein arrangiertes Treffen handelte. Ein anderer Taxifahrer hatte wenige Minuten zuvor das Opfer hierher gefahren. Fahnenbruck wurde aus kurzer Distanz durch einen Schuss in den Kopf getötet. Joshua ging zu Eugen Strietzel. Da es sich um ein medizinisches Labor handelte, hatten sie den Gerichtsmediziner gebeten, länger als gewöhnlich am Tatort zu verweilen. Strietzel zögerte keine Sekunde. Seinem Eifer war anzumerken, dass er mittlerweile ein besonderes Interesse an den Ermittlungen aufwies. Immer wieder riet er den Kriminaltechnikern, gewisse Dinge besonders gründlich zu untersuchen.

»Was hältst du davon?«

Strietzel sah Joshua nachdenklich an. Zwischendurch wanderten seine Augen immer wieder aufmerksam durch das Labor.

»Das Equipment ist vorhanden. Es könnte sich tatsächlich um Frankensteins Zauberküche handeln.« Sein ausgestreckter Arm zeigte in einen durch eine Theke abgetrennten Bereich. Auf Arbeitsflächen aus Edelstahl befanden sich Computerterminals, Zentrifugen und eine Reihe Geräte, die Joshua noch nie zuvor gesehen hatte.

Strietzel ging zu einer Pritsche. Rechts und links an der Längsseite befanden sich etliche Apparaturen. Joshua war ihm gefolgt. Strietzel deutete auf hellbraune Lederriemen, die an den Seiten herabhingen.

»Hiervon könnten die Verletzungen stammen, die ich an Gideon Lamberts Fuß- und Handgelenken festgestellt habe.«

Durch eine gläserne Dachkuppel fielen Sonnenstrahlen herein, die wie eine Säule im Raum standen.

Sollte Strietzel recht haben, dachte Joshua, mussten sie nun den Mörder eines Mörders suchen. Er fragte sich, ob das Motiv das gleiche bliebe oder ob es sich um einen Racheakt handelte. Der Mediziner sah sich weiter um. Nach einigen Minuten winkte er Joshua aufgeregt mit dem Arm herbei.

Zwischen Daumen und Zeigefinger reckte er Joshua ein kleines Fläschchen entgegen.

»Dormicum«, rief Strietzel aufgeregt, »natürlich. Dass ich da nicht eher draufgekommen bin!«

Strietzel schlug sich mit der flachen Hand vor die Stirn. Joshua betrachtete die Geste mit angemessenem Staunen. Der Gerichtsmediziner stellte das Fläschchen ab und klärte den Kommissar auf.

»Dormicum ist ein Sedativum oder auch Hypnotikum.

Basis dieses Sedativums ist der Wirkstoff Midazolamhydrochlorid, wenn dir das was sagt.«

»Eher nicht, ist es denn von entscheidender Bedeutung für unseren Fall?«

»Und ob! Dormicum wird in der Anästhesie eingesetzt. Aber auch vor schmerzhaften Eingriffen wie zum Beispiel Nierenspiegelungen. Es schaltet Bewusstsein und Kurzzeitgedächtnis aus. Ein geniales Präparat. Der Patient ist ansprechbar, reagiert auf Anweisungen, bekommt aber nichts mit. Und das Schönste: Hinterher kann er sich an nichts mehr erinnern. Damit kannst du eine Nonne schwängern. Die würde sich vorkommen wie die Jungfrau Maria.«

Joshua mochte den derben Humor des Mediziners nicht besonders. Ihm waren lediglich die Aspekte wichtig, die der Ermittlung dienten. Alles schien sich wie von selbst aufzulösen. Dieses Präparat erklärte, weshalb die Opfer freiwillig zum Tatort gingen. Es erklärte auch die Fingerabdrücke am Spritzbesteck. Der mutmaßliche Täter wurde soeben von zwei dunkel gekleideten Männern in einen Zinnsarg gebettet. Dennoch war das Bild nicht vollständig. Es wies nach wie vor Lücken auf. Wie ist es dem Täter gelungen, die Opfer für seine Versuche zu gewinnen? Warum hatte er sie getötet? Und vor allem: Von wem und warum wurde Fahnenbruck getötet? Die Kollegen der Spurensicherung räumten ihre Sachen ein. Sie versprachen, bis zum Nachmittag einen ersten, vorläufigen Bericht anzufertigen.

Nach dem Mittagessen ging Joshua zur Ballistik. Norbert Klarin schien ihn bereits erwartet zu haben. Der korpulente Kollege mit dem mächtigen, schwarzen Vollbart hielt ihm eine dünne Mappe hin.

»Vermutlich Walther P 38«, murmelte Joshua mit einem

Blick auf die erste Seite des Berichtes, »ist das nicht eine alte Wehrmachtspistole?«

Klarin grinste ihn an. Ein Großteil seiner Gesichtszüge blieb hinter dem Bart verborgen. Klarin gehörte aber zu den Menschen, die mit ihren Augen lachen konnten.

»Ja. Sie wurde 1938 entwickelt. Ist aber nicht so selten, wie du vielleicht denkst. 1957 hat die Bundeswehr sie wieder eingesetzt. Allerdings leicht modifiziert. Der Griff wurde aus Leichtmetall gefertigt, was das Gewicht der Pistole um 160 Gramm reduzierte. Der Name wurde ebenfalls geändert, sie hieß nun P 1. Ansonsten ist sie baugleich mit der 38er, daher steht »vermutlich« in meinem Bericht. 1990 hat die Bundeswehr sie durch Waffen von Heckler & Koch ersetzt. Aber es gibt sehr viele Länder, die dieses Modell noch heute einsetzen. Vor allem in Südamerika. Übrigens wird die P 38 weiterhin verkauft. Für 850 Euro kannst du sie erwerben.«

»Das dürfte die Sache nicht leichter machen.«

»Nein. Zumal es noch etliche Großväter geben dürfte, die eine P 38 irgendwo auf dem Speicher liegen haben, für schlechte Zeiten.«

»Was ist mit dem Projektil?«

»Haben wir untersucht. Negativ. Die Waffe ist in der Vergangenheit nirgendwo in Erscheinung getreten.«

Joshua bedankte sich für das schnelle Ergebnis. Es dürfte sie kaum weiterbringen, stellte er mit einem Anflug von Resignation fest. Auf dem Flur begegnete er Daniel van Bloom. Der Kollege hatte die Warterei nicht mehr ausgehalten und war zur Kriminaltechnik gegangen.

»Haben sie schon was für uns?«, fragte Joshua.

»Nicht viel außer wilden Flüchen. Sie sagen, dieses Labor sei ein Spurendorado. Allein über zweihundert Fingerprints haben sie gesichert. Einige sind schon abgeglichen. Ein Fingerabdruck, den die KT an der Außenklinke der Seitentür gesichert hat, war in unserer Datenbank.«

Daniel öffnete die Bürotür und winkte Joshua an sich vorbei.

»Der Träger ist allerdings unbekannt. Die Spur wurde nach einem Banküberfall gesichert, der schon zwanzig Jahre her ist.«

Joshua blieb abrupt stehen und blickte seinen Kollegen ernst an. Irgendwann, ziemlich am Anfang seiner Laufbahn bei der Krefelder Mordkommission, hatte Joshua es sich abgewöhnt, an Zufälle zu glauben. So nahm sein Verdacht langsam konkrete Formen an.

Kurz vor dem Schreibtisch zuckte Joshua zusammen. Vor ihm lag das Phantombild, das mithilfe des Taxifahrers angefertigt worden war. Obwohl es sich um einen Computerausdruck in blassen Grautönen handelte, erkannte Joshua das Gesicht sofort. Im Zusammenspiel mit der Fantasie des Ermittlers wirkte es wie ein Farbfoto von Thomas Stachinsky. Joshua setzte sich langsam hin, ohne dass seine Augen das Phantombild losließen.

»Haftbefehl?«

Joshua nickte stumm. Karin nahm das Telefon und wählte die Nummer der Staatsanwaltschaft.

Vier Mordopfer in wenigen Tagen, darunter ein Tatverdächtiger. Ein zweiter Fall und alles löste sich im Nichts auf. Joshua fehlte der Optimismus, diesen Gedanken ernsthaft anzunehmen. Stachinsky war clever genug gewesen, sich den Ermittlungen seines Vaters zu entziehen. Joshua konnte sich ein derart dilettantisches Verhalten Stachinskys nicht vorstellen. Gegen ihn lag nichts vor, was er vermutlich wusste. Stachinsky hätte Fahnenbruck unbemerkt töten und sich anschließend nach Argentinien absetzen können.

Joshua wusste nichts über ihn. Was für ein Mensch

war er? Wie ging er vor? Er bräuchte so was wie ein Profil von Stachinsky. Sein Vater fiel ihm ein. Kein anderer hatte sich wohl so ausgiebig mit einer Tat Stachinskys beschäftigt wie er. Es blieben noch zwei Stunden bis zum nächsten Treffen der SoKo. Joshua nahm seine alte Lederjacke vom Haken.

34

Den Besuch bei seinen Eltern verschob Joshua zunächst. Er parkte seinen Wagen vor der Uniklinik. In diesem Augenblick kamen ihm die Morde, die Ermittlungen, einfach alles, unglaublich nebensächlich vor.

Joshua musste sich ein Haarnetz überziehen, einen grünen Kittel tragen und einen Mundschutz benutzen. Corinna saß neben dem Krankenbett. Ihre Augen waren rot gerändert. Mit beiden Händen umfasste sie Jacks Linke. Es wirkte so, als wolle sie ihrem Mann einen Teil ihres Lebens übertragen, ihm Kraft geben, die kaum für sie selber reichte. Joshua begrüßte sie mit einem leichten Kopfnicken. Sein Handrücken berührte sanft ihre Wange. Corinna versuchte ein Lächeln, es war ihr anzusehen, wie schwer ihr das fiel. Jack hatte die Augen geschlossen, die Stirn war feucht.

»Er hat die Operation gut überstanden, sagt Doktor Mwandala«, flüsterte Corinna.

Joshuas Blicke ruhten auf Jack. Ein dünner Schlauch gabelte sich und endete in seiner Nase. Über Kanülen und weitere Schläuche war er mit Automaten verbunden. Schräg hinter ihm befand sich ein kleiner Monitor. Die grüne Linie machte den Herzschlag sichtbar. Monoton glitten kleine Gebilde über den Schirm. Sie wirkten wie eine Gebirgskette mit schroffen Konturen und steil abfallenden Hängen.

»Kann er uns verstehen?«

»Ich weiß nicht, aber ich rede mit ihm. Man sagt, Komapatienten würden Stimmen wahrnehmen. Tief in ihrem Innern.«

Joshua bekam zuerst kein Wort heraus, er schämte sich, im Beisein von Corinna mit einem Schlafenden zu reden. Sie spürte die Unsicherheit Joshuas. Leise sprach sie auf Jack ein, erzählte ihm von seinem Freund, der neben dem Bett saß.

Bevor Joshua ging, nahm er Jacks Hand und wünschte ihm, er möge bald gesund sein. Die Worte stolperten mühevoll durch zitternde Lippen.

Unterwegs dachte Joshua an die Gespräche mit dem Virologen und Eugen Strietzel. Es gab eine Art Impfstoff, den vermutlich nur ein Mensch kennen würde. Fahnenbrucks Labor, Strietzel hatte alles halbwegs Verdächtige mitnehmen lassen. Falls Jonas Fahnenbruck der gesuchte Täter war, musste Strietzel diesen Impfstoff finden. Dass er selbst dann noch so weit von Jacks Rettung entfernt war, wie die Sommersonne vom Schneeregen, verdrängte Joshua. In seiner Jugend hatte er immer den fünften und sechsten Schritt im Voraus überdacht, schuf wahre Gedankenschlösser, die regelmäßig nach der ersten Unregelmäßigkeit zusammenbrachen. Sein Vater sagte einmal: Denke nicht drei Schritte in die gleiche Richtung, es raubt dir die Möglichkeit, rechtzeitig abzubiegen.

Auf dem Weg zu seinen Eltern beschlich Joshua das Gefühl, in eine Sackgasse abgebogen zu sein. Der letzte Brief Stachinskys aus Buenos Aires kam erst vor drei Wochen. Aller Wahrscheinlichkeit nach war der Vater des zweiten Opfers erst wenige Tage in Deutschland. Sollte es ihm in dieser kurzen Zeit gelungen sein, den Mörder seines Sohnes ausfindig zu machen? Der Gedanke legte sich wie eine kalte Hand um seine Kehle. Mit dem Tod Fahnenbrucks gab es für Jack keine Hoffnung mehr. Aber Fahnenbruck war nicht alleine, es muss Hintermänner geben, vernahm Joshua eine Stimme aus der Tiefe seines Bewusstseins.

Medizinische Forschungen, Dr. Justus Abel.

Joshua hatte die Stadt schon fast hinter sich, als er ohne den Blinker zu setzen den Golf in die Bucht der Bushaltestelle zog und das Lenkrad herumriss. Bremsen kreischten, ein Taxifahrer drohte wild gestikulierend mit der Faust.

Joshua fuhr direkt zur Praxis durch, parkte den Wagen auf dem Bürgersteig vor der Eingangstür. Als er die Klinke heruntergedrückt hatte, prallte sein Körper gegen die verschlossene Tür. Mittagspause, von 12-15 Uhr, verkündete das Schild aus gebürstetem Aluminium neben ihm.

Vier Minuten später öffnete Frau Abel die Tür der Villa in Kaiserswerth und atmete tief durch.

»Guten Tag Frau Abel, ich muss dringend Ihren Mann sprechen.«

»Wir sitzen gerade zu Tisch. Ab 15 Uhr ist mein Mann in der Praxis für Sie zu sprechen.«

Die Haustür schlug gegen Joshuas linken Fuß.

»Wie ich bereits sagte, ist es dringend. Richten Sie Ihrem Mann bitte aus, er möchte sich um 15 Uhr in meinem Büro melden«, Joshua überreichte der verdutzten Frau eine Visitenkarte, »bei Nichterscheinen lasse ich ihn abholen. Schönen Tag noch, Frau Abel.«

Joshua wandte sich ab und lief zum Wagen.

»In Ordnung, kommen Sie rein.«

Es klang so resolut wie eine Anweisung. Joshua glaubte den Grund zu kennen, weshalb Abel so viel Zeit wie möglich in der Praxis und dem Labor zubrachte. Im Vorübergehen bedachte er die Hausherrin mit einem freundlichen Gruß. Joshua erahnte die Wut hinter den schmalen Augen. Das in mehreren Schichten aufgetragene Make-up verlieh ihren Wangen die matte Ausstrahlung eines alten Fensterleders. Justus Abel betrat die Diele. Vor seiner Brust hing eine dunkelrote Stoffserviette.

»Darf ich erfahren, was so dringend ist, dass Sie unsere Mahlzeit stören?«

Frau Abel trat neben ihren Mann und stemmte zur Unterstützung seiner Worte die Hände in die Hüften.

»Bei unserem letzten Gespräch haben Sie mir nicht die Wahrheit gesagt, Herr Doktor.«

»Jetzt wird der auch noch unverschämt«, zischte die Gastgeberin. Joshua blieb unbeeindruckt. Seine Augen fixierten Justus Abel, nahmen eine leichte Unsicherheit wahr.

»Ich weiß zwar nicht, wovon Sie sprechen, aber bitte, gehen wir in mein Arbeitszimmer.«

Abels Frau bedachte ihn mit einem empörten Blick.

»Ich bin sicher, die Unklarheiten werden schnell beseitigt sein, Liebling.«

Dem Büro schloss sich ein großer Wintergarten an. Dutzende von Palmen und Kakteen verliehen dem Raum ein südländisches Flair. Mittendrin thronte ein farbenfroher Papagei. Den Kopf neugierig gedreht, schien er den Gast begrüßen zu wollen.

»Ich bin sehr gespannt, Herr Trempe.«

Joshua wunderte sich über die Selbstsicherheit Abels.

»Bei unserem letzten Gespräch behaupteten Sie, keine Probanden zu benötigen. Dies entspricht nach unseren Ermittlungen nicht der Wahrheit.«

Abels lässige, joviale Mimik wich. Er lehnte sich zurück, verschränkte die Finger ineinander. Die Lippen zusammengepresst, überdachte er die Antwort. »Miss Marple ist schön«, behauptete der Papagei krächzend.

»Das ist eine heikle Angelegenheit, Herr Trempe. Ich bin nicht nur forschend tätig, sondern auch praktizierender Arzt.«

Abel machte eine Pause, als hielte er diese Erklärung für völlig ausreichend. Joshua entzog sich der tiefere Sinn der Antwort. Er fand diese Konstellation eher praktisch als hinderlich. Abel bemerkte die Zweifel des Ermittlers.

»Es kommt immer wieder vor, dass Behandlungen nicht zum gewünschten Erfolg führen oder sich für den Patienten scheinbar unnötig in die Länge ziehen. Diese Patienten wechseln dann den Arzt. Da das allen Ärzten passiert, handelt es sich um eine ausgeglichene Fluktuation. Wenn aber herauskommen sollte, dass ich forschend tätig bin und für diese Zwecke Probanden einstelle, bekommen diese Patienten den Verdacht, solche zu sein. Es würde sich wie ein Lauffeuer herumsprechen, innerhalb kürzester Zeit könnte ich die Praxis schließen. Können Sie das verstehen?«

Joshua fragte sich, ob er Vertrauen zu einem Arzt hätte, von dem er wüsste, dass dieser medizinische Tests durchführte. Obwohl er Abels Sorge nachvollziehen konnte, wurde Joshua wütend. Er hasste es, wenn man ihn anlog.

»Herr Doktor Abel, ich bin Polizist und keiner Ihrer Patienten. Meine Aufgabe ist es, eine Serie von Morden aufzuklären und nicht, Ihre medizinischen Fähigkeiten zu beurteilen.«

Abel drehte den Kopf zur Seite. Scheinbar gedankenlos betrachtete er die Palmen. Eindringende Sonnenstrahlen sorgten für tanzende Schatten auf dem hellen Steinfußboden.

»Ich hätte es Ihnen sagen sollen. Tut mir leid. Aber glauben Sie mir, es hat nichts mit Ihrem Fall zu tun. Gideon Lambert war ein ganz normaler Patient. Mit der Ausnahme vielleicht, dass ich ihn und seine Familie schon sehr lange kenne.«

Joshua kam es vor, als betrachte er sein Gegenüber

durch einen halbdurchsichtigen Nebel. Einen Nebel, der Wahrheiten verzerrte und die Wirklichkeit verschwommen zu erkennen gab. Er vermochte den Mediziner nicht einzuschätzen. Es ärgerte ihn, nicht besser vorbereitet hierhergekommen zu sein. Die verrinnende Zeit wurde allmählich zum übermächtigen Feind der Ermittlungen. Die beständig ansteigende Spannung ließ ihn immer hektischer agieren.

»Herr Abel, wo waren Sie letzte Nacht zwischen ein und drei Uhr?«

»Im Bett, wo sonst?«

»Ich nehme an, Ihre Frau kann das bestätigen.«

»Nein. Wir haben getrennte Schlafzimmer.«

»Kennen Sie einen Kollegen mit dem Namen Jonas Fahnenbruck?«

Abel strich mit dem Zeigefinger über ein Stück glattrasierte Haut zwischen Oberlippe und Nase. Der Papagei wies noch einmal krächzend auf seine Schönheit hin.

»Ich kannte mal einen Kinderarzt mit diesem Namen. Meines Wissens ist dem Kollegen die Zulassung entzogen worden. Aber das ist schon etliche Jahre her.«

Die Stille nach jedem seiner Sätze kam Joshua merkwürdig vor. Abel fragte nicht nach dem Grund für das Alibi, ebenso wenig hakte er nach, als Joshua ihn nach Fahnenbruck fragte. War es ihm gleichgültig oder hatte er Angst, in Verdacht zu geraten? Joshua verdrängte den Gedanken, kam zum Kern seines Besuches.

»Wofür benötigen Sie Probanden, woran forschen Sie?«

Abel stand auf und nahm einen Schnellhefter von einem Schrank hinter sich. Er reichte ihn Joshua.

»Es handelt sich um eine Anfrage der BeierPharm AG. Die Anfrage richtete sich an das gesamte Netzwerk. Es kam zu Unverträglichkeiten mit einer von diesem Konzern hergestellten Hautcreme. In einem solchen Fall drohen langwierige Gerichtsverfahren. Aufgrund der gebotenen Eile hatte die BeierPharm AG um unsere Mithilfe gebeten. Bei Erfolg ein äußerst lukrativer Auftrag, der es mir gestatten würde, mein Labor zu erweitern.«

»Gehörten Markus Stachinsky oder Patrick Schönfeld zu ihren Probanden?«

»Diese Namen habe ich noch nie gehört.«

»Wurden Ihnen die Probanden ausschließlich über die Agentur von Paolo Barnetta vermittelt?«

Für einen Augenblick erkannte Joshua eine verräterische Unsicherheit bei Abel. Der Arzt zögerte die Antwort eine Sekunde zu lange hinaus.

»Ja. Ich bin sehr zufrieden mit dieser Agentur. Es besteht kein Grund, anderweitig Probanden anzuwerben.«

Völlig unvermittelt wurde die Tür aufgerissen. Frau Abel betrat mit strafendem Blick den Raum.

»Ich habe abgeräumt, das Essen war kalt. Möchtest du noch Nachtisch haben, oder brauchen die Herrschaften länger?«

»Kommst du endlich. Kommst du endlich«, tönte es aus dem Wintergarten. Joshua schluckte ein Lachen runter, um jedwede Eskalation zu vermeiden.

»Ich habe vorläufig keine weiteren Fragen«, Joshua stand auf und reichte Doktor Abel die Hand. Dessen Frau ging wortlos hinaus.

Als Joshua ins Auto einstieg, blendete ihn die Sonne. Der Himmel leuchtete hellblau, lediglich Schneereste an der Bordsteinkante unterdrückten aufkommende Frühlingsgefühle.

Die Aussagen Abels führten ihn nicht weiter. Es war die Sekunde des Zögerns vor seiner letzten Antwort, die Joshua nachdenklich machte. Wäre Abels Antwort wahr, hätte er nicht gezögert. Ihm hätte sofort klar sein müssen, dass Paolo Barnetta die Polizei auf seine Spur geführt hatte. Sollte sein Gefühl richtig sein, überlegte Joshua, ist die Spur Paolo Barnetta kälter als der soeben im Radio angekündigte Nachtfrost.

35

Auf dem Hof begegnete ihm seine Mutter, die gerade damit beschäftigt war, einige Eimer Farbe in die Scheune zu bringen. Joshua half ihr.

»Hat Vaters Laune sich gebessert?«

Die Mundwinkel seiner Mutter glitten herab. Als ob sie die Antwort schon vorher mimisch mitteilen wollte, rollte sie ihre Augen und legte den Kopf bedeutungsvoll in den Nacken.

»Dein Vater ist ein sturer, alter Bock. Ich habe mein halbes Leben seine Launen ertragen, ihm Wünsche erfüllt, ohne dass er sie aussprechen musste. Ständig habe ich meine Belange hinten angestellt, damit der Herr zufrieden war. Damit ist nun Schluss!«

Um ihrer Entschlossenheit besonderen Ausdruck zu verleihen, erhob sie beim letzten Satz ihre Stimme. Joshua konnte sie auch so verstehen. Er ahnte, welche Umstellung es für seinen Vater bedeutete. Ein ungutes Gefühl überkam ihn. Es war die Angst, die Sturheit der beiden könnte sich zu einem handfesten Konflikt steigern. Wenn seinem Vater etwas gegen den Strich ging, war es oft tagelang so, als trüge er eine zweite Haut aus Eis. Die Euphorie seiner Mutter, die Freude und die Begeisterung, mit denen sie ihre Aufgabe anging, würden sie das Eis zum Schmelzen bringen?

»Dein Vater hat übrigens Besuch.«

»Wer besucht denn einen sturen, alten Bock?«

Sie zuckte die Schultern. Über ihr Gesicht flog ein Lächeln.

»Weiß ich nicht. Ich habe den Herrn noch nie gesehen.«

Joshua ging ohne die geringste Vermutung, wer der Besucher sein könnte, zum Haus. Er überlegte, warum das so war. Jeder hatte doch irgendeine Ahnung, wer seinen Vater besuchen könnte. Joshua durchforstete seine Erinnerungen, ging weit zurück bis in die Jugend. Damals besuchten ihn hin und wieder ehemalige Kommilitonen. Sie tauschten gemeinsame Erinnerungen aus, ohne ihre Freundschaften mit frischem Leben zu erfüllen. Seine Mutter meinte damals, sein Vater würde am liebsten als Eremit irgendwo in einer Berghütte leben, umgeben von Ziegen und Hühnern, solange die ihm nicht zu nahe kämen. Joshua kannte auch die andere, die hellere Seite seines Vaters. Zwei Jahre hatten sie in derselben Dienststelle gearbeitet. Gunther Trempe war unter den Kollegen sehr beliebt. Sie schätzten seine Hilfsbereitschaft, den trockenen Humor und die meist gute Laune. Einmal fragte Joshua seinen Vater, warum er keine Freunde habe. Er antwortete: Habe ich doch. Drei sehr gute sogar: Manuel, Mutter und dich.

Im Flur vernahm er die Stimme seines Vaters. Sie klang behutsam, mitfühlend. Er schien ein ausgesprochen nettes Gespräch zu führen. Zufrieden hängte Joshua seine Jacke an die Flurgarderobe und betrat das Wohnzimmer.

Hallo Vater, wollte er sagen. Aber die Worte blieben an seinen Lippen kleben und versiegten. Joshua hatte mit niemand besonderem gerechnet, als seine Mutter den fremden Mann erwähnte. Er starrte die beiden Männer sprachlos an. Sein Verstand war unfähig, dafür auch nur den Ansatz einer Erklärung zu liefern.

Sein Vater wirkte leicht amüsiert.

»Darf ich dir Herrn Stachinsky vorstellen. Was sag ich, ihr kennt euch ja bereits.«

Joshua gewann seine Fassung zurück. Er gab seinem Vater die Hand, wendete sich Stachinsky zu, zögerte einen Augenblick und begrüßte ihn schließlich ebenfalls mit Handschlag. Anschließend setzte er sich in die Mitte.

»Falls es dich tröstet, Joshua, ich war vor zwei Stunden, als Herr Stachinsky vor der Tür stand, genauso fassungslos wie du.«

Merkwürdigerweise war der erste Gedanke, der Joshua kam: Wenigstens duzen sie sich nicht. Die Szenerie wirkte so widersinnig vertraut. Was bezweckte Stachinsky mit diesem Besuch? Worüber haben sie sich zwei lange Stunden unterhalten?

»Herr Stachinsky hat mir alles erzählt. Sein ganzes Leben, und weißt du was«, Gunther Trempe beugte sich nach vorne, in seinen Augen war ein eigenartiger Glanz erkennbar, »mir macht es nichts mehr aus, dass wir ihn damals nicht verhaften konnten.«

Gunther Trempe erzählte eine Kurzfassung von diesem Gespräch. Von einem Sohn namens Markus, der ohne das Geld aus dem Banküberfall schon kurz nach seiner Geburt gestorben wäre. Von einer Mutter, die man kurz zuvor mit einer Nadel im Arm in einer Bahnhofstoilette gefunden hatte. Es war die traurige Geschichte über ein Leben auf dem Abstellgleis der Gesellschaft. Die Geschichte über einen Mann, dessen Verhängnis es war, sich als Siebzehnjähriger in die gleichaltrige Helena zu verlieben. Während sein Vater erzählte, wanderten Joshuas Augen immer wieder zu Stachinsky. Der Mann wirkte gelöst, von einem inneren Frieden beseelt. Es schien, als habe er sich von einer Last befreit. Joshua fand die Vermutung absurd, der Mörder von Jonas Fahnenbruck säße neben ihm. Möglicherweise wusste Stachinsky gar nichts von dessen Tod, hatte das Opfer vielleicht als Letzter lebend gesehen. Dass Stachinsky am Tatort gewesen war, belegte das Phantombild in Verbindung mit der Zeugenaussage zweifelsfrei. Ohne Grund war er sicherlich nicht mitten in der Nacht mit einem Taxi dort hingefahren.

»Habt ihr schon Hinweise in dem Mordfall Fahnenbruck?«

Joshua verschluckte sich an dem lauwarmen Kaffee. Seine Augen fixierten Stachinsky. Dieser blieb weiter ungewöhnlich gelassen.

»Woher wissen Sie vom Mord an Jonas Fahnenbruck?«

Stachinsky presste die Lippen aufeinander, langsam bewegte er den Kopf auf und ab.

»Also gut. Ich bin letzte Nacht mit einem Taxi dort hingefahren, wollte mit Fahnenbruck reden. Aber dazu kam ich nicht. Ich wollte die Tür öffnen, hatte meine Hand schon an der Klinke, mehr weiß ich nicht mehr. Heute Morgen bin ich mit einer dicken Beule am Hinterkopf in einem Schrebergarten aufgewacht. Mich interessierte brennend, warum man mich niedergeschlagen hatte und so bin ich wieder dort hingegangen. Es war bereits alles abgesperrt. Ein Reporter erzählte mir von dem Mord.«

»Eine nette Geschichte.«

Stachinsky drehte seinen Oberkörper und deutete mit dem Zeigefinger auf eine mächtige Beule an seinem Hinterkopf. Die Haare rundherum waren dunkelrot und verkrustet.

»Glauben Sie, das habe ich mir eingebildet?«

»Joshua«, ging sein Vater dazwischen, »Herr Stachinsky hat mir ausführlich davon erzählt, freiwillig. Warum sollte er das tun?«

»Weil der Taxifahrer ihn einwandfrei beschrieben hat.«

Gunther Trempe wurde verlegen. Es war ihm anscheinend peinlich, dass er dieses Detail übersehen hatte.

»Herr Stachinsky, besitzen Sie eine Waffe?«

Joshua stellte diese Frage routinemäßig. Er rechnete nicht im Geringsten mit einer ehrlichen Antwort. Stachinsky aber griff in die Innentasche seines schwarzen Wollmantels und zog eine Pistole hervor. Er legte sie mit einer Selbstverständlichkeit vor Joshua auf den Tisch, als ginge es darum, jemandem sein Handy zu borgen. Für die Dauer eines Wimpernschlages war Joshua beeindruckt. Dann erkannte er, dass es sich um eine Walther P 38 handelte. Gunther Trempe sah Stachinsky erstaunt an.

»Sie wissen vermutlich, dass Fahnenbruck mit einer solchen Waffe erschossen wurde. Darf ich von einem Schuldeingeständnis ausgehen, Herr Stachinsky?«

Stachinskys Gelassenheit verflüchtigte sich wie Schatten in der Dunkelheit. Die Augenlider flatterten, Joshua bemerkte ein leichtes Zittern seiner Wangen. In diesem Augenblick war er von der Unschuld seines Gegenübers überzeugt. Es waren die fehlenden Gesten, die unausgesprochenen Worte, die Joshua so sicher machten. Nicht den Bruchteil einer Sekunde hatte Stachinsky gezögert, die Bewegung verlief fließend, selbstsicher. Ohne in hilflosen Worten unterzugehen, legte er die Waffe auf den Tisch. Nervosität überfiel ihn erst, als ihm klar wurde, dass Fahnenbruck mit einer solchen Pistole ermordet worden war.

»Nicht mit dieser Waffe!«

Die Worte kamen energisch und leise über seine Lippen, kaum lauter als das monotone Plätschern des Zimmerbrunnens hinter ihm.

»Wann haben Sie das letzte Mal mit dieser Pistole geschossen?«

»Vor etwa 25 Jahren. Sie gehörte meinem Großvater.«

Joshua stand auf und holte sich aus der Küche ein Tuch.

Er schlug die Pistole darin ein und reichte sie mit zwei Fingern Stachinsky.

»Würden Sie bitte das Magazin herausnehmen und es mir geben.«

Stachinsky entfernte das Magazin und knallte es auf den Tisch.

»Bitte! Überzeugen Sie sich selbst, Herr Kommissar.«

Joshua nahm erneut das Tuch und hielt das Magazin vor seine Augen. Er fand keine Erklärung.

»Es fehlt eine Kugel. Herr Stachinsky, Sie sind vorläufig festgenommen.«

Thomas Stachinsky sackte in sich zusammen. Wie ein heller Schleier zog die Blässe über sein Gesicht.

»Ich habe Fahnenbruck nicht erschossen. Ich hätte es ohne Zögern getan, wenn er meinen Verdacht bestätigt hätte. Aber dazu bin ich doch gar nicht mehr gekommen.«

Joshua führte ihn hinaus zum Auto. Die Fakten schienen ihn in eine trügerische Sicherheit zu leiten. Irgendwo tief in ihm nagte ein kleiner Rest Zweifel. Bevor er einstieg, drehte er sich noch einmal zu seinem Vater um. Er kannte diesen Ausdruck. Sein Vater benutzte ihn immer dann, wenn er glaubte, sein Sohn würde einen Fehler begehen. Joshua überlegte, ob seinem Vater das zunehmende Alter mitspielte. Er hatte von dem Taxifahrer erzählt. Nur kurze Zeit später dachte er nicht mehr daran. Es war ihm zwar sofort aufgefallen, wäre ihm allerdings in seiner Dienstzeit niemals passiert.

36

Aus dieser Höhe betrachtet, wirkte die Landschaft wie eingefroren. Lediglich der blecherne Strom auf der angrenzenden Autobahn unterschied den Anblick von dem eines Fotos. Die mächtigen Wolken endeten nur wenige Meter über ihnen.

Doktor Lutz Sänger wandte sich von der bis zum dunkelroten Teppich reichenden Fensterfront ab und schlenderte wortlos hinter den modernen Schreibtisch. Aus einer vergoldeten Box vor ihm nahm er eine mächtige Davidoff, kniff ein kleines Stück ab und zündete die Zigarre mit einem Feuerzeug der Marke Cartier an. Während Sänger genüsslich inhalierte, glitt er entspannt in das weiße Nappaleder des Chefsessels zurück. Sein Gast zeigte nicht die geringste Regung. Der schlanke Mann mit den scharf geschnittenen Gesichtszügen sah Sänger durch die getönten Gläser seiner Brille an. Der schwarze Nadelstreifenanzug saß passgenau. Die dunklen Haare schienen ungekämmt. Das eingesetzte Gel ließ sie glänzen.

Sängers Feuerzeug wanderte durch die Finger der rechten Hand. Mit langem Atem blies er den hellblauen Qualm über den breiten Schreibtisch. Kurz vor seinem Gegenüber löste er sich in kleine Wölkchen auf und stieg in Kringeln der Decke entgegen.

»Ich war der Meinung, einen Profi engagiert zu haben.«

»Haben Sie auch.«

Noch immer keine Regung. Sein Gesicht schien statisch, die Lippen glitten kaum auseinander. Die einzige Bewegung während der letzten Minuten bestand darin, seine langen, gepflegten Finger ineinanderzuhaken.

»So? Habe ich?«

Die Stimme wurde lauter.

»Machen Sie sich keine Sorgen. Es wird sich um ganz normale Drogentote handeln. Waren das nicht Ihre Worte? Nun ermittelt die Polizei in vier Mordfällen. Haben Sie eine Ahnung, was es bedeutet, wenn unser Unternehmen auch nur an den Rand der Ermittlungen gerät?«

Schweigen erzeugte eine knisternde Atmosphäre.

»Die Polizei hat bereits ihren Mörder bekommen. Darf ich Sie im Übrigen darauf aufmerksam machen, dass es Ihre Idee war, die Forschungen um jeden Preis zu forcieren.«

Sänger sprang wütend auf und lief zur Fensterfront. Einen Schritt davor drehte er sich mit wehendem Jackett um.

»Und Ihre Idee war es, diesen Studenten eine Teilhaberschaft anzubieten, statt sie wie ganz normale Probanden zu entlohnen. Das war der größte Fehler, den Sie begehen konnten.«

Erst jetzt drehte er den Kopf zur Seite und sah seinem Gesprächspartner in die Augen. Er neigte dabei das Gesicht nach unten und tat dies über den Rand der Sonnenbrille.

»Ach ja? Hätten wir ihnen einen Vertrag mit unseren Namen und dem Ziel der Forschungen geben sollen? Glauben Sie im Ernst, für diese Versuche hätten sich Probanden gefunden? Wir mussten sie zu teilhabenden Forschern machen, um ihren Ehrgeiz zu wecken. Wer konnte denn ahnen, dass diese Burschen eine Vorabveröffentlichung erstellen wollten, um ihren Professoren zu imponieren oder was weiß ich, warum? Außerdem konnten wir sie nicht mehr in der Gegend herumlaufen lassen bis der Impfstoff fertig war. Die hätten uns in wenigen Tagen die ganze Stadt angesteckt und unser Projekt zerstört.«

Die Ruhe und Gelassenheit waren verflogen. Sängers Gast konterte die Anschuldigungen scharf und stetig lauter werdend.

Sängers Schultern sackten ab. Er atmete laut ein und setzte sich wieder.

»Was Fahnenbruck betrifft: Der Mann wurde immer mehr zum Risiko. Die Forschungen sind abgeschlossen und …«

Mit einer ausladenden Armbewegung schnitt Sänger ihm das Wort ab.

»Ich will es gar nicht wissen!«

Sein Gast zuckte mit den Schultern, streckte dabei seine geöffneten Hände nach vorn.

»Okay. Kommen wir zum zweiten Teil des Projektes. Wie kommen wir an die Blutbank?«

»Wir haben einen Arzt der Uniklinik auf unserer Seite.«

Sänger zog die buschigen Augenbrauen hoch.

»Ein gewisser Doktor Mwandala. Er war zuerst äußerst unkooperativ, beinahe empört, aber das hat sich heute Morgen schlagartig geändert.«

Sänger warf ihm einen fragenden Blick hinüber. Als er die Antwort vernahm, bedauerte er diese Geste.

»Ich war so freundlich, seine Tochter vom Kindergarten abzuholen. Sie fühlt sich zwar nicht sehr wohl in ihrer Pension, aber dafür ist ihr Vater nun umso hilfsbereiter.«

Die Stirn des Aufsichtsratsvorsitzenden glänzte silbrig im Schein der Neonlampen. Er fühlte sich ausgesetzt an den Rand eines Strudels, aus dessen Sog es kein Entrinnen mehr gab. Der Partner, den er sich nach peinlich genauen Erkundigungen ausgesucht hatte, entwickelte sich allmählich zum unberechenbaren Selbstläufer. Der Gedanke, das Projekt aufzugeben, mit dem nächsten Flieger in die Anonymität eines fernen Landes zu fliehen, drängte sich in sein Bewusstsein. Aber er war schwach und zaghaft, dem Hunger nach schier unbegrenztem Reichtum und Macht hoffnungslos unterlegen. Schließlich starb dieser Gedanke unbeachtet, ohne seine rettende Wirkung entfalten zu können.

Der Plan, den Blutreserven der Universitätsklinik den H5N1-Erreger beizumischen, würde den alles entscheidenden Durchbruch herbeiführen. Innerhalb kürzester Zeit dürfte ein Großteil der Bevölkerung mit dem tödlichen Virus infiziert sein. Sänger hatte längst sein eigenes Unternehmen gegründet, weit weg von hier. Sein Besucher hegte nach wie vor Zweifel am Erfolg dieses Vorhabens.

»Was macht Sie so sicher, den Impfstoff hier einsetzen zu dürfen? Sie haben keine Zulassung.«

Sänger lachte. Er sah den drahtigen Mann an wie einen kleinen Jungen.

»Meine Firma sitzt in Simbabwe. Dort bekomme ich die Zulassung in kürzester Zeit. Die dortige Regierung ist durch großzügige Spenden unseres Unternehmens schon fast zur Filiale geworden. Selbst wenn die Bundesregierung sich weigern sollte, die Seuche dürfte sich mit enormer Geschwindigkeit um den Erdball verbreiten. Andere Länder werden auf Knien darum bitten, ihnen den Impfstoff zu verkaufen. Aber nach den ersten Todesfällen wird auch unsere Regierung die Lage überdenken, spätestens, wenn dieses schöne Land von der Staatengemeinschaft unter Quarantäne gestellt wird.«

Sängers Gesichtsausdruck nahm zufriedene Züge an, sein Gegenüber verfiel wieder in eine gleichgültig anmutende Gelassenheit. Die weitere Entwicklung konnte ihm auch völlig egal sein. Zwei Raten der versprochenen drei Millionen Dollar hatte er bereits, die dritte stand kurz bevor.

Nachdem sein Besucher das Büro verlassen hatte, genehmigte Sänger sich einen 1970er Thomas Hine Cognac. In Gedanken ging er ein halbes Jahr zurück. Die zufällige Begegnung mit Jonas Fahnenbruck.

Der gescheiterte Arzt hatte sich um eine Anstellung in der Abteilung Forschung und Entwicklung beworben. Die Referenzen waren denkbar schlecht, seine Vita hätte maximal zu einer Tätigkeit als Laborgehilfe gereicht. Die Bewerbungsunterlagen waren umgehend zurückgesandt worden. Aber Fahnenbruck hatte nicht aufgegeben. Irgendwann war er am Sportflugplatz aufgetaucht und hatte um ein Gespräch mit dem Hobbypiloten Sänger gebeten.

Sanft drehte Sänger den Schwenker im Kreis, hielt ihn unter die Nase, bevor er einen kleinen Schluck nahm. Diese Begegnung sollte sein Leben verändern.

Fahnenbruck hatte das Gespräch mit der verblüffenden Aussage eröffnet, er forsche erfolgversprechend an einem universellen Impfstoff gegen alle Arten von Grippeerregern. Sänger erinnerte sich an seine erste Reaktion. Er war darüber verärgert gewesen, hatte das Gespräch bereits im Ansatz für pure Zeitverschwendung gehalten, ihn abwimmeln wollen. Fahnenbruck aber hatte sich verschwörerisch umgesehen, einige Zettel aus der Innentasche seiner Leinenjacke gezogen und damit begonnen, Sänger in seinen Bann zu ziehen. Obwohl Fahnenbruck die entscheidenden Details noch verschwiegen hatte, reichte es Sänger bereits aus, um auf ihn zu setzen.

Die Idee war ebenso einfach wie genial. Die Lösung vor Augen, erschien es geradezu unglaublich, dass Forscherteams rund um den Globus seit Jahrzehnten erfolglos danach suchten.

Sänger war Kaufmann, hatte Betriebswirtschaft studiert. Ein Medizinstudium war für die Leitung eines Pharmakonzerns nicht notwendig gewesen, ihm reichten die außergewöhnlichen Fähigkeiten als Manager. Fahnenbrucks Vortrag wanderte in sein Bewusstsein. Sänger war dermaßen fasziniert gewesen, dass er ihn noch heute, ein halbes Jahr danach, Wort für Wort wiedergeben konnte. Ein Grippevirus gleicht der Hülle einer Kastanie. Zwei Arten von Proteinen, das Hämaglutinin, kurz H, sowie die Neuraminidase, kurz N, stellen gewissermaßen die Stacheln dar. Ihre Anzahl bestimmt die Klassifizierung, beispielsweise H5N1. Bisherige Impfstoffe simulieren diese Proteine und regen das Immunsystem an, Antikörper zu bilden. Das Problem dabei war bisher, dass bei jeder Mutation des Erregers ein neuer Impfstoff entwickelt werden musste, beziehungsweise für jeden neu entdeckten Virus. Fahnenbruck kam nun auf die Idee, nicht mehr die ›Stacheln‹ zu simulieren, sondern den Kern. Dieser ist bei allen Grippeviren identisch und enthält das M2e-Protein. Die Schwierigkeit bestand darin, einen Träger für dieses Protein zu finden. Fahnenbruck gelang dies nach langwierigen Versuchsreihen mit inaktiven Hepatitis-B-Erregern. Um diese in ausreichenden Mengen herzustellen, fehlten ihm das nötige Equipment sowie die finanziellen Mittel. Darum musste Fahnenbruck sich notgedrungen einen starken Partner ins Boot holen.

Sänger dachte an das große Glück, welches ihnen beschieden war. Jeden Tag hätte es passieren können, dass der Vogelgrippevirus sich auf den Menschen übertrug und die Ausbreitung der Epidemie rasend schnell vonstattenging. Die Konkurrenz würde in dem Fall Tag und Nacht an der Produktion eines Impfstoffes arbeiten. Sein wichtigster Trumpf wäre somit wertlos geworden. Die Situation war paradox. Während Fahnenbruck fieberhaft daran arbeitete, den Erreger auf den menschlichen Organismus zu übertragen, fürchteten sie, dass die Natur ihnen zuvorkommen würde und er selbstständig mutierte.

Sänger führte den Schwenker noch einmal genüsslich an seine Unterlippe. Dummerweise ging es Fahnenbruck nicht nur um Geld, er wollte auch den Ruhm. Der Plan, die Forschungsergebnisse in einem Fachblatt zu veröffentlichen, widersprach Sängers Vorhaben, sie mussten einschreiten. Zum Glück war Fahnenbruck dermaßen von Ehrgeiz getrieben gewesen, dass er zuvor sämtliche Unterlagen aus den Wohnungen der Studenten entwendet hatte. Sein Tod und der Tod der Studenten mussten sein. Sänger spürte kalten Schweiß auf der Stirn. Durch die Todesfälle war ein Stein ins Rollen gebracht worden, der in der Lage war, eine Lawine auszulösen. Es galt nun, sich im richtigen Augenblick abzusetzen. Allerdings misstraute Sänger dem einen, der eingeweiht war. Sobald die Blutreserven mit den Erregern durchsetzt wären, würde er von der Bildfläche verschwinden. Aus Simbabwe würde er den deutschen Behörden einen dezenten Hinweis geben. Diese würden dann die einzige Person aus dem Verkehr ziehen, die ihm noch gefährlich werden konnte. Einem mehrfachen Mörder, dem es darum ging, seine Haut zu retten, würde die Polizei wohl wenig Glauben schenken. Mit einem hämischen Grinsen setzte Sänger ein letztes Mal den Cognacschwenker an.

37

Drei Streifenfahrzeuge sowie drei weitere zivile Einsatzfahrzeuge blieben in Angermund nicht lange verborgen. Nachdem sich die Nachbarn des nördlichsten Düsseldorfer Stadtteils anfangs darauf beschränkten, durch beiseitegeschobene Gardinen an wichtige Informationen zu gelangen, standen nun die ersten auf dem Bürgersteig und diskutierten. Hinter den angrenzenden Feldern zeichneten sich die Umrisse von Schloss Heltorf ab. Aus dem Wassergraben, der das Schloss umgab, stiegen kleine Nebelwolken empor und verliehen dem alten Gemäuer einen gespenstischen Rahmen. Joshua erinnerte sich an Spaziergänge mit Kinderwagen durch den angrenzenden Waldpark. Nirgendwo am Niederrhein gab es derart viele und prächtige Rhododendronsträucher. Janine faszinierte vor allem der Tulpenbaum, der dort bereits seit dem Jahr 1799 steht.

Unterhalb der Klingel neben der Wohnungstür befand sich ein schlichtes Plastikschild mit dem Namen Fahnenbruck. Das Türschloss schien unversehrt. Der Mann im Arbeitsanzug mit dem Aufdruck eines Düsseldorfer Schlüsseldienstes hatte wenig Mühe mit dem Schloss. Die Tür war nicht abgeschlossen.

Als Joshua das Wohnzimmer betrat, bestätigte sich seine Befürchtung schon beim ersten Blick durch den Raum. Es war das blanke Chaos. Herausgezogene Schubladen lagen auf dem Fußboden, deren Inhalt weit verstreut.

Polster der Ledergarnitur waren aufgeschlitzt, Teppiche zusammengerollt. Selbst eine Yuccapalme lag mit ihrem Wurzelballen neben dem Topf. Joshua sah sich noch einige Minuten in den Räumen der Einliegerwohnung um. Er glaubte nicht, hier auf neue Erkenntnisse zu stoßen. Joshua ging nach draußen. Eine ältere Dame im bunten Kittel und mit leichtem Schlaf war die einzige Person, die eine Aussage machen konnte.

»Herr Fahnenbruck kam in der Nacht, so gegen ... ja, um zehn Minuten nach vier Uhr«, sie antwortete in breitem Düsseldorfer Dialekt, »da wollte Moppel, mein Kater, rein. Deshalb weiß ich das so genau. Der arme Herr Fahnenbruck arbeitet oft bis tief in die Nacht.«

»Haben Sie ihn gesehen?«

»Gesehen? Nein. Nur gehört.«

»Kam er mit dem Auto. Ist Ihnen irgendetwas aufgefallen?«

Die Frau strich sich eine graue Strähne hinters Ohr.

»Ein Auto habe ich nicht gehört. Jetzt, wo Sie es sagen. Sind Sie deswegen hier. Hat man sein Auto gestohlen?«

Joshua bedankte sich freundlich.

Auf dem Rückweg zum LKA erkundigte Joshua sich bei der Taxizentrale auf der Kölner Straße. In der fraglichen Nacht war zwischen zwei und fünf Uhr kein Fahrzeug in Angermund gewesen.

Thomas Stachinsky befand sich bereits in dem kleinen, abgeschotteten Verhörraum des Landeskriminalamtes. Joshua wollte direkt durch das angrenzende Zimmer laufen, um mit der Vernehmung zu beginnen. Mitten im Raum stoppte er abrupt. Neben Schorndorf standen zwei Männer mittleren Alters in Businesskleidung. Schorndorf stellte sie ihm als Fred Bachmann und Rudolf Selter vom Bundeskriminalamt vor. Aufgrund der besonderen Brisanz des Falles im Hinblick auf die mögliche Seuchengefahr wurden sie abgeordnet, um den Kollegen vom LKA beratend zur Seite zu stehen, wie Schorndorf sich ausdrückte. Bachmann, der ältere der beiden, deutete ein freundliches Grinsen an. Auf Joshua wirkten sie wie Kontrolleure. Er konnte es nicht ausstehen, wenn ihm jemand während der Arbeit auf die Finger sah. Mit einem trockenen »Hallo« streckte er ihnen die Hand entgegen.

»Herr Trempe, macht es Ihnen etwas aus, wenn die Kollegen bei der Vernehmung zugegen sind?«

Und ob, dachte er und nickte stumm.

»Wir werden uns nicht einmischen«, versuchte Selter die Situation zu entschärfen.

»Dann können Sie ja auch hier auf mich warten. Die Vernehmung wird live übertragen.«

Selter zeigte keine Regung. Als Schorndorf einschreiten wollte, hob der BKA-Mann beschwichtigend seine rechte Hand und nahm Platz.

Stachinsky saß mit gefalteten Händen an dem kleinen Tisch in der Mitte des Raumes. Er trug verwaschene Gefängniskleidung. Seine eigene wurde derzeit von den Kollegen der Kriminaltechnik untersucht. Es war das Bild eines alten, gebrochenen Menschen. In seinem Gesicht waren weder Kälte noch Wärme erkennbar. Der Ausdruck war ebenso leer wie sein Blick. Auf die Anwesenheit eines Rechtsanwaltes verzichtete Thomas Stachinsky. Einen Moment hatte Joshua erwogen, das Gespräch gemeinsam mit Karin zu führen. Ihm kamen Zweifel, ob er über die nötige Neutralität verfügte. Stachinskys Verhalten, als er ihn nach der Waffe gefragt hatte, die Meinung seines Vaters, der Umstand, dass Stachinsky mit dem Taxi zum Tatort gefahren und am nächsten Morgen noch einmal dort hingegangen war. All das hatte dazu beigetragen, dass Joshuas anfänglicher Verdacht sich auflöste. Das Motiv und die Tatwaffe mit den Fingerabdrücken waren allerdings überdeutliche Indizien. Vorschriftsmäßig schaltete Joshua das Bandgerät ein und machte die übliche Ansage fürs Protokoll. Dann stockte er. Die Gedanken wanderten in den angrenzenden Raum. Er fühlte sich beobachtet. Obwohl er es gewohnt war, bei jedem Verhör beobachtet zu werden, beschlich ihn ein mulmiges Gefühl. Was passierte nach dem Verhör? Würden sie ihm jeden kleinen Fehler vorhalten, würde er seine Vernehmungstaktik erklären müssen?

»Ich bin unschuldig«, waren die ersten Worte, die das Gerät aufzeichnete. Sie durchdrangen den Raum zaghaft, als glitten sie durch eine Wolke. Joshuas Augen hafteten an Stachinsky. Er schwieg sein Gegenüber an, in der Hoffnung, Stachinsky würde die Stille beenden.

»Warum wollten Sie sich mit Jonas Fahnenbruck treffen?«

Stachinsky hielt seinem Blick stand.

»Ich wollte ihn fragen, ob er meinen Sohn getötet hat.«

»Was machte Sie so sicher, dass Ihr Sohn Opfer eines Gewaltverbrechens wurde?«

Stachinsky stieß genervt seinen Atem aus.

»Markus war nicht drogensüchtig …«

Stachinsky zögerte, spürte Joshuas Skepsis.

»Mein Sohn hat mir zwei Wochen vor seinem Tod geschrieben, dass er mit Fahnenbruck an einem neuen Impfstoff forschen will und sehr gut dafür bezahlt wird. Fahnenbruck hat ihn zum Teilhaber gemacht. Markus war ganz euphorisch.«

Eine Träne löste sich aus einem Augenwinkel und rollte gemächlich die Wange hinunter, Stachinskys Stimme zitterte.

»Ausgerechnet Fahnenbruck. Er hatte meinen Sohn

schon einmal beinahe auf dem Gewissen. Ich habe damals dafür gesorgt, dass ihm die Zulassung entzogen wurde.«

Joshua wunderte sich. Stachinsky unternahm nicht den geringsten Versuch, die Schlinge um seinen Hals zu lockern. Ihm musste klar sein, dass er mit jedem seiner Worte das Motiv weiter erhärtete.

»Und? Was hat er Ihnen geantwortet?«

Die Lethargie entwich durch einen Schlag seiner flachen Hand auf den Tisch. Das Tonbandgerät vibrierte, Joshua zuckte kurz.

»Verdammt noch mal, das habe ich Ihnen doch schon gesagt. Es kam nicht zum Gespräch. Als ich die Hand auf die Klinke legte, wurde ich niedergeschlagen.«

»Dieser ominöse Dritte hat dann Ihre Waffe genommen und Fahnenbruck erschossen, wollen Sie mir das sagen?«

Joshua beugte sich über den Tisch und schrie ihm ins Gesicht. Stachinsky lehnte sich zurück und antwortete deutlich leiser.

»Ich war bewusstlos, bin am nächsten Morgen in der Hütte eines Schrebergartens aufgewacht. Woher soll ich wissen, was passiert ist?«

»Wissen Sie denn noch, wie Sie nach Angermund gekommen sind, Herr Stachinsky?«

Stachinsky sah ihn an wie ein kleiner Junge, den man nach der Funktionsweise eines Dampfkolbenmotors fragte.

»Ich war noch nie in meinem Leben in Angermund«, antwortete er, immer noch verblüfft.

Joshua schloss die Augen, massierte mit den Zeigefingern die Schläfe. Er war voll konzentriert. Einen winzigen Augenblick, in dem er einen neuen Ansatz suchte, nutzte sein Bewusstsein. Es durchschnitt den Faden der Konzentration blitzschnell und präsentierte ihm das Bild von

Doktor Mwandala. Die Lippen des Arztes öffneten sich im Zeitlupentempo.

Mit viel Glück noch zwei bis drei Tage.

Joshua spürte die kleinen Perlen auf seiner Stirn. Instinktiv sah er auf seine Uhr, sah den Sekundenzeiger, dessen Drehungen ihm wie ein Wirbelwind vorkamen. Die Angst, in diesen Minuten wertvolle Zeit zu verschenken, machte ihn nervös. Mit großer Anstrengung presste er seine Gedanken zurück auf das Verhör.

»Was wissen Sie über diese Forschungen?«

»Gar nichts. Markus hat nicht darüber gesprochen.«

Die Antwort klang trotzig. Joshua konnte Stachinsky inzwischen gut genug einschätzen. Er wusste, dass dieser ihm etwas verschwieg.

»Sie haben sich mit Fahnenbruck verabredet. Wie hat er reagiert, als Sie ihn anriefen? Oder war es umgekehrt?«

»Ich habe ihn angerufen, das ist richtig. Ich glaube, er hatte damit gerechnet. Zuerst war er ganz still, dann hat er mir ein persönliches Gespräch angeboten.«

»Wie haben Sie ihn ausfindig gemacht?«

Stachinsky beruhigte sich wieder.

»Ich habe exzellente Kontakte zum argentinischen Handelsministerium. Meine Kontaktperson in Buenos Aires hat mir eine Liste mit Forschungslabors in Düsseldorf und der näheren Umgebung durchgegeben.«

»Wer wusste von diesem Treffen?«

Joshua gönnte ihm keine Atempause.

»Niemand. Jedenfalls nicht von mir.«

»Herr Stachinsky, so kommen wir nicht weiter. Die Kugel, mit der Jonas Fahnenbruck getötet wurde, stammte aus Ihrer Waffe. Ein Motiv, beziehungsweise die Absicht, ihn umzubringen, haben Sie bereits eingeräumt. Ich glaube, Sie unterschätzen Ihre Lage. Sie stehen unter dringendem Mordverdacht. Wenn Sie Ihre Situation verbessern wollen, müssen Sie mir alles sagen.«

Stachinsky atmete tief durch. Er beugte sich über den Tisch, stützte sich dabei auf seine Arme. Eine graue Strähne fiel über sein linkes Ohr.

»Ich habe Ihnen alles gesagt. Mehr weiß ich wirklich nicht.«

Joshua presste die Lippen aufeinander und nickte.

»In Ordnung. Dann reden wir später noch einmal.«

Joshua ließ ihn abführen. Im Nebenraum empfingen ihn skeptische Blicke. Selter und Bachmann erhoben sich. Bachmann ging einen Schritt auf Joshua zu.

»Sie haben Zweifel an seiner Schuld, stimmts?«

Joshua war überrascht. Woran hatte der Kollege vom BKA das erkannt? War er nicht hartnäckig genug?

»Stimmt.«

Bachmann rieb sich nachdenklich das Kinn.

»Ich habe mir, während Sie das Verhör führten, die Akte angesehen.«

Bachmann zögerte einen Augenblick. Joshua erwartete einen Vorwurf.

»Die Lage scheint klar. Er war zur Tatzeit am Tatort. Die Tatwaffe, das Motiv … Sollte eigentlich reichen.«

»Ja.«

»Aber?«

Joshua erzählte ihm von Stachinskys Besuch bei seinen Eltern. Von seinem Verhalten, als Joshua nach der Waffe fragte. Als er die Zweifel mit seinem Gefühl begründete, tat es ihm im gleichen Moment leid. Sie mussten ihn für einen blutigen Anfänger halten. Bachmanns Antwort versetzte Joshua in Erstaunen.

»Sie sollten ihren Gefühlen auf den Grund gehen.«

Bachmann bemerkte Joshuas Verwunderung.

»Mal ehrlich, was spricht gegen Stachinskys Aussage?

Was ist, wenn er die Wahrheit sagt? Warum sonst ist er noch in Deutschland? Er ist doch schon einmal nach Argentinien geflüchtet.«

Schorndorf schluckte. Er hatte für 18 Uhr eine Pressekonferenz anberaumt. Offensichtlich wollte er den Medien einen schnellen Ermittlungserfolg präsentieren. Um diese Zeit wollte sich auch die SoKo beraten, was Schorndorf wenig interessierte.

Joshua lief wie ein Tiger im Büro umher. Erst als Karin die Nervosität nicht mehr aushielt, setzte er sich. Er berichtete Karin und Daniel von dem Verhör. Stachinsky kam ihm vor wie eine Nebelkerze. Er verdeckte nicht nur die Sicht auf den Hintergrund, sondern stahl ihnen wertvolle Zeit. In seine Überlegungen platzte Wim. Mit einem Elan, den man ihm in Anbetracht seiner Korpulenz nicht zutraute, schmiss er die Tür hinter sich ins Schloss und knallte einen Ordner auf den Tisch. Unterhalb seiner Achselhöhlen verunzierten große Flecken das Diensthemd.

»Ich habe mir die Berichte zur Brust genommen. Dabei ist mir etwas aufgefallen.«

Mit leicht zusammengekniffenen Augen sah er die drei der Reihe nach an.

»Wir wissen noch gar nicht, wem das Gebäude gehört, in dem dieser Fahnenbruck erschossen wurde.«

Karin warf ihm ein gequältes Lächeln entgegen.

»Der BeierPharm AG. Sie vermieten das Labor an freiberufliche Forscher, mit denen sie kooperieren. Outsourcing gewissermaßen. Aktuell sind die Räume an einen gewissen Jonas Fahnenbruck vermietet.«

Wims Gesichtszüge glitten herab.

»Hat die schon jemand besucht?«

Joshua kannte diesen Fakt noch nicht. Aber ihm fiel auf, dass er den Namen der Firma bereits zum zweiten

Mal hörte. War es Zufall, dass Abel im Auftrag dieser Firma forschte?

»Cedric und Reiner sind gerade dort. Sie müssten bis zur SoKo-Sitzung wieder zurück sein.«

Ohne ein Wort schnappte Wim sich die Berichtsmappe und ging.

»Sollen wir uns diesen Schrebergarten mal vornehmen? Wenn Stachinsky wirklich dort aufgewacht ist, hat er vielleicht Spuren hinterlassen, die das bestätigen. Für den Fall wäre es interessant zu erfahren, wem der Garten gehört.«

Zufrieden stellte Joshua fest, dass Daniel offenbar ebenfalls Zweifel hegte. Es war fast 17 Uhr.

»Heute nicht mehr. Dazu bräuchten wir zusätzlich den Erkennungsdienst. Außerdem wird Stachinsky nicht so blöd sein. Er weiß genau, wir gehen dieser Aussage auf den Grund. Ich glaube schon, dass er in einem dieser Schrebergartenhäuschen übernachtet hat.«

Joshua versprach sich nicht viel davon. Er wollte keine wichtigen Ressourcen damit verbrauchen, Stachinskys Aussage zu überprüfen. Das hatte Zeit, die ihnen im Moment zwischen den Fingern zerrann. Die Nervosität verwandelte seine Gedanken immer mehr in einen zähfließenden Brei. Verzweifelt suchte Joshua nach einem brauchbaren Ermittlungsansatz. Rossi geisterte durch sein Hirn, dessen Kundenkartei, in der der Name Abel auftauchte. Joshua berichtete den Kollegen von den Besuchen, deutete Zweifel bezüglich Justus Abel an.

»Ich weiß nicht«, begann Daniel zögerlich, »Abel hat den Fall doch eigentlich ins Rollen gebracht. Glaubst du, es war Ehrgeiz, die Gier nach Ruhm?«

»Dieser Frantz vom Gesundheitsamt«, übernahm Karin, »hat doch gesagt, es wäre seine Pflicht als Arzt. Er hätte sich möglicherweise verdächtig gemacht, wenn er nicht zum Gesundheitsamt gegangen wäre. Außerdem, bei den Summen, die da ins Spiel kommen, nein. Dafür kann man getrost auf Ruhm und Ehre verzichten.«

Joshua überkam das Gefühl, als drehten sie sich im Kreis, ohne den Mittelpunkt sehen zu können. Er konnte noch nicht einmal beurteilen, ob die Bahnen weiter oder enger wurden. Er war an einem Punkt angelangt, an dem er selbst seinem Gefühl misstraute.

»Das passt doch alles nicht zusammen«, murmelte er, »nehmen wir mal an, Abel ist unser Mann. Welche Rolle spielte dann Fahnenbruck? Dessen Arbeit hätte Abel auch erledigen können. Fahnenbruck ist nun mal ermordet worden und es deutet alles darauf hin, dass die Opfer in seinem Labor infiziert wurden.«

Daniel schüttelte den Kopf.

»Ob Abel den Job hätte erledigen können, wissen wir nicht. Möglicherweise ist er der Drahtzieher.«

Daniels Aussage blieb eine Weile wie ein durchsichtiges Fragezeichen im Raum stehen. Joshua befürchtete, sie würden die Ermittlungen unnötig in die Länge ziehen.

»Abel müsste also Stachinsky niedergeschlagen und Fahnenbruck erschossen haben, falls Stachinsky ihm nicht geholfen hat.«

Joshua klang zweifelnd. Karin warf ihren Kugelschreiber auf den Schreibtisch, sah ihren Kollegen zornig an.

»Darf ich dich daran erinnern: Du hast uns von dem Verdacht erzählt. Hältst du Abel nun für verdächtig oder nicht?«

»Ich weiß es nicht«, antwortete Joshua wahrheitsgemäß und leicht resigniert, »ich glaube nicht, dass Abel seine Probanden ausschließlich von Paolo Barnetta bekommen hat. Ich glaube, er verschweigt mir was. Aber ich kann es nicht beweisen, erst recht weiß ich nicht, ob es überhaupt irgendwie unseren Fall betrifft. Fakt ist, dass wir aufgrund meines Gefühls keine Durchsuchungsanordnung bekommen dürften. Ach, vergesst es.«

Mit einer wegwerfenden Armbewegung beendete Joshua das Gespräch. Karin senkte den Blick. Die zunehmende nervliche Anspannung ihres Kollegen bereitete ihr Kopfzerbrechen. Diesen Ansatz hätte Joshua früher niemals so leichtfertig fallen gelassen. Er war es, der die Ermittlungen immer koordinierte, die Fäden zusammenhielt. Fast schien es Karin, als hätte er den Kampf um seinen Freund Jack innerlich aufgegeben.

Schorndorf rief an. Er beauftragte Daniel mit der Leitung der SoKo. Gamerschlag musste früher gehen. Seine Tochter hatte die Masern, seine Frau gab Unterricht an der Volkshochschule. Daniel verließ das Büro, um sich vorab in die Ermittlungsprotokolle einzulesen.

»Gibts eigentlich was Neues über Jack?«

Karin sah ihren Kollegen besorgt an. Sie dachte an sein Gespräch mit Doktor Mwandala, schloss ihre Augen und ballte die Hände zu Fäusten. Maximal zwei Tage blieben noch. Das war es also, dachte sie. Joshua hatte panische Angst, wertvolle Zeit zu verlieren. Stumm schüttelte er den Kopf.

»Wir sollten Fahnenbrucks letzte Tage rekonstruieren. Falls Stachinsky recht hat, gibt es Hintermänner.«

Joshua nickte. Seine Augen fixierten keinen festen Punkt. Mühsam tastete er nach umherschwirrenden Gedanken, erreichte immer nur deren Ende. Fahnenbruck, der Name tanzte durch sein Bewusstsein wie Seifenblasen in leichtem Sommerwind. Ein Schlüssel ohne Schloss.

»Was wollte Fahnenbruck in der Intensivstation?«

Karins Frage stellte seine Aufmerksamkeit wieder her. Joshua nahm sich vor, diesem Punkt im Anschluss an das Treffen der SoKo nachzugehen.

38

Mit zitternden Fingern schaltete er das Elektronenmikroskop aus. Wie in Trance nahm er hinter dem Schreibtisch Platz. Ein Tropfen von der Größe einer Perle löste sich vom Gesicht und zerplatzte auf der Plastikhülle des Namensschildes. »Dr. Mwandala« schimmerte verzerrt hindurch. Er dachte zurück an die Zeit in seiner Heimat. An Südafrika, das sie damals verlassen hatten, weil er nicht wollte, dass Angst der ständige Begleiter seiner Kinder würde. Sie sollten den Geschmack der Freiheit mit jedem Atemzug spüren, der über ihre Lippen strich. Es sollte ihnen nicht so ergehen wie ihrem Onkel, der sterben musste, weil der Arzt sich weigerte, mitten in der Nacht einen Schwarzen zu behandeln. Seinen Kindern sollten die Albträume erspart bleiben, die den Vater seit der Kindheit quälten. Wieder kamen diese Bilder hoch. Die letzte Erinnerung an seinen Vater.

Die Weißen waren von einem Jeep gesprungen, hatten den schreienden Mann ergriffen, den er immer so bewundert hatte, und ihn in ein Gebüsch am Dorfrand gezerrt. Wie gebannt hatte die Familie auf dem Dorfplatz gestanden, einige Gewehre drohend auf sie gerichtet. Flehende Schreie seines Vaters verstummten in einem Gewitter aus Kugeln. Viele Jahre später erzählte ihm seine Mutter unter Tränen, was damals passiert war. Die Familie hatte seit Wochen gehungert, sein Vater von der Farm des weißen Nachbarn eine Ziege gestohlen. Der zehnjährige Junge des Farmers hatte ihn verraten. Es war die Zeit, in der die Welt angstvoll auf Korea blickte, während sein Land unter einem löchrigen Teppich verborgen lag, notdürftig geflickt mit wenigen Fetzen Demokratie.

Die frostige Stimme des Anrufers dröhnte ihm immer noch in den Ohren, durchdrungen von den verzweifelten Rufen seiner Tochter. Kenyetta, in der Sprache seiner Heimat bedeutete es ›die Unschuldige‹.

Vor einer Stunde hatte er den Umschlag mit der Flasche unter Bananenschalen und leeren Getränkedosen aus dem Abfalleimer an der Bushaltestelle gezogen. Als Mwandala die Flüssigkeit untersucht hatte, stockte ihm der Atem. Es war ein Cocktail des Todes, den er den Blutreserven beimischen sollte. Durch einen Schleier aus Tränen hafteten seine Blicke auf dem Foto. Es war vor drei Monaten aufgenommen worden. Kenyetta saß auf der Schaukel im Garten. Sie lachte so vergnügt, dass ihre Wangen die Form kleiner Kiwis annahmen. Kein Tag ihres Lebens war ohne Lachen vergangen. Im Kindergarten steckte sie alle mit ihrer Fröhlichkeit an. Das Foto glitt ihm aus den Fingern, er sah die kleine Madeleine vor sich, der er heute Morgen das lebensnotwendige Spenderblut gegeben hatte. Sie und viele andere würden ihr Leben verlieren, wenn er seine kleine Kenyetta retten wollte. Das konnte er nicht.

Sollten Sie die Polizei einschalten, können Sie die Beerdigung Ihrer Tochter planen.

Vor wenigen Minuten hatte Ebele angerufen. Er hatte nicht den Mut aufgebracht, seiner Frau die Wahrheit zu sagen. Er sagte mit zittriger Stimme, sie sei bei ihm. Er habe ihrer Tochter versprochen, ihr die Klinik zu zeigen. Am Abend wollte der Entführer sich erneut melden. Mwandala beschloss zu behaupten, er habe die Forderungen erfüllt. Er wollte Zeit gewinnen, ohne zu wissen, was er damit anfangen sollte.

39

Daniel hatte sich in der kurzen Zeit professionell vorbereitet. Das Flipchart aus dem Presseraum stand am Kopfende des Tisches. Kopien mit einer kurzen Zusammenfassung der aktuellen Ermittlungsergebnisse lagen vor jedem Platz verteilt. Ebenso der Bericht des Erkennungsdienstes zum Tatort »Wohnung Fahnenbruck«. Joshua überflog ihn kurz. Fingerprints gab es fast nur von Fahnenbruck selbst. Die einzige halbwegs brauchbare Spur war der vordere Teil eines verwischten Fußabdrucks auf einem Wasserfleck im Bad. Profil und Art beziehungsweise der Hersteller des Schuhs konnten nicht ermittelt werden. Lediglich betreffend der Größe konnten die Kollegen vage Angaben machen. Sie taxierten sie auf 44-46, je nach Fabrikat. Fahnenbruck, so stand es in dem Bericht, trug Schuhe der Größe 42.

Joshua hatte Eugen Strietzel gebeten, an dem Treffen teilzunehmen. Ausnahmsweise nahm auch DaVinci an der Sitzung teil. Vincent Sauer, so sein richtiger Name, Leiter des Erkennungsdienstes, wollte den soeben fertiggestellten Bericht bringen, als Joshua ihn kurzentschlossen bat, ebenfalls an dem SoKo-Treffen mitzuwirken. Angesichts der knappen Zeit wollte er alle unnötigen Wege vermeiden, nach Möglichkeit die Kräfte bündeln, um eine effizientere Ermittlung zu erreichen. DaVinci blätterte kurz in seinen Unterlagen und begann auf ein Zeichen Daniels.

»Das Wichtigste vorweg: Wir konnten weder an der

Kleidung noch an Stachinskys Körper Schmauchspuren sicherstellen. Dafür fanden wir am Schaft der P38, sowie am Abzugshebel verwischte Fingerprints. Eindeutige Abdrücke von Stachinsky gab es eigentlich nur am Magazin und einen am Lauf.«

»Was bedeutet das?«, fuhr Joshua dazwischen.

»Typischerweise, dass der Täter bei der Tatausübung mindestens einen Handschuh getragen hat.«

»Dann kann es nicht Stachinsky gewesen sein«, schloss Joshua. Es hörte sich an, als habe er darauf gehofft. Daniel und Kalle blickten ihn zweifelnd an.

»Er wird wohl kaum unmaskiert mit dem Taxi zum Tatort fahren, überall auf der Waffe seine Fingerabdrücke hinterlassen, um dann im entscheidenden Augenblick Handschuhe überzustreifen.«

Für kurze Zeit schwiegen alle. Bis Eugen Strietzel sich räusperte.

»Wie groß ist Stachinsky?«

Vincent Sauer schlug die erste Seite seiner Kladde auf und überflog murmelnd den Text.

»1,96 Meter, warum?«

»Hm … das passt nicht.«

Strietzel erhob sich und ging vor das Kopfende der Tischreihe.

»Der Schusskanal wies einen Winkel von acht Grad auf. Auf der Stirn des Opfers befanden sich Schmauchspuren. Dies bedeutet, Fahnenbruck ist aus nächster Distanz erschossen worden.«

Strietzel streckte beide Arme nach vorn. Die linke Hand umklammerte sein rechtes Handgelenk. Seine rechte Hand imitierte eine Pistole.

»Fahnenbruck war 1,78 Meter groß. Falls der tödliche Schuss aus dieser Haltung abgefeuert worden ist, muss der Täter zwischen 1,80 Meter und 1,85 Meter groß sein.

Sollten wir den Umkehrschluss, nämlich eine Körpergröße des Täters von 1,96 Meter, voraussetzen, müsste der Schuss, Moment, etwa aus dieser Höhe abgefeuert worden sein.«

Strietzel hielt die angedeutete Waffe mittig vor seine Brust.

»Ich bin auf diesem Gebiet zwar kein Experte, aber einen gezielten Kopfschuss halte ich so für reine Glücksache.«

Begleitet von anerkennenden Blicken der Zuhörer, nahm Strietzel wieder Platz. Kalle hegte immer noch Zweifel.

»Erstens hatte Stachinsky genügend Zeit, seine Kleidung zu wechseln. Zweitens kann er ein sehr guter Schütze sein, wir wissen doch nichts über ihn. Und drittens hat er nach wie vor ein erstklassiges Motiv.«

Joshua ballte die Fäuste. Er konnte Kalle sehr gut verstehen, aber es brachte sie kein bisschen weiter. Daniels Zögern verstand er als Aufforderung. Joshua konnte sich nicht länger Kompetenzen beugen, er sprang hoch und übernahm.

»Kalle hat recht. Es gibt zwei Möglichkeiten. Aber wir haben nur noch maximal zwei Tage. Wenn wir uns teilen, verlieren wir wertvolle Zeit. Stachinsky läuft uns nicht weg, vor dem Haftprüfungstermin habe ich keine Angst. Wir müssen ab sofort von einem weiteren Täter ausgehen, eine andere Chance hat Jack …«, er schluckte, »haben wir nicht!«

Daniel verzog die Mundwinkel, verzichtete aber auf einen Kommentar. Alle sahen auf Joshua. Niemand sagte etwas. Joshua empfand die Ruhe bedrohlich.

»Ich denke«, unterbrach Daniel schließlich die Stille, »da ist was dran. Zumal es Anhaltspunkte gibt, die Stachinsky entlasten.«

Joshua atmete erleichtert durch. Cedric übernahm das Wort.

»Wir«, er deutete auf den rothaarigen Kollegen neben sich, »kommen gerade von der BeierPharm AG. Bei denen herrscht nackte Angst vor der schlechten Publicity. Doktor Sänger, der Aufsichtsratsvorsitzende, ist zutiefst bestürzt.« Cedric untermalte die Worte mit einem süffisanten Unterton.

»Zur Sache: Die BeierPharm AG hatte das Labor an Jonas Fahnenbruck vermietet. Fahnenbruck wollte dort einen Impfstoff entwickeln. Angeblich gängige Praxis, um Kosten zu sparen. Welchen Impfstoff Fahnenbruck genau entwickeln wollte oder sollte, wollte Sänger nicht sagen. Beziehungsweise, er kannte angeblich keine Details, was ich ihm nicht abnehme, aber nun denn. Die Verfahrensweise ist laut Sänger folgende: Freie Forscher entwickeln ein Medikament. Sobald der Grundstoff entwickelt ist und die kostenintensiven Erprobungsphasen beginnen, verkaufen diese Forscher ihre Formeln an den Konzern und widmen sich neuen Aufgaben.«

»Und wenn nicht?«, Joshua beschlich eine Ahnung, ihm fielen Strietzels Worte zum Wert eines universellen Impfstoffes ein. »Was, wenn der entsprechende Forscher seine Entwicklung patentieren lässt?«

»Das haben wir Doktor Sänger auch gefragt. Er antwortete, zum einen würden die Forscher derart gut bezahlt, dass ihnen gar nicht die Idee käme, sich selbstständig zu machen, und zum anderen würden einer Einzelperson die Mittel fehlen, die einzelnen Testphasen bis zur Zulassung durchzuhalten.«

Kalle, der gerade damit begann, sechs Löffel Zucker im Kaffee zu verrühren, schüttelte vehement den Kopf.

»Das habt ihr dem abgenommen?«

Cedric warf ihm einen giftigen Blick zu.

»Das stinkt doch zum Himmel. Ich meine, die lassen den doch nicht in aller Ruhe in ihrem Labor werkeln in der Hoffnung, dass dieser Fahnenbruck hinterher alles schön brav abliefert. Da gibts doch bestimmt Konkurrenten, die mitbieten könnten. Outsourcing, von wegen. Das betrifft Putzfrauen und Pförtner, aber doch keine Spezialisten!«

Cedric wurde nun wütend.

»Ich gebe nur weiter, was Sänger uns gesagt hat. Du kannst gerne selber hinfahren.«

Daniel breitete seine Arme beschwichtigend aus. Cedric atmete tief durch.

»So kommen wir nicht weiter. Ich habe mittlerweile ein landesweites Netzwerk von Laboratorien durchforstet. Ohne den geringsten Hinweis auf einen neuartigen Impfstoff. Ebenso bin ich die Liste der Firmen durchgegangen, die in der Uni nach Probanden suchten, ebenfalls ergebnislos. Anschließend habe ich mir die Mühe gemacht, die Pharmaindustrie abzutelefonieren. Keinem Unternehmen wurde ein neuartiger Impfstoff angeboten.«

»Also doch die BeierPharm AG«, schloss Joshua. Eugen Strietzel verstand sofort.

»Klingt logisch. Der Impfstoff scheint entwickelt. Wenn Fahnenbruck oder wer auch immer ihn nirgendwo angeboten hat, war er seinem Vermieter wohl treu.«

Wieder war es Kalle vorbehalten, die aufkommende positive Stimmung zu drücken.

»Die Konkurrenz würde wohl kaum am Telefon über ein solches Betriebsgeheimnis plaudern.«

Daniel wurde verlegen.

»Wir werden uns diesen Doktor Sänger noch einmal vorknöpfen. Der muss mehr wissen, als er sagt.«

Cedric reichte ihm mit ausdruckslosem Gesicht eine Visitenkarte. Joshua überflog sie kurz und registrierte die Handynummer. Er zog sein Mobiltelefon aus der Tasche seiner Jeans und ging in eine Ecke des Raumes. Zwei Minuten später fluchte der Ermittler.

»Ich erreiche nur die Mailbox, so ein Mist!«

Er wählte die Firmennummer. Eine freundliche Stimme vom Band teilte ihm mit, dass er außerhalb der Geschäftszeiten anrief. Frustriert klappte er das Gerät zusammen. Am meisten ärgerte ihn die hilflose Untätigkeit. Von der BeierPharm AG bekam Fahnenbruck fast alles, was er für seine Forschungen benötigt hatte. Eugen Strietzel fiel dabei etwas Interessantes auf.

»Den Dengue-Erreger wird Fahnenbruck vermutlich auch über den Konzern bekommen haben, aber das dürfte ihm wenig genutzt haben. Das Denguefieber ist nahezu ungefährlich, nach zwei Wochen ausgeklungen. Er benötigte das Blut eines Dengue-Schock-Syndrom-Patienten, um seinen Impfstoff zu testen.«

»Deshalb war Fahnenbruck in der Intensivstation.«

Ein kleiner Kreis am Rande der Ermittlungen schloss sich. Joshua konnte sich nicht vorstellen, dass jemand ohne Weiteres dort hineingelangen konnte, um einem Patienten Blut abzunehmen. Ihm selbst war es sogar mitten in der Nacht nicht gelungen, bis zu Jack vorzudringen. Gab es Komplizen innerhalb der Uniklinik? Als Daniel Minuten später die Sitzung beendete, bat Joshua seine Kollegin, ihn zu begleiten. Kalle gestikulierte mit der Kaffeetasse am Mund wild herum, was die anderen den Aufbruch unterbrechen ließ.

»Verdammt, das habe ich total vergessen. Wir haben doch einen Zeugen. Martin Krieger, Versicherungsvertreter. Er gab an, gesehen zu haben, wie Patrick Schönfeld mit dem Feuerzeug einen Löffel erhitzte.«

Joshua sah ihn ernst an.

»Hat er das so gesagt? Das wird Schönfeld nicht von sich aus gemacht haben, oder?«, er drehte sich zu Strietzel um.

»Nein. Mit Dormicum im Körper machst du zwar alles, aber nur, wenn es dir gesagt wird. Der Verstand ist quasi abgeschaltet.«

»Also muss noch jemand dort gewesen sein. Der hat euren Zeugen gesehen und sich versteckt.«

»Ja, so wird es wohl gewesen sein«, Kalles Euphorie verflog so schnell, wie sie gekommen war. »Das Merkwürdige daran ist, dass dieser Krieger verschwunden ist. Sein Handy ist abgeschaltet. Auf dem Protokoll ist eine Adresse in Solingen angegeben. Da ist er aber nicht gemeldet. Die auf der Visitenkarte angegebene Versicherungsagentur ist beim dortigen Gewerbeamt auch nicht gemeldet.«

»Hm, das ist wirklich merkwürdig.«

Für eine Minute wurde es ruhig. Karin beugte sich vor und blickte mit gerunzelter Stirn in die Runde.

»Nehmen wir mal an, es handelt sich um den Täter. Er ist nachts gesehen worden und gibt sich als Zeuge aus.«

Kalle schüttelte den Kopf.

»Bisher haben wir niemanden finden können, der irgendwas gesehen hat. Übrigens, morgens haben wir ihn im angegebenen Hotel erreicht und noch einmal zum Tatort gebeten.«

»Warum sollte der Täter sich dann nach der Tat bei uns melden?«, Daniel glaubte nicht an Karins These. Kalle spielte nervös mit seinem Kugelschreiber, nickte dabei.

»Kann schon Sinn machen. Es gab einige Ungereimtheiten. Ein Zeuge, der aussagt, das Opfer bei der Zubereitung des letzten Schusses gesehen zu haben, hätte unsere Bedenken ausräumen können.«

Das wäre verwegen, aber möglich. Joshua dachte an das Gespräch mit Seifert. Der Zeuge vom Park am Schwanensee war ebenfalls auffällig gewesen. Ungereimtheiten gab es auch beim Tod von Markus Stachinsky. Joshua kannte den Park, ging früher gelegentlich dort spazieren. Länger als zehn Minuten konnte dort niemand unbeobachtet auf einer Bank verbringen. Kein Junkie würde diesen Ort wählen, zumal durch die räumliche Nähe zum Innenministerium auch mit erhöhter Polizeipräsenz gerechnet werden musste.

»Was wissen wir von dem Zeugen in Düsseldorf?«, fuhr Karin in seine Gedanken.

»Don Corleone«, Joshua schmunzelte, »oder mit bürgerlichem Namen Marcel Tonello. Können wir wohl vergessen. Typischer Geschäftsmann der jungen Generation. Seifert meinte, er sähe aus wie ein Mafioso. Nadelstreifen, pfundweise Gel in der Frisur und eine dunkle Sonnenbrille im Winter. Wahrscheinlich noch ein Handy am Ohr festgewachsen.«

Kalle schnappte nach Luft. Der Löffel, mit dem er die sechs Klümpchen Zucker in der halb gefüllten Tasse verrühren wollte, glitt ihm aus der Hand.

»Was ist, kennst du den etwa?«, hakte Joshua nach.

»Du hast eben unseren Zeugen beschrieben!«

»Das gibts doch nicht«, Karin schlug mit der Hand auf den Tisch, Kaffeetassen klirrten.

»Der Täter springt vor unserer Nase herum und wir erkennen ihn nicht.«

»Na denn«, Joshua sprang hoch, deutete dabei auf Kalle, »auf zu Michalke, wir brauchen sofort ein Phantombild.«

40

Es schneite seit Stunden. Mit einem waghalsigen Manöver überholte Joshua kurz vor einer Kreuzung einen Streuwagen der Stadtwerke. Im Augenwinkel sah er noch das Rotlicht der Ampel. Im Innenspiegel blinkten die Scheinwerfer des LKWs auf. Karin klammerte sich an ihren Gurt.

Die Besucherparkplätze waren fast leer. Der Pförtner hatte sie erst hineingelassen, als Joshua ihm den Dienstausweis unter die Nase hielt.

Auf dem Flur vor der Intensivstation kam ihnen Schwester Grunert entgegen. Als sie Joshua erkannte, rümpfte sie die Nase. Sie bedachte Karin mit einem kurzen Seitenblick, bevor sie die beiden begrüßte.

»Der Herr Kommissar, heute mal ohne Koch?«

Karin zog die Stirn kraus, sah die beiden fragend an.

»Ja. Das ist meine Kollegin, Frau Seitz.« Die Krankenschwester nickte nur. »Frau Grunert, wir haben noch ein paar Fragen.«

Nach einem tiefen Seufzer führte sie ihre Besucher in das kleine Zimmer in der Mitte des Flures. Karin und Joshua setzten sich ihr gegenüber auf zwei Schemel. Der Geruch von Medikamenten und kaltem Essen war erdrückend. Karin suchte vergebens nach einem Fenster.

»Frau Grunert«, begann Joshua, »steht die Intensivstation unter ständiger Beobachtung?«

Der zweifelnde Blick der Krankenpflegerin wanderte

von Joshuas Gesicht langsam zu Karin und wieder zurück.

»Ja«, antwortete sie endlich, »falls Sie ihren Freund besuchen möchten, sollten Sie sich allmählich mal an die Besuchszeiten halten und nicht immer in der Nacht kommen. Die Zeiten gelten übrigens auch für Polizisten und Köche. Oder sind Sie immer noch auf der Suche nach Ihrem Doktor Rosenfeld?«

»Rosenbaum. Nein, der ist inzwischen ermordet worden.«

Frau Grunert schluckte. Nachdenklich strich sie durch ihre gelblichblassen, spröden Haare.

»Frau Grunert«, übernahm Karin, »wer vom Personal ist denn im Augenblick in der Intensivstation?«

»Niemand. Ich bin doch hier.«

Karin und Joshua tauschten einen Blick. Die Krankenschwester wurde sichtlich nervös.

»Also bewachen müssen wir niemanden. Das sind ausnahmslos Schwerstkranke. Von denen läuft keiner weg.«

Ihre Stimme wurde trotzig. Joshua reichte es.

»Sie achten peinlich genau auf die Einhaltung der Besuchszeiten«, Joshua erhob die Stimme, »aber dass dort ein falscher Arzt hineingeht, von unserem Kollegen eine Blutprobe entnimmt und anschließend seelenruhig verschwindet, bekommen Sie nicht mit. Schöne Zustände sind das hier. Weiß ihr Chef davon?«

Ihre Augen funkelten. Sie versuchte offenbar, ihre Wut mit Kooperationsbereitschaft zu überdecken. Es gelang ihr nur halbwegs.

»Also schön. Was wollen Sie?«

Joshua stand auf und lief unruhig in dem kleinen Zimmer umher. Die resolute Frau gewährte ihm einen Wunsch, den er nun nicht mehr hatte. Fahnenbruck hatte also unbehelligt ein- und ausgehen können. Ein Komplize war überhaupt nicht erforderlich gewesen.

»Wie geht es denn unserem Kollegen?«, vernahm er Karins Stimme.

Als ob jetzt alles egal wäre, öffnete die Krankenschwester die Tür eines Metallschrankes, zog eine Zigarette aus einer altmodischen Handtasche und zündete sie an.

»Er liegt im künstlichen Koma. Für noch eine Operation reichen seine Kräfte nicht mehr. Wir geben ihm blutstillende Medikamente und Vitaminlösungen. Möchten Sie zu ihm?«

»Später. Ist Doktor Mwandala noch im Dienst?«

Sie blies eine blaue Wolke in den Raum, hob bedeutungsvoll die Augenbrauen.

»Dienst hat er schon seit einer Stunde nicht mehr.«

»Aber er ist noch hier?«

»Vor fünf Minuten saß er noch in seinem Büro. Irgendetwas stimmt nicht mit dem Doktor.«

»Vielleicht muss er noch was erledigen«, Karin fand es nicht ungewöhnlich, dass ein Arzt Überstunden machte. Frau Grunert schüttelte den Kopf.

»Er sitzt einfach nur da. Irgendwie apathisch. Man sieht es einem Farbigen ja nicht so an, aber ich glaube, er hat geheult.«

Als Karin und Joshua das kleine Büro des Stationsarztes betraten, hob dieser den Kopf zu einem flüchtigen Gruß. Die Augen wirkten glasig, das Licht der Deckenlampe spiegelte sich in den schwarzen Pupillen. Eine dünne Ader leuchtete rot in der Iris des rechten Auges. Auf seinem Gesicht verteilt glänzten kleine, feuchte Perlen. Karin trat einen Schritt heran, ihr Blick richtete sich auf die Hände Mwandalas. Mittig zwischen den hellen Innenflächen hielt er das Bild eines kleinen Mädchens. Er hielt es so behutsam, als habe er Angst, es könne zerbrechen.

Als er Karins Interesse bemerkte, legte er es verdeckt auf den Tisch.

»Ihre Tochter?«

Doktor Mwandala nickte ohne Karin anzusehen.

»Ist sie … krank?«

Mwandala schwieg. Karin glaubte, ein leichtes Kopfschütteln bemerkt zu haben. Plötzlich ging ein Ruck durch den Mediziner. Er sprang hoch und stellte sich den Polizisten gegenüber. Dunkle Wolken zogen vor seine Augen.

»Was wollen Sie von mir? Mein Dienst ist beendet.«

»Wir wollten uns nach unserem Kollegen erkundigen, aber wenn Sie bereits Feierabend haben …«, Joshua zuckte hilflos mit den Schultern. Mwandala ging zwischen den beiden hindurch ans Fenster. Wortlos betrachtete er die wirbelnden Schneeflocken. Seine Schultern hingen kraftlos herab, der Rücken beugte sich demütig vor. Vor ihnen stand eine traurige Figur, ein Mann, den Joshua noch vor wenigen Minuten als stark, aufrecht und einfühlsam beschrieben hätte.

»Es gibt Tage, da schenkt der Herr uns keine frohen Botschaften. Heute ist so ein Tag. Uns bleibt nur die Hoffnung auf einen neuen.«

Kurzer Blickkontakt, Joshua öffnete den Mund, zögerte, schloss ihn wieder.

»Herr Doktor Mwandala, wenn wir Ihnen irgendwie helfen können, bitte sagen Sie es.«

Mwandala drehte sich herum, presste die Lippen aufeinander. Mit gesenktem Haupt setzte er sich an den Schreibtisch.

»Ich würde jetzt gerne alleine sein. Bitte.«

Vor dem Büro blieben sie noch eine Minute auf dem kahlen Gang stehen. Das Neonlicht spiegelte sich auf dem PVC des Fußbodens.

»Der ist ja völlig fertig.«

Karin nickte. Mit Daumen und Zeigefinger massierte sie ihr Kinn.

»Vielleicht ist ein Kind gestorben, das im Alter seiner Tochter war. Es würde mich genauso mitnehmen.«

»Ja, so könnte es sein. Aber dann hätte Frau Grunert davon gewusst.«

Schweigen. In dem Augenblick, als sie den Gang hinunter zur Intensivstation gehen wollten, vernahmen sie Mwandalas Stimme. Er war so aufgebracht, dass sie durch die dünnen Wände drang und den Flur beschallte.

»Ich will sie sprechen, sofort!«

Mehr konnten Karin und Joshua nicht verstehen. Sie stießen die Bürotür auf und sprangen hinein. Doktor Mwandala schmiss ein Handy quer über den Schreibtisch. Anschließend begrub er sein Gesicht in den Händen und weinte hemmungslos. Sein Körper wurde von Krämpfen geschüttelt.

»Was ist passiert, Doktor Mwandala?«, Karin schrie, als wolle sie ihn aus einem Albtraum befreien.

»Gehen Sie!«

Die Worte kamen gequält, bebend aus seinem Mund, als würde die Verzweiflung sie hindern wollen.

»Es geht um Ihre Tochter. Was ist mit ihr? Ist ihr etwas zugestoßen? Ist sie entführt worden? Bitte reden Sie!«

Karin klang eindringlich, energisch. Joshua war überrascht, als Karin fragte, ob sie entführt worden sei. Sein Mund wurde trocken, er fühlte, wie sich die Nerven anspannten. Was hatte das zu bedeuten? Fahnenbruck war tot, der Impfstoff offenbar entwickelt. Mwandalas Kopf lag immer noch in seinen Armen. Joshua schlich um den Schreibtisch und nahm vorsichtig das Handy des Arztes an sich. Er gab Karin ein Zeichen und verschwand lautlos auf dem Flur. Nach einigen Versuchen fand er die Liste der eingegangenen Anrufe. Joshua notierte sich die Nummer des letzten Anrufers. Danach tastete er sich durch das Register der gespeicherten Namen. Kenyetta, Ebele, die Namen hatte er noch nie gehört. Joshua drückte den Eintrag »Home«. Eine Festnetznummer mit Düsseldorfer Vorwahl erschien im Display.

»Mwandala.«

Joshua atmete erleichtert durch.

»Mein Name ist Joshua Trempe vom Landeskriminalamt Düsseldorf. Spreche ich mit Frau Mwandala?«

»Haben Sie sie? Geht es ihr gut? Können wir sie abholen?«

Sie klang aufgeregt. Der Akzent war deutlich. Joshua hatte nun die Gewissheit, dass die Tochter des Mediziners entführt wurde. Aber was sollte er der Mutter jetzt sagen? Er spürte einen Kloß im Hals.

»Noch nicht. Aber wir werden sie finden. Haben sich die Entführer bei Ihnen gemeldet?«

Aus dem Gerät kam nur leises Rauschen. Joshua biss sich auf die Lippen. Hätte er sensibler fragen sollen?

»Sie wollten sich doch bei meinem Mann melden. Er hat mir vor einer halben Stunde die schreckliche Nachricht mitgeteilt. Heißt das, sie … sie ist …«

»Nein«, Joshua beeilte sich, »nein, das heißt gar nichts. Wir haben noch nicht mit Ihrem Mann gesprochen, das ist alles.«

Er stockte, bemühte sich um einen beruhigenden Tonfall.

»Ich verspreche Ihnen, wir finden Ihre Tochter. Wie heißt sie denn?«

»Kenyetta. Ihr Name ist Kenyetta. Das bedeutet: die Unschuldige.«

Joshua hatte große Mühe, das Gespräch zu beenden. Er wollte der Mutter die Verzweiflung nehmen, ihr die nötige Kraft schenken, bevor er auflegte.

Karin hatte sich inzwischen einen Stuhl herangezogen und saß dicht neben Mwandala. Sie schwieg, ließ ihm Zeit für seine Gefühle.

»Bitte«, murmelte Mwandala, »ich kann Ihnen nichts sagen. Bitte gehen Sie.«

»Ich habe eben mit Ihrer Frau telefoniert. Wir wissen von der Entführung Ihrer Tochter. Und wir werden Ihnen helfen«, schob Joshua noch hastig hinterher. Mwandalas Kopf schoss hoch. Die Angst breitete sich wie ein Dämon über ihn aus.

»Sie wird sterben, falls ich die Polizei einschalte«, rief er.

»Das haben Sie doch gar nicht«, Karin sprach sanft auf ihn ein, »außerdem weiß niemand davon.«

Joshua hätte den Arzt am liebsten mitgenommen. Beim LKA verfügten sie über Spezialisten für solche Gespräche. Aber das war riskant. Die Entführer konnten vom Parkplatz aus angerufen haben, ihn beobachten. Mwandalas Augen deuteten Zweifel an. Karin war erleichtert. Zweifel waren der erste Schritt. Zweifel zwangen zum Nachdenken, lenkten ab von Angst. Sie mussten die Chance nutzen.

»Was fordern die Entführer von Ihnen?«

»Es ist ein Mann. Er klang seltsam … kalt.«

»Was will er von Ihnen?«, hakte Karin sofort nach.

Mwandala wurde nervös. Unruhig rutschte er auf seinem Stuhl hin und her.

»Ich soll die Blutreserven verseuchen.«

Doktor Mwandala erzählte ihnen von der Forderung. Er gab Joshua den Briefumschlag, in dem sich die Flasche mit den Erregern befunden hatte. Mwandala hatte den Entführer angelogen. Er behauptete, die Forderung erfüllt zu haben in der Hoffnung, Kenyetta würde sofort freigelassen. Die Stimme begrub alle Hoffnungen. Seine

Tochter, so der Anrufer, würde erst freigelassen, wenn die Ersten infiziert seien.

Joshua telefonierte mit dem LKA, um Mwandalas Handynummer durchzugeben. Die ankommenden Gespräche mussten ab sofort überwacht werden. Ohne die geringste Zuversicht gab er noch die Handynummer des letzten Anrufers weiter. Joshua spürte Tatendrang. Das Phantom hatte sich gemeldet. Der Täter kam aus der Höhle, endlich kam die Ermittlung in Gang. In der Kriminalstatistik glänzten Entführungsdelikte mit der höchsten Aufklärungsquote. Joshua verdrängte die Tatsache, dass dies zumeist dem Umstand einer Lösegeldübergabe zuzuschreiben war, bei der die meisten Täter gefasst wurden. In ihrem Fall aber konnte der Entführer auf jeglichen persönlichen Kontakt verzichten, was die Sache ungleich schwerer machen würde. Nach wenigen Minuten schlenderte ein verliebt aussehendes Pärchen Hand in Hand über den Flur. Als die beiden das Büro von Doktor Mwandala betraten, wurden sie umgehend von Joshua eingewiesen. Die Tarnung war notwendig, da Gefahr bestand, vom Täter beobachtet zu werden.

Frau Grunert begleitete Karin und Joshua auf die Intensivstation. Sie zogen sich Kittel, Haarnetze und Mundschutz über.

Beim Anblick ihres Kollegen erschraken die Ermittler. Jack wirkte ausgemergelt. Die Haut hing wie ein trockener Lappen auf den Knochen der Hände. Joshua schluckte, sein Freund hatte das Charisma eines Greises. Er atmete sehr flach. Die grünen Zacken wanderten langsam, aber gleichmäßig über den Monitor. Joshuas Augen hafteten daran. Es kam ihm wie ein langes Band vor, das jemand vorbeizog. Keiner wusste, wie lang es war, aber am Ende würden die Zacken verschwinden, übergehen in einen dünnen Strich, die Flatline. Joshuas Augen wurden feucht.

Er spürte Karins Hand auf seiner Schulter. Langsam erhob er sich. In der Tür drehte er sich noch einmal um. Jack hatte die Augen geschlossen.

»Und jetzt?«, Joshua startete den Motor und bog langsam auf die Universitätsstraße.

»Was und jetzt?«

Karin wirkte irritiert, während sie das Handy aus der Tasche zog. Fingerfertig tippte sie die Nummer ein.

»Hallo Herr Schorndorf. Wir müssen für Morgen in aller Frühe eine Pressekonferenz einberufen. Außerdem brauchen wir den Leiter der Uniklinik. Er muss sofort in die Dienststelle gebracht werden, egal ob er gerade in einer Vernissage ist oder sonst was macht.«

Karin zog eine Grimasse und hielt das Handy eine Handbreit vom Ohr weg.

»Was ich mir erlaube oder nicht, erkläre ich Ihnen später. Es geht um Leben und Tod, habe ich mich klar genug ausgedrückt!«

»Nicht zu glauben. Wir arbeiten rund um die Uhr und unser Chef regt sich auf, dass ich seinen Feierabend störe.«

Joshua vernahm noch einen Moment die verzerrte Stimme des Behördenleiters, bis Karin das Gespräch durch einen Druck auf den kleinen, roten Hörer abwürgte. Joshuas fragender Blick wanderte zwischen der Fahrbahn und Karin hin und her.

»Der Entführer verlangt mit tödlichen Erregern infizierte Menschen, also bekommt er sie auch.«

»Ist dir klar, was das bedeutet. Da spielt Schorndorf garantiert nicht mit.«

»Wir brauchen ihm den wahren Grund für die PK ja nicht stecken. Joshua, wir haben keine andere Wahl!«

41

Joshua hatte eine unruhige Nacht hinter sich. Eine halbe Stunde bevor der Wecker ihn üblicherweise aus den Träumen riss, stieg er aus dem Bett. Auf dem Weg nach unten hörte er ein Scheppern vor der Haustür, gefolgt von lauten Flüchen. Als er die Tür öffnete, sah er den Zeitungsboten. Der Rentner lag unter seinem Fahrrad und strampelte wild um sich. Die schweren Seitentaschen hatten sich beim Sturz offenbar vom Fahrrad gelöst. Etliche Exemplare der Tageszeitung lagen auf dem frischen Schnee verteilt. Jagger nutzte die Gelegenheit. Der Boxerrüde drängte sich an Joshuas Beinen vorbei ins Freie. Den letzten halben Meter rutschte er mit abgewinkelten Pfoten. Auge in Auge stand er dem Boten gegenüber. Dieser sah perplex in Jaggers faltiges Gesicht. Spontan beschloss Jagger, dem verunglückten Zeitungsmann tröstend mit der Zunge übers Gesicht zu gleiten. Angeekelt sprang der Rentner hoch, verhedderte sich dabei mit seinem linken Fuß in der Kette und fluchte erneut wie ein Rohrspatz. Joshua entschuldigte sich höflich, drückte dem Mann zwanzig Euro Schmerzensgeld in die Hand und holte die Schneeschippe aus dem Keller. Von dem Lärm war Janine wach geworden. Im Nachthemd stand sie im Türrahmen.

»Was hat Jagger gemacht?«

Joshua sah seinem im Schnee tobenden Hund hinterher und grinste.

»Nichts. Er wollte nur helfen.«

Um halb acht kam er ins Büro. Karin und Daniel erwarteten ihn bereits. Es roch nach frisch aufgebrühtem Kaffee und Brötchen. Daniel war damit beschäftigt, einen winzigen Fleck aus der Hose zu waschen. Er hatte die Brötchen mit Gurken- und Tomatenscheiben belegt. Dabei war ein Tröpfchen Tomatensaft auf die Hose gelangt.

Karin erzählte Joshua von der Pressekonferenz um zehn Uhr. Der Leiter der Uniklinik war bereits bestens eingewiesen. Er versprach, mitzuspielen.

»Was hast du Schorndorf erzählt?«

Karin deutete auf ihren vollen Mund. Ihre Augen glänzten schelmisch.

»Dass die Tochter eines Arztes der Uniklinik entführt worden ist. Stimmt doch, oder?«

»Der wird toben.«

»Dann ist er wenigstens in seinem Element.«

Der Presseraum des LKA war bis auf den letzten Platz besetzt. Ein Kamerateam des Lokalfernsehens sorgte für grelle Beleuchtung. Hinter der Tischreihe am Kopfende saßen Karin, Joshua, Rafael Gamerschlag, sowie Professor Doktor Karl Ebersbach und Schorndorf, der die Medienvertreter mal wieder äußerst geschwollen begrüßte. Mit fortschreitender Dauer der Ansprache gähnten einige Gäste demonstrativ. Nach endlos erscheinenden Minuten übergab der Leiter das Wort an Karin Seitz. Die Ermittlerin ließ ohne lange Vorreden die Katze aus dem Sack.

»Wir haben Sie deshalb so kurzfristig eingeladen, weil der Grund äußerst brisant ist. Offenbar hatte Gideon Lambert vor seinem Ableben noch Kontakt mit anderen Menschen. Ein Umstand, der dazu führte, dass mindestens drei Personen aus dieser Stadt mit dem Virus H5N1 infiziert wurden.«

Ein lautstarkes, an Meeresbrandung erinnerndes Raunen ebbte einer Welle gleich durch den Raum. Joshuas Blick galt Schorndorf. Sein Vorgesetzter lockerte den Krawattenknoten. Die leichte Bräune entwich seinem Gesicht, wurde von einem milchigen Weiß ersetzt. Stimmengewirr hallte von allen Seiten gleichzeitig nach vorne. Blitzlichter flammten auf. Schorndorf erhob sich. Mit einem flüchtigen Seitenblick feuerten seine Augen Giftpfeile in Richtung der Ermittler.

»Bitte, meine Herrschaften …«

Seit wann wissen Sie davon? Um welche Personen handelt es sich? Was wird getan, um die Bevölkerung zu schützen? Wird Katastrophenalarm ausgelöst?

Die Wortmeldungen überschlugen sich. Niemand wartete mehr darauf, bis ihm das Wort erteilt wurde. Alle gierten nur noch nach der Sensation. Schorndorf wirkte angeschlagen. Er verfügte über keinerlei Informationen. Die Angst vor Fragen an seine Person stand ihm ins Gesicht geschrieben. Hastig gab er das Wort an Karin, diese wiederum gab an Professor Ebersbach weiter. Der Leiter der Uniklinik versuchte, die Gemüter abzukühlen. Er dämpfte das Szenario und versprach, dass alle Kontaktpersonen der infizierten Patienten bereits untersucht würden. Eine weitere Verbreitung der Vogelgrippe wollte er nicht ausschließen, beurteilte die Chance aber wohlwissend äußerst gering. Als Schorndorf zehn Minuten später auf ein Zeichen Karins die Pressekonferenz beendete, drohte die Situation zu eskalieren. Wild durcheinander, ohne die geringste Wahrung von Höflichkeiten, stürmte die Meute das Podium. Dutzende von Mikrofonen wurden dem Behördenleiter in einem unzivilisierten Gerangel unter die Nase geschoben. Die anderen nutzten das Interesse an Schorndorf, um relativ problemlos durch die Hintertür den Presseraum zu verlassen.

Karin und Joshua verabschiedeten sich mit einem herzlichen Dankeschön vom Professor. Pille Gamerschlag war außer sich.

»Sagt mal, spinnt ihr oder was?«

Karin baute sich vor ihm auf und stemmte die Arme in die Hüften. Joshua wusste, was das bedeutete.

»Wenn du nicht dauernd durch Fehlzeiten glänzen würdest, könnten wir dich auch mal mitspielen lassen. Aber der Herr war ja gestern Abend mal wieder nicht da, lässt uns alleine arbeiten«, ihr Gesicht wurde rot vor Zorn.

»Ihr hättet mich wenigstens einweihen können. Immerhin leite ich die Ermittlungen. Lasst mich danebensitzen wie einen dummen Jungen.«

»Der dumme Junge passt. Wir haben gestern Abend, während du auf der Couch gelegen hast, noch Berichte geschrieben. Wenn der Herr Ermittlungsleiter die Zeit finden würde, diese durchzulesen, würde er sich auch nicht wie ein dummer Junge vorkommen!«

Gamerschlags Mund ging auf und zu, ohne dass ein Wort über seine Lippen kam. Ruckartig fuhr er herum und stampfte den Gang hinunter.

»Das wird ein Nachspiel haben, Frau Seitz«, rief er noch, bevor die Bürotür mit lautem Knall zuschlug.

Karin murmelte Worte, die Joshua aus ihrem Mund nicht erwartet hätte. Inzwischen kam Daniel hinzu. Aufgrund seiner zuweilen übertriebenen Freundlichkeit hatte er stets Schwierigkeiten, Journalisten abzuwimmeln. Auf seinem Gesicht zeichnete sich Besorgnis ab.

»Schorndorf kann jeden Augenblick explodieren. Ich finde, wir sollten eine ordentliche Grippe einreichen und uns die nächsten drei Wochen nicht im Büro blicken lassen.«

»Das nutzt nichts«, schmunzelte Karin, »da muss er durch.«

Wie auf ein Stichwort wurde die Tür zum Presseraum

aufgerissen. Schnaubend wie ein Stier kam Schorndorf mit hochrotem Kopf den Flur entlang.

»Sie kommen umgehend in mein Büro!«, schrie er auch sofort los. Joshua sah auf die Uhr. In zehn Minuten fand der Haftprüfungstermin statt. Er verzichtete darauf, Schorndorf die gebotene Eile mitzuteilen.

»Ich glaube, es zieht ein Gewitter auf«, flüsterte Daniel unterwegs. Sie hatten sich noch nicht ganz hingesetzt, da brüllte Schorndorf los.

»Was haben Sie sich dabei gedacht. Das war eindeutig ein Affront gegen mich. Das wird Konsequenzen nach sich ziehen, darauf können Sie sich verlassen. Ich bin Ihre Alleingänge gründlich satt«, er schrie so laut, dass seine Stimme vermutlich die gesamte Etage beschallte. Joshua bemerkte, wie sich die Härchen auf Karins Handrücken aufrichteten. Langsam und unbemerkt von Schorndorf nahm sie einen Aktenordner von einem Beistelltisch neben sich. Völlig unerwartet knallte sie die Akte mit Wucht auf eine leere Stelle des Schreibtisches. Schorndorf erschrak derart, dass er mitten im Satz stoppte und den Kugelschreiber, mit dem er drohend herumwedelte, fallen ließ.

»Wissen Sie, was ich leid bin? Ihre permanenten hysterischen Anfälle. Ihre Wichtigtuerei steht mir bis hier«, sie strich mit dem Zeigefinger an der Stirn entlang, »hätten wir Sie informiert, hätte es gar keine PK gegeben.«

»Nein, hätte es nicht«, schrie er zurück.

»Dann wäre ein unschuldiges Mädchen gestorben. Als Opfer Ihrer unverschämten Eitelkeit. Wir können den Medien auch gerne mitteilen, dass sich der Leiter der Behörde bei einer Vernissage vergnügt, während in seiner Dienststelle der Baum brennt! Noch was: Falls Sie weiterhin herumbrüllen, können Sie diese Unterhaltung als Selbstgespräch fortsetzen!«

Daniel warf ihr einen anerkennenden Blick zu. Schorndorf schluckte. Seine Stirn glänzte feucht. Mit Karins Offensive hatte er augenscheinlich nicht gerechnet. Man konnte ihm die Intensität ansehen, mit der er die Situation überdachte. Seine Führungsqualitäten waren in der Vergangenheit häufig Grund für Diskussionen gewesen. Speziell mit der Gewerkschaft hatte es in den letzten zwei Jahren einige Auseinandersetzungen gegeben.

»Warum haben Sie die Entführung nicht erwähnt?«

Schorndorf sprach betont leise. Die Situation glich einem Ballon, aus dem eine Zehntelsekunde vor dem Platzen die Luft gelassen wurde.

»Okay.«

Nachdem Karin ihre Atmung beruhigt hatte, erklärte sie ihm detailliert den Sachverhalt. Schorndorf verfolgte ihre Ausführungen ruhig und aufmerksam.

»Das hätten Sie mir auch vor der PK sagen können.«

»Wann sind Sie denn gekommen?«

»Zehn vor acht«, antwortete er kleinlaut.

Gernot Priem schob die Akte mit einem nachdenklichen Gesichtsausdruck zur Seite. Der Haftrichter sah Joshua zweifelnd an.

»Hm. Das ist dünn, würde ich sagen.«

»Wie bitte?«, Joshua konnte es nicht begreifen.

»Der Angeklagte war zur Tatzeit am Tatort. Er verfügt über ein Motiv und es war seine Waffe, aus der die tödlichen Schüsse abgefeuert wurden.«

Priem schüttelte langsam den Kopf. Diese Geste war Wasser auf die Mühle von Doktor Hans Joachim Gruber, den Stachinsky mittlerweile als Rechtsanwalt hinzugezogen hatte. Dankbar nahm dieser die Vorlage an.

»Nicht so voreilig, Herr Trempe. Die Tatzeit liegt laut Bericht zwischen ein Uhr und drei Uhr. Das ist ein höchst grobes Raster. In dieser Zeit kann viel passiert sein. Ein

Motiv wäre gegeben, falls mein Mandant über die sichere Erkenntnis verfügt hätte, dass Jonas Fahnenbruck für den Tod seines Sohnes verantwortlich war. Genau das konnte der Angeklagte laut seinen Aussagen aber nicht mehr herausfinden. Und was die Waffe betrifft, die mein Mandant Ihnen, nebenbei bemerkt bereitwillig, ausgehändigt hat«, Gruber sah Joshua über den Rand seiner Brille an, »empfehle ich Ihnen den Bericht Ihrer Spezialisten. Dort steht, ich zitiere«, Gruber schlug einen Schnellhefter auf, »verwischte Fingerprints, entstanden möglicherweise dadurch, dass der Täter die Waffe mit einem Handschuh umfasste. Nun frage ich Sie, Herr Trempe, warum sollte mein Mandant eine Pistole, auf der sich überall seine Fingerabdrücke befinden, ausgerechnet zur Ausübung der Tat und nur am Schaft, mit einem Handschuh anfassen?«

Joshua kam es vor, als würde der Advokat ihn mit seinen eigenen Waffen schlagen. Die Argumentation konnte er nur allzu gut nachvollziehen. Stachinsky dürfte nach der Entführung der kleinen Kenyetta ohnehin aus dem Rennen sein.

»Sie haben recht. Ich möchte Herrn Stachinsky allerdings bitten, die Stadt in den nächsten drei Tagen nicht zu verlassen.«

Gernot Priem blickte ihn erstaunt an. Er hatte offenbar mit mehr Gegenwehr von Joshua gerechnet. Schließlich gab er seinem Wunsch nach. Stachinsky nickte. Joshua wunderte sich, seiner Gestik keinerlei Erleichterung anzusehen.

Als er Stachinsky fortgehen sah, schlug Joshua sich vor die Stirn, als wolle er seinen Verstand strafen, ihm diesen Einfall erst jetzt beschert zu haben. Sofort rannte er los und stoppte Stachinsky.

42

In der dunklen Sonnenbrille des Besuchers spiegelte sich die Zufriedenheit des Geschäftsführers. Mit der Fernbedienung würgte er Chris Reas sanfte Stimme ab. Was eigentlich schade war, denn die Musikeinblendungen hatten heute Morgen Seltenheitswert. Immer wieder sendete der Radiostation neue Berichte zur nationalen Katastrophe, die nach Befürchtungen von im Minutentakt interviewten Experten das Potenzial besaß, weltweite Ausmaße anzunehmen. Zuhörern, die sich erst jetzt einschalteten, blieb der Eindruck verwehrt, dass bisher lediglich drei Menschen mit dem gefährlichen Virus infiziert waren.

»Gute Arbeit, Orlefson.«

Mit einem sanften Nicken deutete der Angesprochene die Selbstverständlichkeit an, mit der er seine Aufträge erledigte.

»Mein Auftrag ist also erfüllt und die letzte Rate somit fällig?«

Sänger kniff das Ende einer Davidoff ab und entzündete sie.

»Was ist mit der Kleinen? Hat sie Sie gesehen?«

Orlefson nickte.

»Was? Ich hatte Sie für einen Profi gehalten!«

Orlefson beugte sich vornüber. Seine Augen wanderten über den Rand der Sonnenbrille.

»Hätte ich sie mit einer Maske über dem Kopf vom Kindergarten abholen sollen?«

Orlefson untermalte die Frage mit einem sarkastischen Lächeln. Sänger schloss die Augen, legte den Kopf in den Nacken.

»Ich regle das schon.«

»Ach ja? Und wie? Etwa mit einer Überdosis Heroin?«

Sänger wurde es heiß. Er stand auf und lief kurzatmig zur Fensterfront. Der Regen verwandelte die Schneedecke auf den Feldern in einen Fleckenteppich. Über die Autobahn huschten Blaulichter. Sänger lockerte den Krawattenknoten und öffnete den obersten Knopf des perlweißen Hemdes. Aus dem Aschenbecher stieg ein dünner, blauer Faden empor und verschwand in dem dichten Nebel unter der Zimmerdecke. Orlefson würde keine Sekunde zögern, ein unschuldiges, fünfjähriges Mädchen umzubringen, dachte der Geschäftsführer. Er sah Lorena vor sich. Für den vierten Geburtstag seiner Enkeltochter im letzten Sommer hatte er den Gartenteich zuschütten lassen und einen riesigen Abenteuerspielplatz im Garten seiner Villa in Siegen errichtet. Sie hatte alle Kinder aus ihrer Kindergartengruppe eingeladen. Ihre lachenden Augen am Abend belohnten ihn für die Mühe. In diesem Moment bereute Sänger zum ersten Mal.

»Von der Entführung weiß doch niemand, außer den Eltern. Ich denke, sie wird Opfer eines tragischen Verkehrsunfalls.«

Er klang völlig gelassen. Die Perversität seiner Worte schien ihn nicht zu berühren. Sänger schluckte. Er öffnete einen weiteren Knopf. Sein Puls beschleunigte sich bei dem Gedanken, mitschuldig zu sein. Er war darauf trainiert, zugunsten des Profits Hunderte Familienväter mit einem tröstenden Lächeln auf die Straße zu setzen. Er war darüber informiert, dass für Medikamentenerprobungen in Schwarzafrika die Gesundheit der Probanden aufs Spiel gesetzt wurde. Es machte ihm nicht viel aus. Er hängte diese Dinge abends mit seinem Anzug weg. Aber diese Kälte legte sich wie ein Ring um sein Herz. Die Angst drängte den Gedanken in sein Bewusstsein, aufzugeben. Ein Wort, das er vor wenigen Minuten nicht einmal buchstabieren konnte. Sänger war stresserprobt, er wusste, dass Panik der denkbar schlechteste Ratgeber war. Drei Menschen waren ermordet worden, mit seinem Wissen. Die besten Anwälte des Landes würden ihn nicht vor dem Gefängnis bewahren können. Diese Reise unternahm er mit einem One-Way-Ticket.

Eine Möglichkeit gab es noch. Es war äußerst riskant. Das Timing musste exakt stimmen. Sänger drückte eine Taste auf seinem Schreibtisch und orderte einen Kaffee.

»Sie auch?«

Orlefson lehnte ab. Zwei Minuten später betrat eine junge Frau das Büro. Mit dem kleinen Tablett in der Hand blieb sie neben Sänger stehen.

»Geht es Ihnen nicht gut, Herr Doktor?«

»Doch, doch.«

In dem Augenblick, als die junge Frau das Büro verlassen wollte, schrie Sänger unvermittelt los.

»Hören Sie, ich möchte nicht, dass irgendein Mensch zu Schaden kommt. Haben Sie das verstanden?«

Die langen, braunen Haare der Frau flogen herum. Entsetzt sah sie Sänger an. Sänger verstummte. Mit einer unwirschen Handbewegung deutete er der Frau an, dass sie gehen sollte. Als die Tür leise ins Schloss gefallen war, sah Orlefson ihn verständnislos an.

»Was sollte das denn jetzt?«

»Sie hält Sie für Herrn Plankert, Abteilung Erprobung Ausland. Nach Ihrem letzten Besuch hatte ich den Eindruck, sie ahnt etwas. Ich habe ihr gesagt, Sie seien für die Sicherheit der dortigen Probanden zuständig.«

Sänger ahnte die Zweifel, die sich hinter der Sonnenbrille in Orlefsons Augen spiegelten.

»Wir dürfen nichts riskieren. Können Sie das Mädchen nicht eine Weile verstecken, bis Gras über die Sache gewachsen ist?«

Orlefson grinste hämisch.

»Mord ist ein schlechter Nährboden für Gras.«

Als Orlefson gegangen war, überdachte Sänger die Situation. Es könnte klappen, Sänger ballte die Fäuste. Der Gedanke ärgerte ihn. Er hasste nichts mehr als Konjunktive, vor allem bei diesem Einsatz. Zeit für Alternativen gab es nicht mehr, ab sofort griff Plan B. Sänger analysierte die weitere Vorgehensweise. Nach zwei Telefonaten schloss er die Knöpfe seines Hemdes und zog zufrieden den Krawattenknoten hoch.

43

»Können Sie uns zu diesem Schrebergarten führen, in dem Sie aufgewacht sind?«

Stachinsky sah ihn verwundert an. Auf seiner Stirn bildeten sich kleine Falten.

»Sie glauben mir immer noch nicht?«

»Ehrlich gesagt habe ich Ihnen von Anfang an geglaubt. Wir haben eine Kindesentführung. Der Täter ist vermutlich dieselbe Person, die Sie niedergeschlagen hat.«

»Sie sind vielleicht ein komischer Typ.«

Stachinsky deutete ein Grinsen an. Zum ersten Mal bemerkte Joshua den Ansatz von Fröhlichkeit bei ihm. Er nahm Stachinsky zunächst mit ins Büro. Joshua wollte diesen Einsatz genauestens vorbereiten. Er ließ sich den Ort auf der Karte zeigen. Jeweils zwei Reihen von Schrebergärten wurden von einer zweispurigen asphaltierten Straße umschlossen. Zwischen den Reihen verlief ein schmaler Fußweg. Die direkten Nachbargärten und die Straßenfront mit eingerechnet, mussten fünf mögliche Fluchtpunkte besetzt werden. Der Täter würde sich nicht durchgehend bei dem Mädchen aufhalten, so Joshuas Überlegung. Dies barg die Gefahr, dass er den Einsatz unerkannt von außerhalb mitbekam, somit nicht ergriffen werden konnte. Der Einsatz des SEK durfte nach Möglichkeit erst kommen, wenn sichergestellt war, dass sich der Täter nicht in unmittelbarer Nähe der Geisel befand. Aber wie konnten sie das herausfinden? Joshuas Nervosität stieg unaufhaltsam. Die Gartenlaube war wie eine Mausefalle, sie hatten die Chance, den Täter zu fassen. Aber der Köder war nicht ein Stück Speck, sondern ein kleines Mädchen, das Risiko zu groß.

»Verdammt, wir hätten die Hütte sofort auf den Kopf stellen sollen«, entfuhr es Daniel.

»Du hast zwar recht«, antwortete Joshua, »aber wo hätten wir das Mädchen jetzt suchen sollen?«

»Tja, mal sehen, wie viele Hobbygärtner wir in unseren Reihen haben«, Karin griff zum Telefon.

Kalle trug einen alten, halb zerschlissenen Bundeswehrparka. Die hellgrünen Gummistiefel ragten weit über die fleckige Cordhose. Mit einer Heckenschere und in grünen Gärtnerhandschuhen schnitt er kleine Äste ab, die in den Weg ragten. Er hoffte inständig, das Wissen des Täters über die optimale Schnittzeit für Haselnusshecken möge sich in engen Grenzen halten. Cedric jätete am anderen Ende des Weges Unkraut. Den grünen Kittel und den Schlapphut konnten sie ihm im letzten Moment ausreden. Zivilstreifen parkten in der Nähe aller Zufahrtsstraßen, das SEK war bereits eingetroffen und wartete in der Nähe auf den Einsatzbefehl. Kollegen hatten Stachinsky in sein Hotel gefahren, nachdem er ihnen, soweit es seine Erinnerung zuließ, den Raum und das Mobiliar beschrieben hatte. Sie warteten eine Viertelstunde. Immer wieder suchten Joshuas Blicke die Umgebung ab. Karin zog ihn an der Schulter herum.

»Wir müssen rein!«

»Noch fünf Minuten, okay? «

Karins Muskeln spannten sich, ihre Augen flackerten.

»Nein, Joshua! Was ist, wenn der Täter von unserer Finte weiß?«

Dann wäre Kenyetta in höchster Gefahr, wusste Joshua. Mit gesenktem Kopf drehte er sich ab.

Über Funk gaben sie den Kollegen vom SEK den Einsatzbefehl. Von allen Seiten stürmten daraufhin Minuten später bis zur Unkenntlichkeit vermummte Gestalten das Zielgebiet. In einiger Entfernung lagen Scharfschützen auf Dächern. Rechts und links neben der Eingangstür gingen zwei Männer mit gezogenen Waffen in Position. Auf ein Kommando hin ging alles blitzschnell. Die Tür wurde aus ihren Angeln gebrochen, im selben Augenblick flog eine Blendgranate in das kleine Häuschen. Bruchteile einer Sekunde später stürmten drei Männer mit Maschinenpistolen im Anschlag den Raum.

Das kleine Mädchen war an den oberen Rand der Gartenliege gerutscht. Seine Beine waren angewinkelt, die dunkelbraunen Augen warfen ängstliche Blicke über die Knie. Es zitterte am ganzen Körper. Drei Männer in Kampfanzügen, die Köpfe verdeckt von Helmen mit heruntergelassenen, dunklen Visieren, die Gewehre im Anschlag, standen vor ihm. Diesen Anblick hätten sie dem Mädchen gerne erspart. Karin drängte sich zwischen die Männer und ging auf das Mädchen zu.

»Hallo Kenyetta, es ist alles gut. Wir sind von der Polizei. Wir haben dich befreit«, ihre Stimme war weich wie Samt. Karin streichelte die unzähligen Locken, drückte sie zärtlich an ihre Brust. Die Männer vom SEK nahmen ihre Helme ab. Sie gingen vor Kenyetta in die Hocke und lächelten die Kleine freundlich an. Sie schluckte bei dem Anblick, rieb sich die Augen. Plötzlich entwich die Anspannung, sie wurde von Weinkrämpfen geschüttelt. Ängstlich drückte sie ihren Kopf an Karins Brust.

Joshua hatte den Raum bereits verlassen. Er telefonierte mit der Einsatzleitung. Ein dunkler Volvo hatte kurz vor der ersten Zivilstreife gewendet und war mit

Vollgas geflüchtet. Die Verfolgung war ergebnislos verlaufen. Ein Radfahrer, der beinahe mit dem Flüchtenden kollidiert war, konnte sich das Kennzeichen nicht merken. Ein weiterer Anruf ging in die Uniklinik. Doktor Mwandala verstummte, die Erleichterung drang wortlos durchs Telefon. Danach sprudelte es aus ihm heraus. Er wollte Kenyetta sofort sehen. Normalerweise müsste das Mädchen zunächst ärztlich betreut werden. In diesem Fall verzichteten sie darauf. Joshua befand sich in einer Zwickmühle. Auf der einen Seite musste und wollte Kenyetta sofort zu ihren Eltern, auf der anderen Seite war sie die einzige Zeugin.

Kalle und Cedric wurden eingeteilt, den Schrebergarten zu observieren. Karin und Joshua brachten Kenyetta in die Uniklinik.

Doktor Mwandala hatte es nicht mehr länger in seinem Büro ausgehalten. Im Eingangsbereich empfing er seine Tochter mit Tränen in den Augen. Seine Frau umarmte die beiden und weinte ebenfalls.

»Doktor Mwandala«, Karin flüsterte ihm ins Ohr, »wir brauchen dringend die Aussage Ihrer Tochter. Sie hat den Täter als Einzige gesehen. Wann, denken Sie, würde sie es verkraften?«

Mwandala lachte, über seine Wangen kullerten Freudentränen.

»Kenyetta ist groß und stark wie eine Löwin. Wir fahren sofort mit.«

Der Innenminister persönlich besuchte das LKA. Die Hysterie in der Bevölkerung steigerte sich stündlich. Die Anfragen aus Berlin und aus dem Ausland waren kaum noch zu bewältigen. Schorndorf druckste anfangs herum, entschloss sich aber dann doch, die Wahrheit preiszugeben. Der Minister war außer sich. Er verlangte, umgehend eine Pressekonferenz einzuberufen, um die Lage zu entschärfen. Schorndorf, inzwischen über die Befreiung der entführten Kenyetta informiert, gab klein bei und setzte sofort die PK an.

Kenyetta bemühte sich derweil im Beisein ihrer Eltern, ein Phantombild anzufertigen. Das Mädchen avancierte sofort zum Liebling der Dienststelle. Alle Kollegen räumten ihre Schubladen aus, brachten ihr haufenweise Süßigkeiten. Karin und Joshua ließen sich mit der Heldin fotografieren, was ihr einen Riesenspaß bereitete. Sie war so abgelenkt, dass ihr Frohsinn zurückkehrte. Als sie die Augen des Täters erkennen sollte, verhärteten sich ihre Gesichtszüge. Einen Wimpernschlag später schlug sie wild um sich und schrie lautstark. Jutta von Ahlsen, die anwesende Polizeipsychologin redete beruhigend auf sie ein. Frau Mwandala ging dazwischen, nahm ihre Tochter auf den Arm.

»Sehen Sie nicht, was Sie anrichten. Warum quälen Sie meine Tochter so?«

»Das reicht für heute. Wir brechen ab!«

Joshua sah seine Kollegin entsetzt an. Nach kurzem Nachdenken ging sein Ausdruck in Resignation über. Es kam ihm vor, als stünde er vor einem großen Haufen undefinierbarer Scherben. Es gab kaum Ansatzpunkte. Die einzige Spur führte zur BeierPharm AG. Joshua wollte ihr im Anschluss an die PK nachgehen. Im Flur traf er Bachmann und Selters vom BKA, sie fragten ihn nach dem Ermittlungsstand. Leicht genervt berichtete er ihnen in knappen Worten von der Befreiung Kenyettas und der Finte für die Medien.

Professor Ebersbach wirkte erleichtert, als er davon erfuhr, der Öffentlichkeit Entwarnung geben zu können. Er hatte etliche Interviewwünsche der Medien absagen müssen, um seinen Dienst wenigstens halbwegs ungestört verrichten zu können. Geschmückt mit viel medizinischem Fachchinesisch erklärte er den staunenden Medienvertretern, die es in den Presseraum geschafft hatten, dass es sich bei dem Erreger lediglich um einen seltenen Grippevirus handelte, der zwar Ähnlichkeiten mit dem H5N1-Virus aufwies, allerdings völlig ungefährlich sei. Die anschließend auf ihn hereinprasselnden skeptischen Nachfragen, blockte der Leiter der Uniklinik souverän ab. Als Bonbon gab Schorndorf seinen Gästen am Ende noch das Phantombild des mutmaßlichen Täters mit auf den Weg. Die Laune der Medienvertreter verbesserte sich dadurch nur unwesentlich.

Murrend, mit hängenden Mundwinkeln, verließen die Journalisten den Saal. Sie waren voller Zuversicht gekommen, ihren Gesichtern war die Hoffnung auf fette Beute anzusehen. Dass sie selbst in Gefahr gewesen wären, ordneten sie offenbar ihrer Sensationsgier unter.

Der Polizei mit der Veröffentlichung eines Phantombildes bei der Fahndung zu helfen, war absolut kein adäquater Ersatz für die erhofften Schlagzeilen. Schorndorf kam mit besorgter Miene auf den Flur. Er konnte sich lebhaft vorstellen, wer als Sündenbock für diese PR-Pleite herhalten musste. Das Verhältnis zwischen Karin und ihm dürfte sich der Frostgrenze nähern.

44

»Es hat sich erledigt. Ja, verdammt noch mal!«

Sänger knallte wütend das Telefon auf den Tisch. Vor nicht einmal zehn Minuten stand das Ende des genialen Planes zum Greifen nah vor seinen Augen. Er besaß alle Trümpfe, stand dicht davor, sie im finalen Spiel auf den Tisch zu werfen.

Die Flugtickets lagen vor ihm. Der Weg dorthin war umständlich, über Amsterdam und Nairobi nach Harare, von dort mit einer kleinen Maschine weiter nach Kwekwe. Aber er lohnte sich immer wieder. Vor zwölf Jahren hatte er das Land zum ersten Mal besucht. Damals als Vorhut des Konzerns. Sänger hatte die Gelegenheit genutzt, sich mit einem Großteil seines Privatkapitals in die dortigen Goldminen einzukaufen. Das Geschäft hatte ihn schon nach wenigen Jahren zum Millionär gemacht. Gut die Hälfte seiner Gewinne hatte das Regime um Präsident Mugabe als Zuwendung bekommen. Diese Politik zahlte sich nun aus. Bereitwillig überließ man ihm ein riesiges Grundstück im Gewerbegebiet von Kwekwe, am Rande der Goldminen. Kaum ein Unternehmen der westlichen Welt investierte in das diktatorisch regierte Land, weshalb er mit offenen Armen empfangen wurde. Letzten Montag war ihm das fertige Labor mit den zugehörigen Produktionsanlagen übergeben worden. Sein gesamtes Kapital war für diese Fabrik draufgegangen, zusätzlich musste Sänger noch hohe Kredite aufnehmen. Er hatte abgeschlossen mit

Europa und einem multinationalen Konzern, der durch seine Hilfe stets einen gut gedeckten Tisch bekam und ihm die Krümel überließ. Wie Phönix aus der Asche wollte er von Kwekwe aus an die Weltspitze der Pharmaindustrie. Jedes Mal, wenn er an die Einfallslosigkeit der Afrikaner dachte, was die Namensgebung von Orten betraf, musste er grinsen. In der Nähe des Ortes waren mehrere Teiche mit abertausenden Fröschen. Ihr Gequake schallte weit über die Steppe. Sängers Frohsinn war blass wie seine Träume, die ein dichter Nebel aus Zweifeln bis zur Unkenntlichkeit verdeckte.

Er legte die Zigarre wieder zurück, die Lust war ihm vergangen. Nachdenklich massierte er seine Schläfen. Der Anruf bei der Polizei war voreilig gewesen. Zum Glück hatte er nur nichts sagende Andeutungen durchgegeben. Einer inneren Eingebung folgend, schaltete er das Radio ein, wollte die Nachrichten hören. Aber der Sprecher meldete nicht die Nachrichten, die er sich erhofft hatte. Er vermeldete das genaue Gegenteil. Ein harmloser Grippevirus, Sänger schüttelte den Kopf. Seine Wut konzentrierte sich auf Orlefson. Er hatte es verbockt. Als wolle er Sängers Vorhaben mit einem Satz zerstören, vermeldete der Mann im Radio noch das unblutige Ende der Entführung der kleinen Kenyetta. Sänger besaß alle Trümpfe und wurde dennoch ausgeblufft wie ein blutiger Anfänger. Sein gesamtes Vermögen hatte Sänger auf dieses Blatt gesetzt. Die Fabrik in Simbabwe musste noch in diesem Monat mit der Produktion beginnen, ansonsten...

Sänger ging an die Fensterfront, sah hinaus in den trüben Himmel, der trotz der tief hängenden, dunklen Wolken noch um einiges heller war, als das Szenario, welches sein Bewusstsein ihm gerade vorspielte. Sänger stoppte den Film, zwang sich zur Ruhe.

Er analysierte die Lage noch einmal. An die Blutreserven der Uniklinik kämen sie nicht mehr. Er musste nach einer anderen Möglichkeit suchen, die Erreger möglichst schnell in Umlauf zu bringen. Die Probanden! Er schlug sich mit der Hand an die Stirn. Sein Konzern verfügte über Hunderte von ihnen. Als Geschäftsführer hatte er Zugang zu allen Bereichen. Es mussten lediglich die Impfstoffe vertauscht werden. Die Zeit war günstig, die Forscher befanden sich in der Kantine. Sänger öffnete den Tresor und entnahm die kleinen Ampullen.

Auf dem Rückweg aus dem Versuchslabor meldete sich sein Handy. Es war Ingar Orlefson.

»Guten Tag Herr Sänger. Haben Sie die Restrate am vereinbarten Ort hinterlegt?«

Sänger blieb stehen. Er vermochte seinen Ohren nicht zu trauen. Sollte Orlefson nichts mitbekommen haben? Ein Profi wie er, ahnungslos?

»Nein. Das werde ich auch nicht. Sie haben versagt.«

»Nicht doch, Herr Doktor. Okay, das mit der Kleinen ist schiefgegangen. Aber ihr Vater hatte den Auftrag doch schon längst ausgeführt. Dadurch bin ich leider gezwungen, schnellstmöglich unterzutauchen.«

Eine Ader auf der Stirn des Geschäftsführers schwoll drohend an. Sängers Lippen bebten vor Zorn.

»Sie sind ein absoluter Vollidiot. Einen Scheißdreck hat ihr Vater gemacht. Das war eine billige Finte der Polizei! Sie haben sich bluffen lassen wie ein verdammter Anfänger.«

Sänger vernahm gleichmäßige, ruhige Atmung. Ein Feuerzeug klickte. Orlefson blies ins Telefon. Sänger konnte nicht glauben, dass sein Partner in dieser Situation so gelassen bleiben konnte.

»Gut. Und weiter?«

Sänger hätte am liebsten das Handy an die Wand neben sich geknallt.

»Weiter? Ich habe die Sache selbst in die Hand genommen. Sie sind draußen! Vergessen Sie Ihre Rate, Orlefson. Ich brauche keine Stümper.«

Sänger hatte genug von seinem Komplizen. Als er den Finger auf der Taste hatte, um das Gespräch abzubrechen, vernahm er hämisches Gelächter. Es wirkte bedrohlich auf ihn. Sänger führte das Mobiltelefon wieder ans Ohr.

»Sie können die Sache gar nicht selbst in die Hand genommen haben, wie wollen Sie das machen?«

Der blufft, redete Sänger sich ein. Es konnte nichts mehr schiefgehen. Sänger hätte schweigen sollen, aber er wollte den Triumph in vollen Zügen genießen.

»Ich verfüge über genügend Ampullen, außerdem habe ich die Formel, kann jederzeit nachproduzieren, schon vergessen? Die Sache ist durch. Einige unserer Probanden haben sich unglücklicherweise mit fiesen Erregern infiziert.«

Sängers Lachen war höhnisch, fast abstoßend. Während er sich das Gesicht von Orlefson vorstellte, wurde das Lachen immer lauter.

»Das ist aber nicht fein von Ihnen, Herr Sänger.«

»Nein, das ist es nicht.«

Sänger verschluckte sich an seinem Lachen und musste husten. Der gleichgültige Tonfall Orlefsons war ihm nicht aufgefallen. Viel zu süß schmeckte dieser Erfolg. Er hatte alle Probleme mit einem Schlag gelöst. Die Schlussrate von einer Million US-Dollar an Orlefson, die er schon längst in die Fabrik in Simbabwe gesteckt hatte. Die Verbreitung der Erreger, die Flugtickets, das Feld war bestellt. Während für ihn ein neues Leben beginnen sollte, würde Orlefson schon morgen in Untersuchungshaft sitzen und vor Wut kochen. Auf zur Ernte, dachte Sänger und prustete erneut los.

»Dann werden Ihre Probanden also die Masern bekommen. Nein, wie gemein von Ihnen, Herr Doktor.«

Ein letzter Lacher quoll aus dem fleischigen Gesicht, bevor Sänger mit hektisch werdender Atmung verstummte. Er schluckte, hoffte, sich verhört zu haben.

»Bitte?«

»Glauben Sie im Ernst, ich arbeite ohne Absicherung? Sie haben lediglich ekelige kleine Masernviren. Ach ja, ich vergaß, Sie haben auch noch die Formel für einen Impfstoff gegen die Masern.«

Schweiß schoss blitzartig aus allen Drüsen. Hastig öffnete Sänger den Knoten seiner blutroten Krawatte.

»Sie Schwein«, die Worte klangen, als würde er sie buchstabieren. Nun kam das hämische Lachen von der anderen Seite der Verbindung. Sänger wurde es schwindelig. Er stützte sich mit dem ausgestreckten linken Arm an der Wand ab und atmete schwer.

»Doktor, Doktor. Ich hätte nicht geglaubt, dass Sie so naiv sind. Es gibt übrigens noch einen Interessenten für den Impfstoff. Wenn Sie die Sache mit den Masern alleine durchziehen möchten, bitte, kein Problem.«

Orlefson blies den Qualm aus und lachte.

»Ansonsten sollten Sie mir schnellstens ein Angebot unterbreiten, Herr Sänger.«

Die Mittagspause war zu Ende. Durch die Tür strömten Menschen in weißen Kitteln den Gang hinunter. Sänger bemühte sich um Fassung. Schnell lief er mit dem Handy am Ohr in sein Büro.

»In Ordnung, Orlefson, Sie bekommen die Million«, flüsterte Sänger mit hasserfülltem Unterton ins Handy. Dabei überlegte er fieberhaft, woher er den Betrag nehmen sollte. Er könnte das Geld für ein Forschungsprojekt in Afrika beantragen. Aber bei einer Summe dieser Größenordnung bedurfte es der Zustimmung des Aufsichtsrates. Dieser lag ihm zwar aufgrund seiner Erfolge in der Vergangenheit zu Füßen, aber selbst für eine außerordentliche Zusammenkunft dieses Gremiums würden mindestens zwei Tage Vorlaufzeit benötigt. Zeit, die er nicht mehr besaß.

»Ich freue mich über die Anerkennung meiner Arbeit. Die Million ist also die Schlussrate für meinen Auftrag. Aber was ist nun mit dem Impfstoff? Benötigen Sie den nicht mehr?«

»Sie wollen mich erpressen?«

»Nanana, erpressen, welch böses Wort. Ich möchte Ihnen lediglich aufgrund unserer guten Zusammenarbeit ein Vorkaufsrecht einräumen. Aber bitte, wenn Sie nicht möchten.«

»Wie viel?«

Sänger schloss die Augen.

»Sagen wir … drei Millionen, also vier insgesamt. Ich weiß, der Stoff ist ein Vielfaches wert. Aber gute Freunde ziehen sich nicht gegenseitig über den Tisch, nicht wahr, Herr Doktor?«

Sänger erschrak. Wieder schwirrte dieses ominöse Wort durch seinen Verstand, das er bis vor kurzem nicht einmal buchstabieren konnte. Angst! Das Ufer war weit weg. Zu weit, um zurückzuschwimmen. Die See wurde rauer, der Wind blies ihm ins Gesicht. Noch ein Versuch.

»Wo soll ich so viel Geld herbekommen. Das ist unmöglich.«

»Schade. Ich hatte Ihnen eine größere Bonität zugetraut. Nun denn. Wie gesagt, es gibt noch einen Interessenten. Was die fehlende Schlussrate betrifft, ich denke, da wende ich mich vertrauensvoll an Ihre Familie. Schönen Tag noch, Herr Doktor.«

»Nein. Halt! Warten Sie!«

Das leise Knacken schoss dem Geschäftsführer wie eine Kugel durch den Kopf. Hektisch klopfte Sänger die Nummer in die Tastatur. Orlefson nahm das Gespräch nicht an.

Sänger durchsuchte seine Brieftasche nach der Liste mit den Mobilfunknummern, die Orlefson ihm gegeben hatte. Der Killer benutzte einen Anschluss immer nur für ein Gespräch, anschließend entsorgte er die Karte. In Spanien konnte man Prepaidverträge ohne Ausweiskontrolle abschließen. Es war eine doppelte Absicherung. Denn selbst wenn die deutsche Polizei wüsste, mit welchem Handy telefoniert wurde, bedurfte es noch dem langwierigen Genehmigungsverfahren der spanischen Behörden, um es abzuhören.

Sänger hatte die gesamte Liste durch. Keine der Nummern führte zum Erfolg. Die Unterwäsche klebte nass an seinem Körper. Unter den Armen breiteten sich rasch größer werdende Flecken aus. Lorena tanzte durch sein Bewusstsein. Seine Enkeltochter warf ihm fröhlich kreischend einen Ball herüber.

... wende ich mich vertrauensvoll an Ihre Familie.

Orlefson handelte umbarmherzig, wie eine Maschine ohne Herz und Seele. Er würde nicht eine Sekunde zögern, Lorena etwas anzutun, für ihn waren Menschen nur Mittel zum Zweck.

Er lässt mich schmoren, gleich wird er wieder anrufen. Er weiß genau, dass ich zahle, redete der Geschäftsführer sich ein. Warum soll er Gefahren auf sich nehmen, wenn er das weiß? Die Gedanken wanderten zu Ingar Orlefson. Zu den Verbrechen, die dieser Mann in den letzten Tagen begangen hatte, ohne die geringsten Anzeichen für das Vorhandensein eines Gewissens. Sängers eben erst aufgekommene Sicherheit zerbröckelte wie die dünnen Mauern aus Hoffnung, die seine Zuversicht tragen sollten.

Er füllte den Schwenker fast bis zum Rand mit Cognac. Es war nicht der Moment zum Genießen. Sänger setzte den Kelch an und leerte ihn in einem Zug bis zur Hälfte. Orlefson kannte seine Situation genau, wusste, dass seine

Familie nicht eingeweiht war. Es gab keine Möglichkeit, sie zu warnen, ohne alles aufs Spiel zu setzen. Erneut führte Sänger den Schwenker an seinen Mund, leerte ihn bis zum letzten Tropfen. Wärme durchflutete ihn. Nachdenklich lehnte er sich zurück, suchte nach einer Lösung.

Es dauerte nur ein Klingeln, bis Sänger sich meldete.

»Orlefson.«

Ingar Orlefson war ein Meister seines Fachs. Er nannte seinen Namen und verfiel sogleich in eine für Sänger albtraumhafte Stille. Hatte er Lorena? Sänger setzte sich mit einem Ruck aufrecht. Die Anspannung ließ seine Nerven vibrieren.

»Haben Sie es sich überlegt, oder bleibt es bei Ihrer Entscheidung?«

Einen winzigen Augenblick war er wieder der kühle Analytiker, der taktisch agierende Geschäftsmann. Orlefson wollte verhandeln, das passte nicht zusammen. Nicht mit der Aussage, es gäbe einen weiteren Interessenten. Diesmal stand die Hoffnung auf stabilerem Fundament. Aber etwas war größer. Die Angst riss die Mauern erneut ein.

»Sie bekommen Ihr Geld. Vier Millionen, wie Sie wünschen. Aber ich benötige noch Zeit, um es aufzutreiben.«

»In Ordnung. Morgen früh um zehn am üblichen Ort. Ich lasse Ihnen Formel und Impfstoff anschließend zukommen.«

Sänger hatte nicht die leiseste Ahnung, wie er bis zum nächsten Morgen an das Geld kommen sollte. Er verdrängte dieses Problem als sekundär in den Hintergrund.

»Woher weiß ich, dass Sie mich nicht reinlegen?«

»Gar nicht.«

Orlefson antwortete gelassen, beinahe amüsiert. Sänger

suchte fieberhaft nach einem Argument, das in der Lage war, seine aussichtslose Position aufzuwerten. Gleichzeitig fürchtete er bei jeder kurzen Pause, Orlefson könne erneut das Gespräch beenden.

»Orlefson, wir kennen uns doch. Lassen Sie uns die Dinge persönlich regeln. Dann besteht für beide Seiten kein Risiko.«

Orlefsons Lachen machte ihn wütend.

»Herr Doktor, ich habe kein Risiko. Ich bin im Besitz einer Ware, die weit mehr wert ist als läppische vier Millionen, schon vergessen?«

»Aber ich trage ein Risiko. Ein verdammt hohes, wie ich finde«, Sänger schrie ins Handy.

»Morgen früh um zehn.«

Sänger vernahm nur noch ein leises Klicken. Wütend schleuderte er das Telefon an die gegenüberliegende Wand.

45

Die Veröffentlichung des Phantombildes brachte keinen Erfolg. Die Antwort von Interpol stand noch aus. Behutsam hatte die Psychologin Kenyetta mit der Zeichnung konfrontiert. Ihre Reaktion ließ keinen Raum für Zweifel. Krieger und Tonello waren eine Person, die vermutlich noch über weitere Identitäten verfügte. Dieser Mann hatte Kenyetta Mwandala und Thomas Stachinsky entführt und dürfte mit hoher Wahrscheinlichkeit auch der Mörder von Jonas Fahnenbruck sein. Joshua betrachtete die Computergrafik noch einmal genauer. Vor einer Stunde hatte er das Bild mit einem flüchtigen Blick wahrgenommen. Seitdem verfolgte es ihn. Die Sonnenbrille war komplett eingeschwärzt. Die Haare verliefen wie eine seichte Welle über den Kopf. Das Gesicht verfügte über keinerlei Auffälligkeiten, die Haut war leicht gebräunt und spannte sich straff, beinahe jugendlich über die Wangen. Kalle hatte das Alter auf circa 35 Jahre taxiert. Das Phantombild zeigte nicht die geringste Ähnlichkeit mit Justus Abel. Der Kaffee war abgekühlt, die Bitterstoffe dominierten den Geschmack. Joshua rollte mit dem Stuhl zurück und kippte den Rest in die harte Erde der altersschwachen Palme hinter sich. Das Phantombild fixierend, zermarterte er sich den Kopf. Irgendwo in den Tiefen des Bewusstseins gab es eine Kopie dieses Bildes, davon war Joshua überzeugt. Das kleine, markante Kinn, die eng anliegenden Ohren kamen ihm seltsam vertraut vor. Liebend gerne würde er die Schwärze der Sonnenbrille wegradieren, dem Täter in die Augen sehen.

Welche Rolle spielte Justus Abel, überlegte Joshua. Karin hatte recht. Dass Abel die technischen Voraussetzungen besaß, musste nichts bedeuten. Joshua fiel es schwer, die einzelnen Fäden zu verknüpfen. Konnte Abel Fahnenbruck für dessen Forschung mehr bieten als der Megakonzern BeierPharm AG? Unwahrscheinlich. Joshua malte kleine Kreise auf die Schreibtischunterlage. Der Kreis in der Mitte enthielt den Namen Fahnenbruck. In die äußeren Kreise schrieb er die Namen BeierPharm AG, Abel und Stachinsky. Abel hatte eine Geschäftsbeziehung zum Beier Konzern. Joshua verband die Kreise mit einem Strich. Ebenso zog er eine Linie von Beier zu Fahnenbruck und von dort zu Stachinsky. Das Ergebnis ernüchterte Joshua. Es fehlte eine Reihe Verbindungen, unter anderem die von Abel zu Fahnenbruck. Der Täter musste sowohl Fahnenbruck als auch Stachinsky gekannt haben. War das die fehlende Verbindung zu Justus Abel?

Joshua zerknüllte den Zettel und verließ das Büro. Fred Bachmann und Rudolf Selter waren wieder zum BKA zurückgefahren. Die akute Gefahr einer bundesweiten Epidemie bestand aus ihrer Sicht vorläufig nicht, der Fall unterlag somit voll und ganz den Landesbehörden. Joshua beurteilte die Situation dramatischer.

Pille hatte zu einer morgendlichen Lagebesprechung geladen. Während er alle persönlich begrüßte, würdigte er Karin lediglich mit einem angedeuteten Nicken. Ausführlich erläuterte er zunächst die Zusammenfassung der Berichte. Als er das Phantombild ansprach, kam leichte Unruhe auf. Dessen Herausgabe an die Medien war ein zweischneidiges Schwert gewesen. Auf der einen Seite mussten sie so reagieren, um den Täter möglichst schnell zu bekommen. Auf der anderen Seite war er nun gewarnt.

»Der hat sich doch längst abgesetzt«, rief Kalle.

»Wird nicht so einfach. Zoll und Grenzschutz haben

das Fahndungsbild«, zweifelte Daniel, »außerdem haben wir seinen Auftrag vereitelt.«

»Du glaubst doch nicht im Ernst, der macht jetzt noch weiter? Das ist ein Profi!«

»Ein Profi hat Auftraggeber«, mischte Joshua sich ein, »an die müssen wir kommen. Da dürfte jetzt jemand sehr nervös geworden sein. Schätze auch, dass es Streit mit dem Täter gibt, der möchte garantiert bezahlt werden.«

Mittlerweile waren sämtliche Blutbanken des Landes in Alarmbereitschaft versetzt worden. Polizisten wurden zum Schutz dorthin beordert. Zusätzlich gingen Warnungen an alle Laboratorien und Pharmakonzerne hinaus. Einen vollständigen Schutz gegen die Verbreitung der Erreger konnte dennoch keiner garantieren. Im Düsseldorfer Labor der BeierPharm AG konnte die Spurensicherung eine ganze Reihe gefährlicher Erreger sicherstellen. Darüber hinaus wurden DNA-Spuren gefunden, die zweifelsfrei von den ersten drei Opfern stammten, sowie Morphium und Dormicum in unüblich großen Mengen. Somit war die weitere Vorgehensweise klar. Karin und Joshua fuhren zur BeierPharm AG. Joshua war davon überzeugt, dass die Hintermänner der Verbrechen irgendwo in diesem Großkonzern zu suchen waren.

Der Besucherparkplatz bot Raum für über einhundert Fahrzeuge. Als Joshua vor dem Eingang den riesigen Turm hinaufblickte, schlugen ihm kleine Hagelkörner ins Gesicht.

Die Dame am Empfang lächelte sie freundlich an. Joshua zückte seinen Dienstausweis und gab an, den Geschäftsführer sprechen zu wollen. Nach einem kurzen Telefonat sah sie die Ermittler bedauernd an.

»Es tut mir schrecklich leid, Herr Doktor Sänger ist leider nicht zu sprechen.«

»Was heißt das? Ist er nicht im Hause, oder möchte er uns nicht empfangen?«

»Frau Ambrosius, seine Sekretärin, sagte mir, Herr Doktor Sänger habe für heute alle Termine abgesagt.«

»Soso, und warum?«

Ihr Gesichtsausdruck wurde härter, die Augen musterten Joshua kühl.

»Das kann ich Ihnen leider nicht sagen. Herr Doktor Sänger erklärt sich selten dem Empfang.«

»In Ordnung«, übernahm Karin, »können wir jemand anderen aus der Geschäftsleitung sprechen?«

Wortlos überflog die Empfangsdame eine Telefonliste vor sich.

»Doktor Weingarten, Leiter der Abteilung Forschung und Entwicklung. Ich versuche es mal.«

Nach einem erneuten Telefonat kehrte das Lächeln zurück.

»Zwölfter Stock, Zimmer 1204. Die Aufzüge sind gleich um die Ecke.«

Das Vorzimmer war größer als ihr Büro im LKA. Die Sekretärin bat darum, einen Moment zu warten. Leise öffnete sie die Tür. Joshua vernahm eine freundliche Stimme, die Sekretärin bat sie hinein.

Doktor Weingarten kam sofort um den Schreibtisch und reichte ihnen die Hand.

»Sie sind sicher wegen des Mordes an unserem Mitarbeiter Fahnenbruck hier. Schreckliche Angelegenheit. Bitte setzen Sie sich doch. Kaffee?«

Karin und Joshua lehnten ab.

»Nicht nur, Herr Doktor Weingarten«, begann Karin, »wir ermitteln in vier Mordfällen.«

»Ja. Das habe ich gehört. Aber welchen Zusammenhang gibt es da mit Herrn Doktor Fahnenbruck?«

»Die drei ermordeten Studenten wurden in einem Labor, das Ihrer Firma gehört, mit lebensbedrohlichen Erregern infiziert, um einen Impfstoff zu entwickeln. Anschließend sind zwei von ihnen mit einer Überdosis Rauschgift getötet worden.«

Weingarten war sichtlich schockiert.

»Das ist unmöglich.«

»Warum?«

Weingarten verstummte. Nachdenklich sah er aus dem Fenster. Es dauerte beinahe eine Minute bis zu seiner Antwort.

»Ich hatte von Anfang an Zweifel.«

Sein Blick wurde ernst, richtete sich auf Karin.

»In dem Labor soll eine neue Pollenschutzcreme entwickelt werden. Fahnenbruck war Internist, dazu noch mit einem denkbar ungünstigen Lebenslauf. Für dieses Projekt wurde ein Dermatologe benötigt, der über Erfahrung auf dem Gebiet der Medikamentenentwicklung verfügt. Aber unser Geschäftsführer, Doktor Sänger, beharrte auf diese Personalie.«

Die Aussage Weingartens kam Joshua widersprüchlich vor.

»Herr Doktor Weingarten, man sagte uns, Sie seien der Leiter der Abteilung Forschung und Entwicklung. Obliegt dieses Labor nicht Ihren Kompetenzen?«

Weingarten presste die Lippen aufeinander. Der Unmut war ihm anzusehen.

»Herr Doktor Sänger ist nicht umsonst Geschäftsführer der BeierPharm AG. Er ist überaus erfolgreich. Man könnte behaupten, er hat ein Näschen für Entwicklungen und Trends. Aus Forschungsprojekten, die er ins Leben gerufen hat, generiert der Konzern inzwischen 15 Prozent des Gesamtumsatzes. Wie Sie sich nur unschwer vorstellen können, hat er ein dementsprechendes Standing in der Firma. Man macht sich keine Freunde, wenn man eine Personalentscheidung von ihm anzweifelt.«

»Herr Doktor Sänger sagte gegenüber unseren Kollegen aus, Ihr Konzern lasse in dem Labor in Düsseldorf freiberufliche Mitarbeiter forschen.«

»Outsourcing von Forschungen? Quatsch. Wer würde uns denn garantieren, dass diese freiberuflichen Forscher mit den Ergebnissen nicht zur Konkurrenz gehen? Nein, Fahnenbruck war Angestellter unseres Konzerns.«

Karins und Joshuas Blicke trafen sich. Die unausgesprochenen Gedanken waren identisch. Sänger hatte gelogen, versucht, Fahnenbruck zu decken. Die Spur wurde deutlicher. Joshua kämpfte mit der Nervosität. Die Anspannung beherrschte seinen Körper. Es fühlte sich an wie ein Schwarm wilder Bienen, der durch seine Venen jagte. Vor seinem geistigen Auge verwandelte sich das Gesicht Weingartens in Jacks. Er sah den ausgebrannten Körper seines Freundes vor sich, sah den aussichtslosen Kampf mit dem Tod. Er wollte hinausrennen, irgendetwas unternehmen. Das gemächliche Dahinplätschern der Ermittlungen machte ihn wahnsinnig. Die Tür ging auf und er sah Weingarten wieder vor sich. Die Sekretärin überreichte die angeforderten Unterlagen. Joshua hatte nichts davon mitbekommen.

Weingarten überflog einige Dokumente und murmelte dabei undeutlich.

»Das gibt es nicht.«

Er blätterte hastig weiter, schüttelte zwischendurch fassungslos den Kopf. Als er die Blätter auf den Schreibtisch gelegt hatte, atmete er tief durch.

»Das sind die Bestellungen des Labors für den Zeitraum der letzten drei Monate. Ich weiß beim besten Willen nicht, wie ich Ihnen das erklären soll. Aber das alles«, er schlug wütend mit der Hand auf die Unterlagen, »wird garantiert nicht für die Entwicklung einer Pollencreme benötigt. Ich denke, Herr Doktor Sänger wird sich dem Aufsichtsrat erklären müssen.«

»Wusste er davon?«

Joshua hoffte inständig auf eine positive Antwort. Für den Haftrichter würde es nicht reichen, aber sie könnten Sänger zumindest zu einer Vernehmung mitnehmen. Weingartens Mimik nagte an Joshuas Hoffnung.

»Das kann ich Ihnen nicht sagen. Aber er trägt die Verantwortung. Normalerweise fällt dieses Labor in meinen Zuständigkeitsbereich. Aber nach dem Streit über die Einstellung Fahnenbrucks habe ich es ihm übertragen. Er stimmte übrigens bereitwillig zu.«

»Danke, Herr Doktor Weingarten«, Joshua stand auf und reichte ihm die Hand über den Schreibtisch. Karin zögerte, folgte Joshua aber schließlich. Auf dem Flur zischte sie ihn an.

»Kannst du mir mal sagen, was das soll? Ich war noch nicht fertig.«

»Wir müssen Sänger finden, ganz schnell!«

»Richtig! Und wo?«

Joshua zögerte, ärgerte sich über die Unruhe, die ihn zunehmend antrieb. Weingarten hätte ihnen womöglich sagen können, wo er sich aufhielt. Sänger hatte alle Termine abgesagt. Bereitete er seine Flucht vor? Vom Ende des Ganges war das Geräusch einer sich öffnenden Fahrstuhltür zu hören.

»Guten Tag, Herr Doktor Sänger!«

Ihre Köpfe schossen gleichzeitig herum. Ein junges Mädchen kam auf sie zu. In den Händen trug es einen Stapel Akten. Die Aufzugtür schloss surrend. Karin und Joshua rannten an ihr vorbei zu den Fahrstühlen. Joshuas Finger klopften fieberhaft auf den Schalter mit dem Abwärtspfeil. Der nächste der drei Aufzüge machte einen Zwischenstopp in der siebten Etage. Joshua zog am Arm seiner Kollegin und rannte zum Treppenhaus.

Unten angekommen, hatte Joshua eine Etage Vorsprung vor seiner Kollegin. Er rannte zum Empfang.

»Ist Doktor Sänger hier vorbeigekommen?«

»Nein«, die Dame sah ihn verwundert an. Karin stand jetzt neben ihm, sie atmete sehr schnell.

»Gibt es hier eine Tiefgarage?«, Joshua wurde unangemessen laut. Die Augen der Empfangsdame verfinsterten sich.

»Ja, aber ...«

Ohne ihre Antwort abzuwarten, stürzten sie durch die Drehtür ins Freie. Links neben dem Gebäude erkannte Joshua eine Betonmauer, davor eine Ampelanlage. Sofort rannten sie dorthin. Karins Gesicht färbte sich rot. Sie waren zwanzig Meter von der Tiefgaragenauffahrt entfernt, als eine dunkle Limousine auftauchte und mit heulendem Motor über den Parkplatz schoss. Joshua stoppte abrupt, Karin lief ihm ins Kreuz. Joshua rannte nach kurzem Zögern noch einige Meter in die Richtung, in der ihr Wagen stand. Als die Limousine auf die Hauptstraße bog, gab er auf. Karin stieß den Atem aus ihrem weit geöffneten Mund und nahm sich vor, wieder regelmäßig zu joggen. Als sie sich aufrecht stellte, bewunderte sie ihren Kollegen. Joshua wirkte auf sie, als habe er bestenfalls einen kleinen Spaziergang hinter sich. Nicht der kleinste Schweißtropfen war zu sehen.

»Fahndung?«

Joshua schüttelte den Kopf. Sie hatten nichts gegen Sänger in der Hand, lediglich einen Anfangsverdacht. Dass er in der Firma sein eigenes Süppchen kochte, war nicht strafbar. Joshua wurde ein anderer Aspekt schmerzhaft bewusst.

»Wenn wir Sänger festnehmen, kostet es Jack das Leben. Nur er kann uns zum Mörder führen. Wir werden uns tagelang mit seinen Anwälten beschäftigen, so viel Zeit bleibt ihm nicht.«

Karin nickte. Joshuas Optimismus tat ihr weh. Sie sah keine Möglichkeit, Jacks Leben zu retten. Ihre einzige Hoffnung galt den Ärzten der Uniklinik. Die beständig steigende Anspannung ihres Kollegen war ihr nicht verborgen geblieben. Joshuas Befangenheit bereitete ihr Kopfzerbrechen. Um seinen Freund zu retten, würde er nichts unversucht lassen. In solchen Situationen konnte er äußerst impulsiv reagieren.

»Wir brauchen eine Durchsuchungsanordnung für Sängers Büro, so schnell wie möglich!«

Joshua zog das Handy aus der Lederjacke und telefonierte mit Staatsanwalt Bornmeier. Obwohl er sich sichtlich zur Ruhe zwang, waren die Worte von einer Eindringlichkeit geprägt, die nicht dazu angetan war, einen Wunsch erfüllt zu bekommen.

»Doktor Sänger hat Fahnenbruck gegen den Willen der Kollegen eingestellt. Anstatt, wie die Firma annahm, an einem Pollenschutzmittel zu forschen, wollte Sänger offensichtlich heimlich einen Impfstoff entwickeln. Der Chef der Forschungsabteilung wusste jedenfalls nichts davon.«

»Haben Sie diesen Doktor Sänger vernommen?«

»Das war leider nicht möglich, er hat alle Termine für heute abgesagt und gerade eben mit einem Höllentempo das Firmengelände verlassen.«

»Haben Sie was in der Hand für einen Haftbefehl?«

»Nein.«

»In Ordnung. Ich stelle die Durchsuchungsanordnung aus.«

Nach einem weiteren Telefonat gingen sie zum Eingangsportal des Pharmakonzerns zurück.

»Die Kollegen kommen gleich. Auf zu Weingarten, der soll schon mal den Firmenanwalt bestellen.«

Doktor Weingarten stand die Sorge um das Image des Konzerns ins Gesicht geschrieben.

»Muss das sein?«

»Nicht unbedingt. Gewähren Sie uns Zugang zum Büro Ihres Kollegen?«

Weingarten massierte sich die Stirn. Er stand auf und ging langsam und nachdenklich auf und ab. Joshua sah ungeduldig auf die Uhr.

»Ich kann meinen Kollegen nicht erreichen. Er hat sein Handy abgeschaltet. Das ist eine heikle Angelegenheit. Doktor Sänger bewahrt in seinem Büro streng geheime Dokumente auf. Da müsste ich zuerst Herrn Weigelt, unseren Anwalt, herbitten.«

Joshua verlor die Geduld. Ruckartig sprang er auf und stellte sich vor Weingarten.

»In wenigen Minuten kommen unsere Kollegen mit einer Durchsuchungsanordnung und stellen hier alles auf den Kopf. Glauben Sie mir, das geht nicht heimlich vonstatten. Es liegt an Ihnen, das zu verhindern.«

Weingarten blieb überraschend gelassen.

»Nun gut. Gehen wir.«

»Das geht in Ordnung, Frau Ambrosius«, Sängers Sekretärin sah ihnen konsterniert hinterher. Während Weingarten hinter der Tür stehen blieb, durchsuchten Karin und Joshua das Büro. Der Schreibtisch enthielt die üblichen Utensilien. Joshua schaltete den Rechner ein. Nach einer Minute wurde er dazu aufgefordert, ein Passwort einzugeben. Kurzer Blick zu Weingarten.

»Poseidon«, zischte dieser.

Joshua tippte das Wort ein. Falsches Passwort, die Meldung erschien umgehend.

»Noch eine Idee?«

Weingarten trat hinter ihn. Er tippte das Wort noch einmal ein. Wieder verweigerte der Rechner den Zugang.

»Das verstehe ich nicht. Das Passwort für alle Rechner der Geschäftsleitung ist identisch. Es wird jede Woche geändert. Diese Woche lautet es »Poseidon«. Mein Kollege muss ein eigenes Passwort benutzen. Das ist nicht gestattet. Wir müssen in einem Notfall Zugriff auf die Daten haben.«

»Okay, in dem Fall müssen wir den Rechner mitnehmen.«

»Um Gottes willen. Nein, das kann ich nicht zulassen. Warten Sie, eine Möglichkeit gibt es noch.«

Weingarten telefonierte, atmete anschließend erleichtert durch.

»Jemand von der EDV ist unterwegs. Warten Sie diesen Versuch bitte noch ab.«

Joshua nickte und wandte sich der Schrankwand hinter dem Schreibtisch zu. Zahlreiche Ordner mit Geschäftsberichten, Verträgen und Gutachten befanden sich darin. Es war die Suche nach der Stecknadel. Karin blätterte jede einzelne Akte durch. Inzwischen kam eine junge Frau. Sie stellte sich freundlich als Sabine Göting vor und setzte sich sofort an den PC. Joshua fiel ein, dass er noch seinen Kollegen absagen sollte. Er verschob dieses Vorhaben, wollte abwarten, ob es Frau Göting gelingen würde, an die Daten zu gelangen. Er bewertete Karins Suche als aussichtslos. Sänger würde kaum das Passwort seines Computers eigenmächtig ändern und belastende Unterlagen offen in den Schrank stellen.

»Bitte sehr.«

Sabine Göting deutete auf den Monitor, der sich mit Symbolen füllte. Joshua übernahm den Rechner. Zahlreiche Ordner trugen offenbar die Namen von Medikamenten, Joshua kannte einige davon. Er öffnete den Mailklienten. Der überwiegende Teil der Korrespondenz bestand aus Geschäftsbriefen. Joshua öffnete einen Unterordner mit dem vielversprechenden Namen Fahnenbruck. Bei den Mails von Jonas Fahnenbruck handelte es sich um

Bestellungen für das Labor in Heerdt. Ein Posten Morphium fiel ihm auf. Joshua schloss das Mailprogramm und durchsuchte den Ordner »Eigene Dateien«. Weingarten stand die ganze Zeit hinter ihm und sah ihm misstrauisch zu. Erst als Joshua die Datei mit dem Namen »Simbabwe« öffnete, wurde der Leiter der Forschungsabteilung unruhig.

Er zog sich einen Stuhl heran und verfolgte staunend Joshuas Nachforschungen. Sänger hatte bis ins Detail den Erwerb von Bauland, Bauzeichnungen für eine Produktionsanlage für Medikamente, Bestechungsgelder an Behörden und sogar komplette Kalkulationen dokumentiert.

»Das gibt es doch nicht«, entfuhr es Weingarten. Er deutete auf das Bild einer Fabrik im Rohbau, »Doktor Sänger baut ein Pharmaunternehmen im südlichen Afrika auf?«

»Sieht so aus, als ob Fahnenbruck für ihn privat geforscht hat. Woher hat Sänger das Geld? So ein Werk muss doch ein Vermögen kosten.«

»Ich weiß es nicht, Herr Trempe. Ich weiß nur, wir haben ein Problem. Sänger hat Zugang zu sämtlichen Projekten. In Afrika kümmert man sich sehr wenig um Patente.«

Zum ersten Mal ließ Weingarten den Doktor weg. Er schien ihn bereits verurteilt zu haben. Joshua hielt die Befürchtung Weingartens für nicht so bedenklich. Sänger hatte etwas anderes vor. Ihm ging es um den Impfstoff, den Fahnenbruck entwickelt hatte. Die neuen Erkenntnisse warfen allerdings eine Frage auf. Warum war Sänger noch hier in Deutschland? Fahnenbruck musste sterben, weil er nicht mehr benötigt wurde. Sollte Sänger die Formel für den Impfstoff besitzen, wäre er vermutlich sofort nach Simbabwe geflogen. Karins Blick war auf ein Bild zwischen den hohen Schränken gerichtet. Über einem hüfthohen Sideboard hing ein Druck von Hundertwasser. Karin trat näher heran und schob die »Grüne Stadt« ein Stückchen zur Seite. Als sie den metallenen Rahmen entdeckte, nahm sie das Bild ganz ab. Weingarten zeigte sich unbeeindruckt. Stumm drehte er an den Rädern des Tresors. Nach wenigen Augenblicken öffnete er die Stahltür und trat einen Schritt zur Seite.

In dem Wandtresor befanden sich lediglich ein Umschlag und eine kleine Ampulle. Joshua verstaute die Ampulle in einen Spurenbeutel und steckte ihn ein. Anschließend zog er das Kuvert heraus und entnahm ihm einen Computerausdruck. Die Formel erstreckte sich über zwei Zeilen. Weingarten sah sie sich an.

»Also, ich bin Kaufmann, kein Chemiker. Aber ich kann die Formel drüben auf meinem PC abgleichen, vielleicht finde ich was heraus.«

Karin und Joshua folgten ihm. Weingarten rief eine Datei mit firmeneigenen Entwicklungen auf. Er bat die Ermittler, auf die andere Seite des Schreibtisches zu gehen, während er Formeln verglich. Joshua wunderte sich über die Sorge Weingartens, die Polizisten könnten sich durch einen kurzen Blick auf den Monitor komplizierte Formeln einprägen.

»Das gibts doch nicht. Was soll das? Warum hebt Sänger diese Formel im Tresor auf?«

Karin hatte inzwischen in der Dienststelle angerufen, um die Durchsuchung abzusagen. Weingarten schaltete den Monitor ab und wandte sich den beiden zu.

»Das ist die Formel«, er hielt den Ausdruck mit ausgestrecktem Arm hoch, »zur Entwicklung eines Impfstoffes gegen die Masern!«

»Sind Sie sicher?«

»Hundertprozentig.«

»Wir überprüfen das«, Joshua nahm ihm das Blatt ab, »was ist so Besonderes an diesem Masernimpfstoff?«

»Nichts. Das Patent ist längst ausgelaufen, das Medikament wird jetzt von beinahe jedem Pharmaunternehmen angeboten. Ich begreife nicht, warum Sänger diese Formel in seinem Tresor aufbewahrt.«

Auf dem Flur wartete Frau Ambrosius, Sängers Sekretärin, auf die Ermittler.

»Ich weiß nicht, ob ich es Ihnen sagen soll. Es ist schon sehr merkwürdig.«

»Bitte, Frau Ambrosius, alles kann wichtig sein.«

»Na ja«, flüsterte sie, »dieser Herr Plankert aus unserer Auslandsabteilung. Der hat schon Ähnlichkeit mit dem Mann in der Zeitung. In der letzten Zeit war der dreimal hier. Vorher habe ich den noch nie gesehen. Mein Chef hat sich mit dem gestritten. Ich möchte nicht, dass irgendein Mensch zu Schaden kommt, hat Herr Doktor Sänger gerufen.«

»Wann war das, Frau Ambrosius?«

»Gestern Nachmittag. Herr Doktor Sänger hatte Kaffee bestellt. Als ich ihn brachte, habe ich das mitbekommen. Nicht dass Sie denken, ich lausche an der Tür. So eine bin ich nicht.«

»Haben Sie die Adresse von diesem Herrn Plankert?«

»Ich? Wie kommen Sie denn darauf?«

Das fragte Karin sich auch. Die Zahl der Mitarbeiter dieses Konzerns dürfte im fünfstelligen Bereich liegen. Frau Ambrosius erklärte ihnen den Weg zur Personalbuchhaltung.

»Kevin Plankert, auszubildender Chemielaborant. Werk Duisburg-Walsum«, erklärte Herr Költgen, während er weiter den Monitor im Auge behielt.

»Nein«, unterbrach Karin. »Der kann es nicht sein. Der Mann, den wir suchen, soll in einer Auslandsabteilung beschäftigt sein.«

»Wir haben die Daten aller Mitarbeiter hier erfasst. Einen anderen Plankert kann ich Ihnen nicht anbieten.«

Zwei Aufzüge standen bereit.

»Plankert, Krieger …«

»Tonello«, fuhr Joshua fort, »wie viele Namen hat der denn noch?«

»So ein verdammter Mist«, Joshua schlug wütend aufs Lenkrad, »wir waren so kurz davor.«

Karins Mundwinkel sackten ab. In ihrem Gesicht spiegelte sich Bedauern.

»Auf alle Fälle wissen wir jetzt, dass Sänger mit drinhängt. Du meinst also, Fahnenbruck hat Sänger gelinkt?«

»Ja. Die richtige Formel wird er vermutlich mit ins Grab genommen haben. Im Labor und in seiner Privatwohnung war sie jedenfalls …«, Joshuas Satz brach mittendrin ab. Karin begriff sofort.

»Deshalb der Einbruch in Fahnenbrucks Wohnung. Fragt sich nur, ob der Täter die Formel dort gefunden hat.«

»Hat er!«

»Und ist damit direkt zu Sänger? Das ergibt keinen Sinn.«

»Vielleicht hat der Täter inzwischen spitzgekriegt, was die Formel tatsächlich wert ist, vor allem, wie sehr Sänger darauf angewiesen ist? Ruf Pille an, wir müssen uns sofort treffen.«

Mit durchdrehenden Reifen fuhr Joshua vom Firmenparkplatz.

46

»Wann kann ich den Betrag haben, Herr Braun?«

Der dezent gekleidete, grau melierte Bankdirektor sah immer noch ungläubig auf den Monitor vor ihm. Vor wenigen Stunden wollte er Doktor Sänger noch zu einem persönlichen Gespräch in die Bank laden. Der Dispositionskredit war längst ausgeschöpft. Aufgrund der langjährigen tadellosen Geschäftsbeziehungen und der Tatsache, dass die BeierPharm AG ein gut laufendes Firmenkonto bei seiner Bank führte, belasteten sie Sängers Konto seit einiger Zeit weit über das zu verantwortende Maß.

Die schwarze Zahl ragte weit über die anderen hinaus. Vier Millionen Euro. Die Summe war hausintern von einem Konto des Pharmariesen überwiesen worden. Gottfried Braun kamen Zweifel. Eine Nachfrage bei der BeierPharm AG wäre indiskret, könnte zu einem tiefen Bruch in den Geschäftsbeziehungen führen. Braun wusste genau, wem er das Firmenkonto mit dem höchsten Umsatz zu verdanken hatte.

Sänger benötigte schnellstens vier Millionen Dollar. Der Rest reichte aus, um das Konto mehr als auszugleichen.

»Also, das ist schwierig. Über einen derart hohen Barbestand verfügen wir natürlich nicht. Noch dazu Dollar. In Euro könnte ich Ihnen den Betrag vielleicht noch heute zukommen lassen. Aber US-Dollar, die müssen bestellt werden.«

»Dann muss ich den Betrag rückbuchen lassen und es bei einer anderen Bank probieren.«

Brauns Kiefer mahlten aufeinander. Er fühlte sich unsicher. Für einen Augenblick überlegte er, sich von einem Nebenzimmer aus die Richtigkeit der Überweisung bestätigen zu lassen.

»Reicht es Ihnen bis morgen früh um neun Uhr, Herr Doktor Sänger?«

Sänger bedankte sich und reichte dem Direktor die Hand. Sie war feucht wie Gras im Morgentau.

Doktor Weingarten hatte sich sämtliche Vorgänge der letzten drei Monate kommen lassen, die in irgendeinem Zusammenhang mit Sänger standen. Er suchte nach einer Erklärung für die Fakten, mit denen er im Büro seines Kollegen konfrontiert worden war. Gab es Zusammenhänge mit den Abwerbungsversuchen ihrer Spitzenforscher? Hatte Sänger Headhunter auf die eigenen Kollegen angesetzt? Der Gedanke schien Weingarten absurd. Woher hatte Sänger das Geld für die Fabrik in Simbabwe?

Vor wenigen Minuten hatte ein Assistent im Forschungslabor bei Routineuntersuchungen den Masernvirus im Blut von Probanden entdeckt. Mehrere Mitarbeiter hatten Sänger nach der Mittagspause aus dem Labor kommen sehen. Weingarten hatte zusätzlich die innerbetriebliche Revision eingeschaltet. Das aufkommende Gefühl deutete er nur ungern als Schadenfreude. Aber Weingarten konnte nicht verhehlen, dass ihm die Art und Weise zuwider war, mit der Sänger seit geraumer Zeit vom Aufsichtsrat hofiert wurde. Es kam nicht nur ihm so vor, als ob Sängers Projekte vorab genehmigt wurden und der restliche Kuchen anschließend nach ermüdend langen Diskussionen auf die anderen Abteilungen verteilt wurde. Sängers Erfolge verboten zwar jeden

Zweifel, aber es gab nicht wenige im Konzern, die ihm einen Misserfolg von Herzen gönnten.

Sängers Erfolgsgeheimnis war es immer gewesen, sich vor Überraschungen zu hüten. Dem Gegner durch gute Informationspolitik immer einen Schritt voraus sein, lautete seine Devise. Wenn ihm ein Patent angeboten wurde, wusste er bereits vor den ersten Verhandlungen, was es wirklich wert war, wer es entwickelt hatte und vor allem, warum es verkauft werden sollte. Bevor er den Job als Geschäftsführer bei Beier antrat, hatte er das Gehalt seines Vorgängers gekannt. Sänger war zeit seines Lebens auf alles bestens vorbereitet gewesen. Diese Strategie funktionierte nicht mehr. Immer mehr Überraschungen hatte er in den letzten Tagen schlucken müssen. Er stand nun einem Gegner gegenüber, der ihn wie einen Hund an der Leine führte. Mal bekam er viel Freilauf, dann wieder zog Orlefson die Leine an. Beim Gedanken an den smarten Killer stieg Magensäure in seine Speiseröhre. Im Gegensatz zu ihm trug Orlefson fast kein Risiko, er konnte sich jederzeit ins Ausland absetzen, wohlwissend, mit den vier Millionen oder der Formel ausgesorgt zu haben. Zu gerne würde Sänger dieses Schwein ans Messer liefern. Aber er konnte ihn nicht greifen. Orlefson besaß nicht die kleinste Kerbe. Er war glatt wie ein Aal. Ausgerechnet auf diesem Menschen ruhten nun zwangsläufig alle Hoffnungen. Sänger würgte den Gedanken daran ab, was wäre, wenn Orlefson das Geld nähme und mit der Formel verschwinden würde.

Sänger hatte sich vor zwei Stunden zum Duell mit der Zeit verabredet. Der Druck auf den Knopf, der die Überweisung abschickte, war zugleich der Druck auf den Startknopf einer Stoppuhr. Seitdem raste die Zeit der Ungewissheit entgegen. Morgen würden Lizenzgebühren fällig. Erfahrungsgemäß überwies die Buchhaltung die Beträge erst am Nachmittag. Sänger warf einen sorgenvollen Blick auf seine Schweizer Armbanduhr. Knapp 24 Stunden würden noch vergehen, bis erstaunte Kollegen in der Buchhaltung das leer geräumte Konto bewundern konnten. Um zehn Uhr würde Sänger den Koffer mit dem Geld hinterlegen, um 13.30 Uhr würde der Flieger starten. Dreieinhalb Stunden bangen Wartens auf die Formel. Sänger wischte sich den Schweiß von der Stirn.

Sobald er in Simbabwe sein würde, musste er sich mit dem Beier Konzern außergerichtlich über die Rückzahlung der vier Millionen einigen. Einen internationalen Haftbefehl konnte er sich als erfolgreicher Geschäftsmann nicht erlauben. Die Firma würde sich die schlechte Publicity ersparen wollen und kooperationsbereit sein, dachte Sänger zuversichtlich. Ein Hauch von Optimismus kehrte zurück. Orlefson hatte verhandelt, es war gefährlich für ihn, die Formel selber anzubieten. Außerdem war er ein absoluter Laie auf dem Gebiet, verfügte über keinerlei Kontakte, machte Sänger sich Mut. Selbstsicherheit sprudelte wie das kristallklare Wasser eines Gebirgsbaches durch seinen Körper. Wie hatte er gerade jetzt die Fähigkeit verlieren können, analytisch zu denken? Natürlich, da war sie, die Kerbe. Sie lag offen vor ihm, schrie förmlich danach, gefasst zu werden. Orlefson war ebenso auf ihn angewiesen wie umgekehrt. Er hatte geblufft, es gab keinen Interessenten. Beim nächsten Anruf des Killers würde er die Forderung stellen, die Formel gegen das Geld zu tauschen. Eine unsichtbare Hand legte sich um den Hals des Managers. Er musste sich absichern. Sein gesamtes Wissen über Orlefson notieren, den Brief an einem sicheren Ort hinterlegen. Die aufkommende Zufriedenheit legte ein Lächeln auf sein Gesicht, als Mozarts Kleine Nachtmusik in polyphonen Tönen aus der Innentasche des Jacketts drang.

»Braun, guten Tag Herr Sänger. Herr Sänger, ich muss Ihnen leider mitteilen, dass die BeierPharm AG die Überweisung der vier Millionen Euro vor wenigen Augenblicken storniert hat. Es tut mir furchtbar leid.«

Vorbeigehenden Spaziergängern offenbarte sich der Anblick eines Sandsacks, der im Zeitlupentempo auf die Bank hinter sich fiel.

47

Pille hatte die SoKo zu einem Treffen geladen. Fast alle saßen sie in dem kleinen Besprechungsraum. Karin und Joshua klärten die Kollegen über ihre Ergebnisse auf. Es galt nun, die Ermittlungen auf Sänger zu konzentrieren. Vor wenigen Minuten hatte Doktor Weingarten angerufen. Sänger hatte vier Millionen Euro von einem Firmenkonto auf sein Privatkonto transferiert.

»Die Gage für den Mörder«, folgerte Kalle.

»Ja«, antwortete Karin, »dummerweise hat der Konzern die Buchung umgehend rückgängig gemacht. Die Fahndung ist raus, wir haben das Kennzeichen des Firmenwagens, den Sänger benutzt. Mit dem Geld hätte er uns zum Mörder geführt. So wird er unberechenbar.«

Joshua hielt es nicht mehr auf seinem Stuhl. Im Rücken der Kollegen lief er am Fenster hin und her. Viola Lubjuhns Augen folgten ihm. Es schien so, als erwarte die Staatsanwältin jeden Augenblick eine brillante Idee des Ermittlers.

»Die Fahndung muss sofort ausgesetzt werden! Wenn die Sänger festnehmen, setzt der Täter sich sofort ab. Wir müssen Sänger observieren.«

»Super Idee«, lästerte Gamerschlag, »einen flüchtigen Täter observieren, klasse.«

»Verdammt noch mal, dann müssen wir ihn eben finden.«

»Keine Chance«, Daniel schüttelte den Kopf, »die BeierPharm AG hat Anzeige erstattet. Die Beweise sind eindeutig.«

»Das gibts doch nicht. Die kehren doch sonst immer alles unter den Teppich.«

»Ja, wenn es um Geld geht. Die vier Millionen hätten sie vermutlich dezent verschwiegen, aber du vergisst, dass dort neuerdings die Mordkommission ein und aus geht.«

Joshua trat wütend gegen einen leeren Stuhl, der daraufhin gegen den Tisch donnerte. Bei derlei Delikten erging der Haftbefehl von Staats wegen. Sie besaßen keine Möglichkeit, ihn auszusetzen. Fieberhaft suchte er nach einer anderen Lösung.

»Lasst uns die Fakten zusammenfassen«, unterbrach Karin die Pause, »Sänger ist vom Täter reingelegt worden. Anstelle des Impfstoffes hat er ihm harmlose Masernviren angedreht, vermutlich zur Absicherung.«

»Oder um ihn zu erpressen«, unterbrach Daniel.

»Auch möglich. Sänger hat vier Millionen veruntreut. Das bedeutet, seine Flucht ist vorbereitet, er hat nicht mehr viel Zeit. Ohne den Impfstoff wird er das Land nicht verlassen. Welche Möglichkeiten hat er?«

Joshua hatte seine Nerven wieder im Griff. Er setzte sich auf einen freien Platz neben Viola Lubjuhn.

»Verfügt er über die Möglichkeit, auf die Schnelle vier Millionen aufzutreiben?«

»Negativ«, Daniel blätterte in einem Block, »nach dem Anruf von Weingarten bin ich zu seiner Bank gefahren. Die zieren sich zwar ohne richterliche Verfügung, aber Braun, der Direktor, hat immerhin die Auskunft gegeben, dass Sängers Konto um einen sechsstelligen Betrag überzogen ist. Von denen bekommt er nicht mal das Geld für eine Rolle Toilettenpapier. Cedric und Reiner überprüfen gerade die wirtschaftlichen Verhältnisse Sängers, vielleicht wissen wir dann mehr.«

»Die Frage lautet also, was macht Sänger, wenn er das Geld nicht auftreiben kann?«

»Besitzt er eine Waffe?«

Kalles Frage sorgte für einen Moment der Ruhe.

»Es ist jedenfalls keine auf ihn eingetragen, das habe ich überprüft.«

Joshua fragte sich, wann Daniel das alles erledigt hatte.

Karin hielt die Frage bereits im Ansatz für abwegig.

»Kalle, der trifft sich mit einem Profikiller. Mit einem vierfachen Mörder. Da wäre die Hose bereits voll, bevor er die Hand an der Knarre hätte.«

Joshua glaubte seiner Kollegin nicht. Sänger war verzweifelt, unberechenbar. Für ihn stellte sich die Frage, ob ein Geschäftsmann wie Sänger über die Möglichkeit verfügte, sich kurzfristig eine Pistole zu besorgen. Joshua sah keinen Sinn darin, lange zu diskutieren.

Ohne anzuklopfen, stürmten Reiner und Cedric in den Raum. Cedrics kleine Brille war an den Rändern immer noch beschlagen. Mit einem Wink in die Runde begrüßte er die Kollegen.

»Also«, begann er, während er sich hinsetzte, »mit diesem Sänger möchte ich nicht tauschen. Der ist mehr als klamm. Das Girokonto steht mit unglaublichen 216 000 Euro in den Miesen.«

Daniel sah ihn entgeistert an. Cedric verstand sofort.

»Bornmeier und Priem sind gute Freunde. Mit Bornmeier kann ich gut, na ja, ging jedenfalls ratzfatz. Die schmucke Villa in Siegen ist bis zum Dachfirst beliehen. Dabei war der gute Mann vor einem Jahr noch mehrfacher Millionär. Hat die gesamte Kohle und noch mehr in eine Fabrik in Simbabwe gesteckt. Die Kollegen dort halten sich merkwürdig bedeckt. Völlig anders verhält es sich bei Frau Sänger. Die Gute ist übrigens aus allen Wolken gefallen, als sie von den Machenschaften ihres Mannes erfahren hat.«

Cedric schüttete sich einen Becher Mineralwasser ein und trank ihn halb leer. Niemand wagte es, den Kollegen mit den vielen kleinen Löckchen zu unterbrechen. Cedric schien die Spannung zu genießen, zumindest gab es keine Anzeichen von übertriebener Eile.

»Die Sängers haben weise vorausschauend strikte Gütertrennung vereinbart. Wohl auch deshalb, weil Frau Sänger aus begütertem Hause stammt. Ihre Eltern haben ihr zwei Dutzend anscheinend gut laufende Cafés in der nördlichen Eifel vermacht. Für ihre Konten haben wir allerdings keinen Beschluss bekommen.«

»Bingo!« Joshua schlug mit der flachen Hand auf den Tisch.

»Schätze, die Gattin wird gerade um vier Millionen erleichtert«, sprach Kalle Joshuas Gedanken aus.

»Glaube ich nicht. Die Dame war ziemlich erbost. Nachbarn haben uns erzählt, die beiden führen nur noch eine Scheinehe. Sie treibts mit ihrem Tennislehrer, wie man so hört, und er ist mit der Firma verheiratet. Wenn ihr mich fragt, die wird dem was husten«, meinte Cedric.

Eine vorbeiziehende Wolke verdunkelte allmählich den Raum. Mit den Sonnenstrahlen raubte sie Joshuas aufkeimende Hoffnung. Begraben wollte er sie nicht. Sänger besaß ein nicht zu verachtendes Argument, mit dem er möglicherweise auch seine Frau beeindrucken konnte. Auf jeden Fall aber war Sänger der Schlüssel. Sie mussten ihn so schnell wie möglich ausfindig machen. Kalle und Angelo übernahmen dessen heimische Villa, Cedric und Reiner bezogen vor der BeierPharm AG Stellung, Karin und Daniel fuhren nach Heerdt zum Labor. Joshua wollte noch mal nach Kaiserswerth fahren, sei es nur, um eine mögliche Spur auszuschließen. Sein Handy meldete sich.

Er zuckte zusammen, hoffte, der Anruf würde nicht aus der Uniklinik kommen. Für eine Sekunde war er verwirrt, als er die Stimme Doktor Abels vernahm.

48

Kalle warf einen genervten Blick auf seinen Kollegen Angelo Rossi. Er mochte Bon Jovi nicht sonderlich. Schon gar nicht in der blechern klingenden Vertonung, die aus Angelos Ohrstöpsel drang. Sein Kollege zeigte sich unbeeindruckt. Mit einem Lächeln gaben seine Finger weiter den Takt auf der Armlehne der Beifahrertür an. Kalle sah auf die Borduhr. Zwei Stunden standen sie bereits auf dem Parkstreifen gegenüber der Villa, ohne dass sich irgendetwas tat. Er wunderte sich, wie lange die Batterien eines MP3-Players durchhielten. Der Vertreter einer Staubsaugerfirma kam mit Siegerlächeln aus dem Nachbarhaus. Die Scheiben beschlugen allmählich. Kalle öffnete die Seitenfenster einen Spalt. Immer, wenn er im Kegelverein von langweiligen Observationen sprach, bekam er vorgehalten, fürs Nichtstun bezahlt zu werden. Die Musik wurde leiser. Kalle atmete erleichtert auf. Der Vertreter kam aus dem Haus gegenüber der Villa. Er wirkte desillusioniert. Angelo kramte zwei Kabel und einen dicken Stecker aus der Jacke. Mit geübten Handgriffen verband er die kleine Jukebox mit dem Zigarettenanzünder. Nach einem Druck auf den stecknadelkopfgroßen Playbutton ertönte die Musik nicht nur lauter als zuvor, Bon Jovi begann auch gleich noch einmal von vorne.

Kalle hielt die Warterei nicht mehr aus. Er telefonierte mit der Dienststelle. Sänger war zur Fahndung ausgeschrieben. Möglicherweise hatte ein eifriger Kollege ihn bereits festgenommen. Sein Verdacht bestätigte sich nicht. Weiter warten. Dicke Schneeflocken legten sich auf den Wagen. Kalle fluchte. Er konnte weder den Motor starten, noch den Scheibenwischer laufen lassen. Seine Augen wanderten zum Außenspiegel. Eine dunkle Limousine näherte sich. Das vordere Nummernschild war schneebedeckt. Kalle stellte die Rückenlehne ein paar Grad schräger und zog mit einem Ruck den Stecker aus dem Zigarettenanzünder. Angelo fuhr herum, auf ein Zeichen versank er im Sitz. Die Limousine verschwand in der Hofeinfahrt. Das Kennzeichen stimmte, es war Sänger.

»Hat er uns bemerkt?«

»Glaube nicht.«

»Okay, falls Joshua recht hat, führt Sänger uns gleich direkt zum Täter. Ich rufe das SEK an, die sollen sich schon mal bereithalten.«

Kalle verständigte zeitgleich die Kollegen von der SoKo.

Nach einer Viertelstunde öffnete sich die Haustür der Villa. Eine gut aussehende Frau mittleren Alters stritt sich im Türrahmen mit dem Mann, der der Beschreibung nach Sänger sein musste. Kalle ärgerte sich. Er bekam nur gelegentlich Wortfetzen mit. Die Fahrbahn lag mittlerweile unter einer geschlossenen Schneedecke. Kalle umklammerte seit drei Minuten den Zündschlüssel, als müsse er ihn vorwärmen. Aus dem Haus schräg hinter ihnen kam der Staubsaugervertreter. Als er auf dem Bürgersteig neben ihrem Wagen vorbeilief, vernahmen sie lautes Fluchen. Wütend schmiss der Vertreter eine große Reisetasche und einen Hartschalenkoffer auf die Ladefläche des Kombis vor ihnen. Neben der Fahrertür rutschte er aus. Im Fallen klammerte er sich an den Außenspiegel. Dieser wurde so weit heruntergezogen, dass Kalle das zornige Gesicht des Mannes darin erkennen konnte. Der Vertreter stand auf, trat mit voller Wucht eine Beule in die Tür des alten Kombis und stieg schließlich ein. Angelo klopfte sich vor Freude auf die Schenkel. Kalles Aufmerksamkeit galt wieder dem Ehepaar Sänger. Der Manager war bereits einige Schritte von der Haustür entfernt, als er sich noch einmal umdrehte. Mit ausgestrecktem Arm schrie er seine Frau an.

»Das wirst du bereuen.«

Kalles Anspannung stieg. Sein linkes Ohr hing schon fast aus dem Fenster, als er Angelos aufgeregte Stimme vernahm.

»Was macht der denn?«

Die letzten Worte gingen in lautem Scheppern unter. Die Köpfe der Ermittler schossen vor. Der Vertreter hatte den Kombi mit Vollgas zurückgesetzt, um aus der Lücke zu kommen. Den rutschigen Untergrund hatte er offenbar schnell vergessen. Nach einer längeren Schrecksekunde setzte er den Wagen vor. Knirschen und brechende Geräusche drangen an die Ohren der Ermittler. Kurz oberhalb der Stoßstange schmiegte sich die Aufschrift des Staubsaugerherstellers in eine lang gezogene Beule.

Kalle hörte die Haustür mit lautem Knall zuschlagen. Sein Kopf fuhr schlagartig herum. Sänger kam die Auffahrt herunter, auf dem Weg zur dunklen Limousine.

»Verdammte Kacke«, Kalles Faust donnerte aufs Lenkrad, einen Zentimeter neben den Knopf der Hupe. Der Vertreter war ausgestiegen, mit bleichem Gesichtsausruck kam er auf sie zu. Kalle stieg aus, die aufgehende Tür hätte den Vertreter fast umgehauen.

»Das war meine Schuld, tut mir furchtbar leid«, stammelte er gleich los. Kalles rechte Hand schloss sich. Die Knöchel der Finger wurden weiß.

»Ich bin versichert, keine Sorge. Wir sollten sicherheitshalber die Polizei rufen.«

Kalle schluckte. Alles, nur das nicht. Er winkte lässig ab. Der Vertreter hob erstaunt eine Augenbraue.

»Ist nicht nötig. Die Sache ist doch klar. Ich habe Ihre Kennzeichen. Notfalls kann mein Kollege alles bezeugen.«

Der Vertreter kramte in den Innentaschen seines Mantels.

»Ist aber besser. Ich habe da schon mal schlechte Erfahrungen gemacht.«

Er zog ein Handy aus dem Mantel und fuchtelte damit vor Kalles Augen herum.

»Geht doch so einfach, heutzutage. Kostet fast nichts und wir sind beide auf der sicheren Seite.«

Kalle wurde zunehmend nervöser. Aus dem Hintergrund vernahm er ein klackendes Geräusch. Als er sich umdrehte, sah er, dass Sänger seine Wagentür geöffnet hatte. Er war im Begriff einzusteigen, als ein Handy klingelte. Sänger griff an den Gürtel und blieb mit dem Gerät am Ohr neben der Limousine stehen. Der Vertreter hatte seine Drohung inzwischen wahr gemacht. Er gab die Adresse durch. Angelo trat dicht an Kalle heran.

»Was machen wir jetzt?«

Sänger beendete das Gespräch und stieg in sein Auto.

»Die Polizei kommt gleich. Dann hat alles seine Ordnung«, der Vertreter lächelte zufrieden. Sänger bog rückwärts auf die Straße, stand einen Augenblick neben ihnen. Kalle kehrte ihm den Rücken zu, zückte seinen Dienstausweis und hielt ihn dem Vertreter vor die Augen. Angelo reichte ihm eine Visitenkarte. Sänger beschleunigte mit durchdrehenden Reifen.

»Wir sind im Einsatz, melden Sie sich bitte bei unserer Dienststelle.«

Der Staubsaugerverkäufer schnappte nach Luft. Eine Schneeflocke landete auf dem linken Glas seiner Brille und trübte den Blick. Er wollte noch zu einer Frage ansetzen, als die Ermittler haarscharf an ihm vorbeifuhren.

Kalle hielt einen Sicherheitsabstand von einem halben Kilometer Länge. Er hoffte, Sänger hatte ihren roten Audi vorhin nicht wahrgenommen. Kalle dachte daran, dass er für Observationen oft seinen Privatwagen benutzte, um nicht erkannt zu werden. Heute Morgen benötigte Petra den Wagen. Angelo telefonierte mit Pille und gab ihm die Neuigkeiten durch. Ein stetig lauter werdendes Schleifgeräusch drang in den Innenraum. Sänger bog auf die Auffahrt zur Autobahn, das Heck der Limousine schleuderte dabei herum. Er zog direkt auf die linke Fahrspur, beschleunigte so stark, dass der Abstand sich rasend schnell vergrößerte. Kalle drückte das Gaspedal verkrampft gegen das Bodenblech. Der Schneefall wurde dichter. Angelo prüfte nach einem kurzen Blick auf den Tacho den ordnungsgemäßen Sitz des Gurtes. Das Gespräch mit Kalle während einer Grillparty im letzten Sommer fiel ihm ein. Die acht Unfälle seines Kollegen, laut Kalle allesamt Folge unglücklicher Umstände.

»Wusste gar nicht, dass die Karre so schnell ist.«

Die Tachonadel zog behäbig an der 200 km/h Makierung vorüber, dennoch vergrößerte sich der Abstand weiter, wenn auch langsam. Hundert Meter vor ihnen scherte ein Kleinwagen auf die linke Spur. Angelo stützte sich mit Händen und Füßen ab. Die braunen Augen wuchsen auf die Größe eines alten Fünfmarkstücks. Mit dem Finger auf der Hupe schoss Kalle rechts vorbei. Plötzlich ein lautes Scheppern. Die Kunststoffverkleidung der Stoßstange hatte sich gelöst. Sie flog hochkant über die Motorhaube, touchierte den Rahmen der Windschutzscheibe und flog schließlich in hohem Bogen übers Dach. Kalle betrachtete im Innenspiegel das kleiner werdende Karosserieteil. Der Fahrer des Kleinwagens fuhr auf den Standstreifen. Kalle sah in das bleiche Gesicht seines Kollegen und zuckte hilflos mit den Schultern.

Die Limousine verschwand hinter einer Anhöhe. Kalle hoffte, Sänger würde nicht die dahinter liegende Abfahrt nutzen.

»Das hat doch keinen Zweck«, konstatierte Angelo, »wir können nicht mithalten. Die Kollegen müssen übernehmen.«

Kalle schüttelte den Kopf. Ihre Leute konnten es nicht schaffen. Die Kollegen der Autobahnpolizei würden Sänger aufgrund des Haftbefehls sofort festnehmen. Sie waren auf sich allein gestellt. Hinter der Anhöhe atmete Kalle durch. Einen Kilometer vor ihnen fuhren zwei LKWs nebeneinander. Dahinter drängelte Sänger. Kalle fuhr näher heran. Sängers Limousine wirkte aus der Ferne wie ein Anhänger des LKWs.

Der Verkehr wurde dichter, Kalle hatte keine Mühe mehr mitzuhalten. Inzwischen befuhren sie die Autobahn 52 wenige Kilometer vor Düsseldorf. Der Radiosprecher unterbrach die Sendung, warnte die Autofahrer vor einer Stoßstange auf der Fahrbahn. Kalle hielt konstant etwa 500 Meter Abstand. Ein Fahrzeug der Autobahnpolizei nutzte diese Lücke. Ein Blick auf den Tacho zeigte, dass sie gut 50 Prozent über der zulässigen Höchstgeschwindigkeit reisten. Die Kollegen fuhren auf die mittlere Spur, überholten Sänger. Kalle wischte sich mit dem Handrücken Schweiß von der Stirn. Vor seinem geistigen Auge leuchtete bereits die rote Schrift, gab die Anweisung »Bitte folgen«. Der Ehrgeiz der Kollegen hielt sich in Grenzen. Ohne der dunklen Limousine weitere Beachtung zukommen zu lassen, scherten sie vor Sänger ein und beschleunigten. Sänger hatte den Blinker gesetzt und bog in die Abfahrt Heerdt. Angelo und Kalle tauschten einen erleichterten Blick. Die Ampel am Ende der Abfahrt sprang auf Gelb,

Kalle trat das Gaspedal durch. Rotlicht, bloß nicht bremsen, dicht vor einem Linienbus scherte Kalle schleudernd auf die Kevelaerer Straße. Angelo hielt sich den Mund zu. Dreihundert Meter vor ihnen stand Sänger vor einer roten Ampel. Kalle nahm den Fuß vom Gaspedal, ließ den Audi in leicht überhöhtem Schritttempo rollen. Der Busfahrer hinter ihm tobte. Angelo telefonierte mit dem LKA, gab die Position durch. Sänger schien sie noch immer nicht bemerkt zu haben. Nach wenigen Minuten waren sie am Ziel. Kalle glaubte, seinen Augen nicht zu trauen. In Sichtweite parkte er den Dienstwagen auf dem Seitenstreifen. Straße und Gehweg waren weithin einsehbar, sie konnten sich Sänger nicht unbemerkt nähern.

»Was jetzt?«, rief Kalle.

»Das SEK ist in Bereitschaft. Die anderen kommen auch gleich.«

Kalles Aufmerksamkeit galt dem aussteigenden Sänger. Der Geschäftsführer zog eine Pistole aus der Innentasche seines Mantels, entsicherte sie und führte die Hand mit der Waffe anschließend in die Seitentasche. Er sah sich noch einmal um, bevor er in den schmalen Weg verschwand. Kalle und Angelo sprangen aus dem Wagen.

49

Es handelte sich um einen dieser Automatismen, die zwar immer wiederkehrten, aber nur in den seltensten Fällen von Erfolg gekrönt waren. Als er Doktor Abel die Visitenkarte mit der üblichen Floskel überreicht hatte, fragte Joshua sich nicht, ob der Mediziner irgendeine Rolle in ihrem Fall spielte, sondern welche.

»Mir ist heute Morgen etwas eingefallen. Gideon Lambert kannte Paolo Barnetta. Wir sprachen einmal über meine Forschungsarbeit und dass ich Probanden benötige. Da gab er mir den Tipp, bei Rossi, wie er ihn nannte, nachzufragen.«

Joshua holte das Gespräch mit dem Deutsch-Italiener in sein Bewusstsein. Barnetta gab an, keines der Opfer gekannt zu haben. In der Kundenkartei war der Name Lambert nicht vermerkt.

»Hat er Ihnen gesagt, woher er Paolo Barnetta kannte?«

Abel zögerte. Im Hintergrund hörte Joshua die Stimme einer jungen Frau.

»Nein. Ich nehme aber an von der Uni. Herr Barnetta vermittelt doch sehr viele Studenten.«

Möglich, dachte Joshua. Aber hätte Lambert ihn seinem Arzt empfohlen, wenn er Barnetta nicht persönlich gekannt hätte?

»Wie hat Gideon Lambert Herrn Barnetta empfohlen? Hat er gesagt, dass er ihn kennt, oder hatte er nur von ihm gehört? Bitte, es kann sehr wichtig sein.«

»Moment«, Joshua vernahm die Stimme eines Patienten. Abel bat ihn um einen Augenblick Geduld.

»Jetzt fällt es mir wieder ein. Er sagte, Rossi wäre auf diesem Gebiet inzwischen Marktführer an der Uni. Von seinen Kommilitonen habe er nur Gutes über ihn gehört. Kann ich nachvollziehen. Ich bin ihm für diesen Ratschlag sehr dankbar.«

Joshua bedankte sich freundlich für den Anruf. Er legte die Stirn auf die Fingerkuppen der geöffneten Hände und bemühte sich, diese Aussage richtig einzuordnen. Der anfängliche Knalleffekt war schnell verpufft. Dass Gideon Lambert von Rossi gehört hatte, war nach den bisherigen Ergebnissen nicht ungewöhnlich. Lambert hatte sich als Proband zur Verfügung gestellt, so viel war bekannt. Von Barnetta hielt er sehr viel. Zwei Puzzlesteine, die sich auf den ersten Blick nahtlos ineinanderfügten. Ebenso möglich wäre es, dass Abel selbst Lambert als Probanden angeworben hatte. Mit der falschen Spur Barnetta könnte er bezwecken, den entscheidenden Vorsprung für seine Flucht rauszuholen. Joshua kamen Zweifel. Würde der Täter seelenruhig weiter seiner Arbeit nachgehen?

Über Abel, Sänger und Stachinsky hatten sie bereits Erkundigungen eingezogen. Alle drei waren nicht vorbelastet. Joshua loggte sich in die interne Datenbank ein. Paolo Barnetta war nicht erfasst. Das bedeutete, dass er in der Vergangenheit weder erkennungsdienstlich behandelt wurde, noch jemals etwas gegen ihn vorgelegen hatte. Ein Gefühl der Unruhe überkam Joshua. Er musste irgendetwas unternehmen. Sein Verstand glich einem Gewitter, wild zuckten Gedanken wie Blitze durch den Kopf. Niemals zuvor hatte er sich derartig machtlos gefühlt. Er starrte das Telefon an, in der Hoffnung, seine Kollegen würden Sänger möglichst schnell finden.

Joshua rief das Ordnungsamt an, wollte Auskünfte

über die Firma Barnetta. Aus Datenschutzgründen musste Joshua die Durchwahlnummer angeben. Der Sachbearbeiter rief ihn sofort zurück.

»Eine Arbeitsvermittlung Barnetta haben wir nicht.«

»Ich war selber dort«, Joshua gab die Adresse durch.

»Moment, ich sehe mal nach.«

Er hörte den Sachbearbeiter mit einer Frau reden, anschließend Klappern einer Tastatur.

»Da haben wir es. Private Arbeitsvermittlung Feldmann. Inhaberin Monika Feldmann, geboren am 12.02.1951 in Schleswig, wohnhaft Poststraße 14 hier in Düsseldorf. Angemeldet wurde das Gewerbe am 2. April 2004.«

Joshua notierte die Daten.

»Betreibt Paolo Barnetta ein anderes Gewerbe in Düsseldorf?«

»Nein. Ich kenne den Herrn nicht.«

Joshua reichte es. Monika Feldmann stand zumindest im Telefonbuch. Es meldete sich niemand. Joshua überlegte, die Dame persönlich aufzusuchen, als sich das Telefon meldete. Es war Corinna, ihre Stimme klang dünn, sie schluckte.

»Jack … schafft es nicht.«

Joshua spürte sein Herz. Eine plötzlich aufkommende Hitze trieb ihm Schweiß ins Gesicht.

»Wie kommst du da drauf?«

Joshua schrie aufgeregt in den Hörer.

»Doktor Mwandala sagte mir eben, es wäre besser, wenn ich bei ihm bliebe. Sie schaffen es nicht mehr, den Kreislauf stabil zu halten. Joshua, kommst du? Bitte! Ich kann nicht mehr.«

»Ich bin sofort bei dir.«

Joshua stand bereits, als er das Gespräch beendete. Im Rennen schnappte er sich die Lederjacke. Von Panik getrieben rannte er durchs Treppenhaus, übersprang immer wieder mehrere Stufen. Auf dem Weg zum Parkplatz wäre er beinahe von einem Auto angefahren worden. Später würde Karin ihm sagen, er habe sie fast umgerannt und dass sie ihm hinterherrief, sie hätten Sänger. Joshua bekam von alledem nichts mit. Die gesamte Motorik funktionierte abgekapselt vom Bewusstsein, Joshua war in Trance. Seine Hand zitterte bei dem Versuch, den Wagen aufzuschließen. In dem Augenblick, als er den Motor starten wollte, meldete sich sein Handy. Bei dem Versuch, das Gespräch anzunehmen, fiel ihm das Gerät fast aus der Hand. Er schnappte nach dem Mobiltelefon, seine Finger zitterten.

»Hier ist Kalle«, klang es hektisch aus dem Hörer, »wir haben Sänger. Er hat eine Waffe bei sich. Vor einer halben Minute ist er ins Labor in Heerdt gegangen. SEK ist verständigt.«

Joshua schloss die Augen. Die Hände verkrampften sich zu Fäusten. Eine Chance, noch eine letzte Chance, bitte. Er startete den Motor, fuhr mit Vollgas vom Parkplatz.

50

Joshua schlug wütend die Faust aufs Lenkrad. Schon weit vor der Sackgasse waren die Einsatzfahrzeuge erkennbar. Sollte der Mann, mit dem Sänger sich treffen wollte, nicht schon vorher angekommen sein, so hätten sie vermutlich ihren letzten Trumpf verspielt. Mit quietschenden Reifen schoss er in einen freien Parkplatz. Kalle hatte ihn erkannt und rannte auf ihn zu.

»Seid ihr völlig übergeschnappt?«, fuhr er seinen Kollegen schon von Weitem an. »Jack liegt im Sterben und ihr fahrt hier das volle Programm auf. Könnt ihr dem Täter ja gleich sagen, er soll verschwinden.«

Joshua war jetzt völlig außer Kontrolle. Sein Gesicht lief dunkelrot an. »Was ist, wenn Sänger alleine da drin ist?«

Joshua deutete mit dem ausgestreckten Arm auf die mit Wellblechteilen verkleidete Halle.

»Da brauchst du mich nicht für anzumachen«, schrie Kalle zurück, »Pille hat unsere Meldung brühwarm an die Einsatzleitung weitergegeben, wegen des Haftbefehls gegen Sänger. Komm mal wieder runter. Wir machen hier auch nur unseren Job.«

Joshua atmete tief durch, senkte den Blick. Mit dem Arm auf dessen Schulter zog er Kalle mit zu den Kollegen.

»Tut mir leid. Ich bin ein wenig daneben.«

»Schon gut. Die Jungs vom SEK sind bereits in Stellung. Wir können jederzeit stürmen. Da drüben stehen zwei Fremdfahrzeuge. Sind allerdings nicht vom Täter. Ansonsten negativ. Ein Taxi ist heute noch gar nicht hier gewesen. Cedric und Reiner hören sich gerade in der Nachbarschaft um.«

Kalle hob entschuldigend die Arme. Joshua wähnte sich in einem Albtraum. Sänger wartete dort drüben alleine. Der Täter würde mit Sicherheit nicht mehr kommen.

Ich sollte bei Jack sein, der Gedanke stieß ihm bitter auf. Alles schien mit einem Mal völlig sinnlos. Sie hatten verloren – er hatte verloren.

Joshua dachte an das letzte Jahr zurück. Den letzten Fall als Leiter der Mordkommission in Krefeld. Sie waren ganz dicht dran gewesen, als Elsing, ihr Dienststellenleiter, ihn wegen einer Verfehlung vom Dienst suspendiert hatte. Jack gelang es damals, ihn zum LKA zu holen. Damit hatte er nicht nur Joshuas Job, sondern auch dessen Ehe gerettet.

»Seid ihr bereit?«

Karins Stimme holte ihn in die Realität zurück. Sie war vor wenigen Augenblicken mit Daniel angekommen.

Freddie Biermann, der Einsatzleiter des SEK, stand neben ihnen. Sein Blick war finster. Joshua konnte den Grund erahnen. Die Sicherheit seiner Männer war Freddies oberste Prämisse.

»Die Sache gefällt mir nicht«, Biermann kratzte sich besorgt am Kinn, »ich habe eben noch einmal mit Kracht vom Bauamt telefoniert. Es handelt sich um eine Leichtbauhalle. Besteht praktisch nur aus verkleideten Stahlträgern. Innen existieren lediglich zwei gemauerte Wände. Selbst die sind voriges Jahr versetzt worden, auf den Nachtrag wartet Kracht immer noch.«

Freddie schob sich ein Kaugummi in den Mund. Vor

einem halben Jahr hatte er sich das Rauchen abgewöhnt, verzehrte seitdem Unmengen davon.

»Alle anderen Räume«, fuhr er fort, »bestehen aus Leichtbauwänden, die quasi jeder Mieter nach seinen Anforderungen versetzt. Die Firma Beier hat mir drei unterschiedliche Pläne gefaxt. Die Fotos der Durchsuchung sind wenig aussagekräftig. Mit anderen Worten: Keine Sau weiß, wie es da drin aussieht, das stinkt mir gewaltig.«

Joshua konnte ihn gut verstehen. An der Durchsuchung des Labors waren zwanzig Kollegen beteiligt gewesen. Niemand hatte sich darum gekümmert, eine Lageskizze anzufertigen. Wer konnte damit rechnen, dass dieses Gebäude noch einmal in den Mittelpunkt der Ermittlungen rücken würde.

»Sänger kann uns nicht abhauen. Für unseren Mann gilt das Gleiche, falls er da drin ist«, versuchte er Freddie zu beruhigen.

»Sänger ist bewaffnet, sein Partner vermutlich auch.« Karin sah ihn fast ein wenig empört an.

Daran hatte Joshua nicht mehr gedacht. Sie mussten also agieren, um eine Eskalation zu vermeiden. Für ihn stand ohnehin fest, dass der Täter hier nicht mehr auftauchen würde. Joshua ergab sich den Zwängen, kapitulierte innerlich. Er wollte nur noch möglichst schnell in die Uniklinik. Seine Augen wurden feucht. Verstohlen drehte er sich um, zog ein Taschentuch aus der Hose. Joshua wollte sich seiner Kollegin zuwenden, stoppte mitten in der Bewegung. Für den Bruchteil einer Sekunde bemerkte er den Aufkleber auf der Fahrerseite des dunklen Volvos. Der Kombi stand mindestens achtzig Meter von ihm entfernt. Dennoch hatte er das Gefühl, dieses Schild schon einmal gesehen zu haben.

»Kalle, auf wen ist der Volvo zugelassen?«

Kalle verdrehte die Augen. Er kramte in der hinteren

Tasche der Jeans, zog einen mehrfach gefalteten Zettel ans Tageslicht.

»Ist uninteressant, aber bitte«, Kalle zog die Stirn kraus, »Monika Feldmann, Poststraße 14. Ist 'ne ältere Dame, die in der Nähe vom Zoo eine Arbeitsvermittlungsagentur betreibt. Wird geschäftlich hier sein.«

»Garantiert nicht«, rief Joshua. Seine Gedanken rasten. Welche Rolle spielte Monika Feldmann? Das Phantombild des Täters zeigte eindeutig einen Mann. Paolo Barnetta, Joshua sah ihn genau vor sich. Er zückte sein Handy, rief die Dienststelle an. Pille hielt als Einziger der SoKo-Mannschaft die Stellung im LKA.

»Ich brauche sofort eine Personenfeststellung. Paolo Barnetta mit doppel-t. Ruf mich schnellstens zurück. Und schicke einen Wagen zur Poststraße 14, Monika Feldmann. Ich muss wissen, ob die Dame zu Hause ist. Wenn ja, mitnehmen. Danke.«

Pille wiederholte Name und Adresse. Er wollte noch eine Frage hinterherschieben, aber Joshua legte auf.

»Was hat Paolo Barnetta mit Monika Feldmann gemein?«

»Das versuche ich gerade herauszufinden. Barnetta betreibt angeblich die Arbeitsvermittlung. Es kann kein Zufall sein, dass der Volvo hier steht!«

Joshua wollte eine Zigarette drehen. Als sein Handy sich meldete, schmiss er das halb fertige Ergebnis auf die Straße.

»Gamerschlag. Einen Paolo Barnetta gibt es nicht in Düsseldorf. Bundesweit gibt es eine Person mit dem Namen in Göttingen. Der feiert nächste Woche seinen neunten Geburtstag. Die Kollegen sind unterwegs. Könnt ihr mich vielleicht mal aufklären?«

»Später, danke.«

»Es gibt keinen Paolo Barnetta. Der Täter ist also in der Halle. Wir müssen rein!«

Kalle warf ihm einen ungläubigen Blick zu.

»Verdammt. Krieger, Tonello, Plankert, Barnetta. Na, klingelts?«

Kalle schlug die Hand gegen die Stirn. Joshuas Handy meldete sich erneut. Er hielt es noch in der Hand.

»Gamerschlag. Du hast Glück. Eddie und Schorsch waren in der Nähe. Sie haben Frau Feldmann im Auto. Die Dame behauptet, der Volvo würde ausschließlich von ihrem Sohn genutzt. Sein Name lautet Markus Feldmann. Und jetzt halt dich fest.«

Joshua hatte die Mithörtaste gedrückt. Karin, Daniel und Kalle versammelten sich um das Mobiltelefon.

»Den Burschen haben wir nicht nur in unserer Kundenkartei, das Strafregister füllt den gesamten Monitor aus. Angefangen mit Diebstahl und Hehlerei bis zu räuberischer Erpressung und versuchtem Totschlag, alles dabei, die ganze Palette. Hat insgesamt viermal eingesessen, ist zuletzt allerdings im Oktober 2004 entlassen worden. Seine Mutter wollte ihm mit der Agentur eine neue Chance geben. Der Laden wurde sogar als Resozialisierungsprojekt staatlich gefördert.«

Kalle schüttelte verständnislos den Kopf. Joshua erklärte Pille mit wenigen Worten den Sachverhalt und beendete das Gespräch, ohne dem SoKo-Leiter tiefer gehende Fragen zu beantworten.

»Dann müssen wir jetzt stürmen«, erkannte Karin die Lage als Erste. Joshua empfand die Worte der Kollegin bedrohlich. Er schüttelte den Kopf.

»Das Risiko ist enorm. Wir brauchen Feldmann lebend.«

Joshua spürte neue Energie durch seinen Körper strömen. Er musste sich eingestehen, verfrüht aufgegeben zu haben. Das Spiel war nicht nur in vollem Gange, sie konnten es auch noch für sich entscheiden.

Halt durch, Jack!

51

Sänger beobachtete seinen Kontrahenten schon eine ganze Weile. Er war auf einen Stuhl gestiegen, den er an die Innenwand des Lagerraums geschoben hatte und sah durch das kleine Fenster unterhalb der Decke den nervös umherlaufenden Feldmann, den er nur unter dem Namen Ingar Orlefson kannte. Sänger amüsierte es, dass Feldmann jede Minute auf die Uhr sah. Es nahm ihm die Angst und den Respekt vor dem Mann, der scheinbar eiskalt und hemmungslos pokerte. Die Nervosität machte ihn fast ein wenig menschlich. Das kalte Metall der Pistole in der rechten Hand verlieh Sänger mentale Stärke. Er fühlte die Überlegenheit, die ihm sein Leben lang als treuer Begleiter zur Seite gestanden hatte.

Der abgesprochene Termin war bereits um fünf Minuten überschritten, als Feldmann wütend auf die Tastatur des Handys eindrosch.

Ja – unterhalte dich ruhig mit meiner Mailbox, dachte Sänger. Das hämische Grinsen zog sich bis zu den Ohren. Feldmann steckte das Handy wütend weg, die schmalen Lippen bebten. Sänger fragte sich, was seinen Kontrahenten antrieb. Er hatte genug Geld bekommen, um ein sorgenfreies Leben irgendwo im Ausland führen zu können. Sänger fiel auf, wie ähnlich sie sich waren. Ihm ging es außerordentlich gut. Er führte ein angenehmes Leben auf der Sonnenseite. Angenehm, aber langweilig und vor allem ohne die Anerkennung, die ihm zustand. Eine Stufe hielt die Erfolgsleiter noch für ihn bereit. Bald hatte er es geschafft. Orlefson musste ihm die Formel geben, dachte Sänger. Für sein Leben. Der Zeitpunkt war gekommen, Feldmann machte Anstalten, den Ort zu verlassen. Sänger sprang vom Stuhl. Die Hand in der Tasche, die Pistole fest umklammernd, öffnete er die Tür. Feldmann hörte das Geräusch in seinem Rücken, fuhr blitzschnell herum.

»Hallo Orlefson. Entschuldigen Sie meine Unpünktlichkeit. Warten Sie schon lange auf mich?«

Geschickt verschaffte Sänger sich eine günstige Ausgangsposition. Feldmann ging nicht auf die Provokation ein.

»Haben Sie das Geld?«

»Haben Sie die Formel?«

Feldmanns Augen verkleinerten sich zu kleinen Schlitzen. Die breiten Schultern spannten den dunklen Anzug.

»Ich habe keine Zeit für Späße. Sobald ich in Sicherheit bin, gebe ich Ihnen den Ort durch, an dem Sie die Formel finden.«

Sänger verzog den Mund zu einem breiten Grinsen. Feldmann zögerte, seine Körpersprache verriet Unsicherheit.

»Bekomme ich dann die Formel für einen Impfstoff gegen Windpocken?«

Sänger wähnte sich überlegen. Dieses Gefühl drang aus jeder seiner Gesten. Eine fatale Überheblichkeit, die Feldmann nachdenklich machte. Es musste einen Grund für diese plötzliche Selbstsicherheit geben. Feldmanns Augen glitten Sängers rechten Arm hinab. Die Unhöflichkeit, während einer Unterhaltung die Hand in der Tasche zu belassen, war ihm von Sänger nicht bekannt. Selbst im Streit bewahrte der Geschäftsmann antrainierte Umgangsformen. Feldmann bewegte den Kopf keinen Millimeter. Nur seine Pupillen nahmen die für eine Hand zu groß geratene Beule in Sängers Mantel wahr. Daher bezog Sänger also die Selbstsicherheit. Ein Argument aus Stahl, Feldmann reagierte sofort.

52

»Worauf willst du warten? Sänger hat statt des Geldes nur eine Waffe bekommen. Glaubst du, die marschieren da gleich friedlich Hand in Hand raus?«

Joshua biss die Zähne zusammen. Er stimmte Karin zu.

»Okay, Freddie. Aber wir brauchen Feldmann unbedingt lebend.«

Freddies Gesichtsausdruck deutete Joshua die Unsinnigkeit der Forderung an.

»Kein Problem«, antwortete er sarkastisch, »ich lass ihn erst sein Magazin auf unsere Männer leer ballern und dann nehmen wir ihn fest.«

Kopfschüttelnd lief der SEK-Leiter zu seinen Leuten. Minuten später rannte eine Gruppe vermummter Gestalten über das Gelände. Die beiden Seitentüren sowie das Rolltor am Wareneingang wurden durch jeweils fünf SEK-Männer gesichert. Die Kripobeamten zogen ihre Dienstwaffen und gingen im Abstand von fünf Metern über den schmalen Weg vom Parkplatz zu dem Eingang, an dem Stachinsky niedergeschlagen worden war. Mit heruntergelassenen Visieren drängten sich acht Einsatzbeamte des SEK auf dem kleinen, gepflasterten Stück vor der Metalltür und erwarteten den Einsatzbefehl ihres Leiters. Joshua atmete noch einmal tief durch. Dann ging alles blitzschnell.

»Stürmen«, schrie Freddie. Genau in dem Augenblick, in dem einer der Beamten die unverschlossene Seitentür aufriss, fiel ein Schuss. Der Knall fuhr Joshua durch Mark und Bein. Der Einsatztrupp stürmte hinein. Das Licht der Blendgranate erhellte den schmalen Gehweg.

»Waffe fallen lassen! Auf den Boden!«

Die Schreie drangen nach draußen. Joshua entsicherte die Dienstwaffe. Karin bemerkte das Zittern seiner Hände.

»Bleib hier!«, zischte sie.

Schweiß lief ihm in die Augen. Es gab noch eine Chance von 50 Prozent, Sänger würde es nicht fertigbringen, einen Profi zu erschießen, machte er sich Mut. Der nächste Schuss könnte das Todesurteil für Jack bedeuten. Joshua hielt es nicht mehr aus. Er schubste Karin zur Seite und rannte hinein.

Das Erste, was er sehen konnte, waren zwei Kollegen vom SEK, die ihre Visiere hochklappten. Der Geruch von Schießpulver lag in der Luft. Dutzende von Neonröhren sorgten für Schatten, die in alle Richtungen verliefen. Joshua lief an ihnen vorbei. Der Anblick ließ ihn die Fäuste ballen, erleichtert atmete der Ermittler durch. Zwei Meter vor ihm lag Sänger in einer Blutlache. Die linke Wange auf die kalten Fliesen gedrückt, der Blick starr. Einen Schritt neben ihm lag die Pistole, ein Modell der Firma Heckler & Koch. Zwei Kollegen griffen Feldmann unter die Achseln und zogen ihn hoch. Seine Hände waren hinter dem Rücken mit Handschellen gefesselt. Joshua gab ihnen ein Zeichen, dass er übernahm.

»Hallo Herr Feldmann.«

Der Angesprochene schwieg. Joshua bückte sich nach einer Sonnenbrille und setzte sie Feldmann auf. Dieser zog dabei angewidert den Kopf zurück.

»Exakt das Phantombild«, vernahm er Karins Stimme hinter sich. Kalle grinste stolz. Joshua hätte sich ohrfeigen können, Feldmann alias Paolo Barnetta nicht erkannt zu haben. Die Haare nach hinten gegelt, Sonnenbrille und schicker Nadelstreifenanzug, schon sah er komplett anders aus. Nase und Ohren, dachte Joshua, den vagen Verdacht hatte er gehabt. Aber es schien so weit weg, so abwegig.

»Ihr kommt klar?«, Freddie hatte es anscheinend eilig.

»Ja, danke für eure Hilfe.«

Joshua griff Feldmann am Arm und führte ihn neben sich her zum Ausgang.

»Hören Sie, Feldmann«, Joshua sprach so leise, als sollte es niemand mitbekommen, »Sie können Ihre Situation deutlich verbessern, indem Sie mir sagen, wo Sie den Impfstoff aufbewahren.«

Markus Feldmann begann zu lachen. Karin und Kalle drehten sich um. Joshua schluckte die aufkommende Wut hinunter, es war der falsche Augenblick. Diplomatie war gefragt, nicht gerade eine seiner Stärken.

»Wie geht es eigentlich Ihrem Kollegen, lebt er noch?«

Karin trat einen Schritt zu Joshua. Sie behielt die Fäuste des Kollegen im Blick.

»Ja, aber möglicherweise nicht mehr lange. Ich schwöre Ihnen, ich mache Sie fertig, wenn er stirbt.«

»Wer sagt denn, dass ich nicht verhandlungsbereit bin? Man kann doch über alles reden.«

»Verhandlungsbereit? Ich glaube, Sie verkennen Ihre Situation.«

Joshua konnte es nicht glauben. Mit den Händen in der Acht wollte Feldmann verhandeln.

»Durchaus nicht, Herr Trempe. Sollte ich vor den Richter gestellt werden, komme ich in diesem Leben nicht mehr aus der Kiste, ganz gleich, ob ich Ihnen entgegenkomme oder nicht. Ich kann also nur gewinnen.«

Joshua verfügte nicht über die geringste Ahnung, was

Feldmann vorhatte. Aber ihm war klar, dass er den Impfstoff nicht freiwillig von ihm bekommen würde. Die Anspannung kehrte zurück.

»Was verlangen Sie?«

Die Frage klang schroff. Über Feldmanns Gesicht glitt ein zufriedenes Grinsen.

»Freien Abzug gegen den Impfstoff.«

»Auf gar keinen Fall«, schrie Karin.

»Für diesen Fall schlage ich Ihnen vor, sich von Ihrem Kollegen zu verabschieden. Ich wäre dann so weit«, mit den Augen deutete Feldmann auf die geöffnete Tür.

»Wie stellen Sie sich das vor?«

Karins Augen verdunkelten sich. Sie blinzelte Joshua warnend an.

»Mein Flieger nach Brüssel geht in einer Stunde. Von dort fliege ich weiter. Sobald ich in der Maschine nach Buenos Aires sitze, rufe ich Sie an und teile Ihnen mit, wo Sie den Impfstoff finden werden.«

Joshua kam sich vor, als habe ihm ein Boxer mit voller Wucht einen Tiefschlag verpasst. Er taumelte innerlich. Kalle stand regungslos neben ihnen und wartete auf die Reaktion des Kollegen. Karin schluckte, sie schien damit beschäftigt, sich in Joshuas Lage zu versetzen.

»Warum sollte ich einem Mörder glauben?«

Markus Feldmann zeigte keine Regung. Er trug den Ausdruck eines abgebrühten Spielers. Joshua hasste dieses Spiel. Zumal er nicht die leiseste Ahnung hatte, ob sich hinter der Fassade ein unbedeutendes Pärchen oder vier Asse befanden.

»Tun Sie es für Ihren Kollegen. Es dürfte seine letzte Chance sein.«

Zielsicher drückte Feldmann den Daumen in die offene Wunde. Joshua atmete durch den Mund. Er stand einsam und verlassen im Tal, umgeben von unüberwindbaren Felswänden. Da musst du alleine raus, riefen seine Kollegen von oben herab. Der Impfstoff, sollte er ihn bekommen, durfte nicht einmal eingesetzt werden.

Niemals würde er dafür die Rückendeckung seiner Behörde bekommen. Joshua schluckte, der Kloß in seinem Hals blieb. Schorndorf wird keine Sekunde zögern, mich zu feuern, war er überzeugt. Es gab für Joshua nur die eine Möglichkeit. Er presste die Lippen aufeinander und schloss die Augen.

53

Doktor Mwandala beugte sich über Corinna. Ihre Hoffnung war längst versunken in einem Meer aus Tränen. Der Arzt wischte eine Träne fort. Seine Familie hatte der Polizei so viel zu verdanken. Er wünschte sich nichts sehnlicher, als ihrem Kollegen das Leben zu retten. Er hatte nichts unversucht gelassen. Mit der Ampulle, die der Erpresser ihm hatte zukommen lassen, war er ins Tropenmedizinische Institut gegangen. Die Mediziner hatten die ganze Nacht durchgearbeitet, ohne Erfolg.

»Wo bleibt Joshua? Warum kommt er denn nicht?«

Mwandala legte einen Arm um Corinnas Schulter, sprach leise auf sie ein.

»Er wird kommen, bestimmt. Ihr Mann wartet auf ihn. Er wird uns nicht verlassen, ohne Abschied genommen zu haben.«

Corinna warf verschreckt den Kopf herum. Ihre Augen glänzten feucht. Sie konnte sich nicht damit abfinden. Mwandala nahm die Angst in ihren Augen wahr.

»Muss er wirklich sterben? Er hat doch nichts getan, wollte immer nur allen helfen.«

Der Mediziner fühlte sich elend. Er hatte alles für diesen Beruf geopfert. Seine Familie, Onkel und Tanten hatten ihre kargen Ersparnisse gespendet, um ihm das Studium in Deutschland zu ermöglichen. Er wollte Menschen heilen, ankämpfen gegen jede Krankheit. Nun blieb ihm nichts mehr, außer Trost.

»In Afrika gibt es ein Sprichwort. Es lautet: Ein Löwe stirbt nicht, er schläft nur.«

Mwandala betrachtete die angeschlossenen Apparaturen. Sie hatten die Körpertemperatur auf 32 Grad heruntergekühlt, das absolute Minimum. Dadurch verlangsamten sich der Stoffwechsel und der Sauerstoffverbrauch. Mwandala wusste, so wurde lediglich das Leben verlängert. Den umgekehrten Weg hatten sie in der vorigen Woche erfolglos abbrechen müssen. Mit einer Körpertemperatur von über 41 Grad wollten sie das Immunsystem zwingen, Antikörper zu bilden. Der Gegner war übermächtig. Jack lag mittlerweile allein in einem abgetrennten Raum. Daneben hatte das Krankenhauspersonal ein zweites Bett gestellt.

»Es ist besser, wenn Sie sich ein wenig ausruhen«, Mwandala sah auf das benachbarte Bett, »sollte irgendetwas passieren, geht ein Alarm.«

Corinna sah den dunkelhäutigen Mediziner entsetzt an. Wie konnte er annehmen, dass sie jetzt schlafen könne.

54

Karin und Joshua saßen in ihrem Dienstwagen. Auf der Rückbank kauerte der gefesselte Feldmann. Joshua hatte in der Uniklinik angerufen und Corinna ausrichten lassen, dass er später kommen würde. Anstatt den Rhein zu überqueren, bog er unerwartet links Richtung Flughafen ab.

»Joshua!«

»Ich nehme das auf meine Kappe. Es geht um Jacks Leben. Ist dir das völlig egal?«

Joshua bereute die Frage im selben Moment. Karin starrte ihn an. Sie fühlte sich hilflos, musste Joshua überzeugen, seinen Freund im Stich zu lassen.

»Das mache ich nicht mit! Dreh sofort um!«

»Karin, bitte. Ich habe dich gezwungen, dich trifft keine Schuld. Es ist die einzige Chance.«

Im Rückspiegel sah er das zufriedene Gesicht Feldmanns.

»Das kostet dich deinen Job, ist dir das klar, Joshua?«

»Glaubst du, ich könnte noch einen Tag meinen Dienst verrichten, wenn ich nicht alles versucht hätte? Karin, Jack hat eine Frau und zwei Kinder, denk doch mal nach. Er würde an meiner Stelle ganz genauso handeln.«

Karin begrub das Gesicht in den Händen.

»Verdammter Mist«, fluchte sie leise und schüttelte dabei unentwegt den Kopf. Karin wusste keinen anderen Ausweg. Sie war gezwungen, Joshua vor einem großen Fehler zu bewahren. Für eine Sekunde schloss sie die Augen und atmete noch einmal tief durch. Ihr Entschluss stand allerdings fest. Als ihr Kollege nach vorne sah, zog sie ihre Dienstpistole und hielt sie Joshua an die Schläfe.

»Du hast es nicht anders gewollt. Dreh sofort um.«

Joshua spürte den kalten Lauf an seinem Kopf. Feldmanns Augenlider vibrierten. Joshua schluckte. Er sah Jack vor sich, als kleinen Jungen in einem dicken Parka, mit einem Schal, der sein halbes Gesicht verdeckte. Sein Freund hatte keinen Gedanken daran verschwendet, ob das Eis ihn tragen würde.

»Wenn du mich daran hindern willst, Jack zu retten, musst du schon abdrücken.«

Karin sah ihn fassungslos an. Sie spürte die Kraft aus ihrem Arm fließen. Resigniert steckte sie die Waffe zurück.

»Du bist so ein Riesenarschloch«, mit einem dumpfen Knall ließ sie ihren Kopf gegen die Seitenscheibe fallen und presste wütend die Lippen aufeinander.

In der Parkbucht vor Terminal B griff Joshua hinter sich, löste die Handschellen. Er drückte Feldmann eine Visitenkarte mit seiner Handynummer in die Hand.

»Solltest du nicht anrufen, werde ich dich bis ans Ende der Welt verfolgen, so lange, bis ich dich habe, verstanden?«

»Keine Sorge, und danke schön.«

»Verschwinde aus meinem Blickfeld!«

Karin sagte kein Wort. Seit Minuten sah sie aus dem Seitenfenster. Joshua schmerzte diese Ruhe, er hielt es nicht mehr aus.

»Mensch, was hätte ich denn machen sollen?«

Mit unerwartet ruhiger Stimme antwortete sie.

»Joshua, ich verstehe deine Sorge um Jack. Ich mag ihn genauso. Aber diese Sorge hat dich blind gemacht. Glaubst du im Ernst, Feldmann gibt dir freiwillig eine Formel, die Millionen wert ist?«

»Wenn er sie verkauft, kriege ich ihn.«

»In Argentinien? Joshua, komm zu dir.«

Schorndorf empfing sie freudestrahlend in ihrem Büro.

»Da sind ja meine Helden. In einer halben Stunde ist Pressekonferenz. Ich habe bereits eine Vorabklärung an die Medien herausgegeben. Natürlich mit dem offiziellen Wortlaut »dringend tatverdächtig«, aber ich denke, da bestehen keinerlei Zweifel.«

Beim Anblick von Karin und Joshua verstummte Schorndorf.

»Ist irgendwas?«

»Ich habe ...«, Karin boxte ihrem Kollegen in die Seite. »Er ist uns abgehauen. Wir standen an einer Ampel, da ...«

»Ich habe Herrn Feldmann zum Flughafen gebracht«, fuhr Joshua seiner Kollegin ins Wort, »als Gegenleistung bekomme ich einen Impfstoff, mit dem unserem Kollegen Holsten möglicherweise das Leben gerettet werden kann. Frau Seitz war nicht damit einverstanden. Ich habe sie gezwungen mitzumachen.«

Schorndorf schluckte. Mit einer Hand hielt er sich am Schreibtisch fest. Karin senkte den Blick. Daniel wirkte schockiert.

»Das wird ein Nachspiel haben«, mit bebender Stimme sprach Schorndorf auf Joshua ein, »Ihren Dienstausweis und Ihre Waffe. Sie sind mit sofortiger Wirkung suspendiert.«

Joshua erfüllte die Forderung und verließ wortlos das Büro.

Er parkte den Golf auf dem Bürgersteig neben dem Eingang. Auf dem Weg zur Intensivstation überprüfte er noch einmal, ob sein Handy eingeschaltet war.

»Das müssen Sie in der Intensivstation abschalten«, die Stimme kam ihm vertraut vor.

»Ich erwarte einen sehr wichtigen Anruf, Doktor Mwandala.«

»Geben Sie mir das Handy, ich passe drauf auf, solange Sie bei Ihrem Freund sind.«

Corinna sah erleichtert auf. Ein hauchdünnes Lächeln huschte über ihr Gesicht. Joshua drückte sie, strich über ihr Haar.

»Es wird alles gut«, flüsterte er leise in ihr Ohr.

»Was sagst du da?«

»Jack muss noch ein wenig durchhalten. Wir bekommen den Impfstoff. Dann wird er wieder gesund.«

Corinna sah ihn an wie ein kleines Kind, dem die Oma ein Märchen erzählt.

»Vertraue mir.«

Joshua hielt Jacks Hand. Sie war spindeldürr. Er betrachtete den kleinen Kasten schräg hinter dem Bett. Über den grünen Monitor wanderten kleine, spitze Berge. Hoffentlich ist die Flatline noch weit weg, dachte er ängstlich. Nach zehn Minuten verabschiedete er sich. Er hatte keine Ruhe, wollte das Handy bei sich haben. Ein Blick auf die Uhr, Feldmann müsste unterwegs nach Brüssel sein.

Auf dem Weg nach draußen klingelte das Handy. Joshua hielt es die ganze Zeit in der Hand. Überhastet nahm er das Gespräch an. Es war Kalle.

»Feldmann sitzt im Flieger. Er reist unter dem Namen Vincent Gernot. Der Anschlussflug nach Buenos Aires startet in 45 Minuten ab Brüssel.«

»Woher habt ihr den Namen?«

»Die Kollegen haben seinen Firmencomputer zerlegt. Der hat so viele Identitäten, für den würde sich ein eigenes Telefonbuch lohnen.«

»Danke.«

»Keine Ursache. War ein Auftrag vom Chef. Wir sollten alle Passagierlisten überprüfen.«

Joshua erschrak. Sie werden Feldmann in Brüssel abfangen. Der ›worst case‹. Sollten sie ihn verhaften, wäre Jack verloren. Doch dann hörte er Kalle lachen.

»Keine Sorge. Wir haben Schorndorf wahrheitsgemäß mitgeteilt, dass sich kein Passagier mit dem Namen Markus Feldmann auf diesen Listen befindet.«

»Das hat er geschluckt?«

»Nicht nur das. Er hatte die geniale Idee, Feldmann könne womöglich unter falschem Namen reisen. Wir überprüfen das gerade. Bleibt allerdings nicht mehr viel Zeit bis zum Feierabend. Karin und Daniel sind schon abgehauen. Geht doch nichts über einen Chef, der die Berichte nicht liest.«

Joshua spürte Erleichterung in sich aufsteigen.

»Was ist mit Pille?«

»Tja, das war nicht so leicht. Karin hat ihm zu verstehen gegeben, dass keiner mehr mit ihm spielt, wenn er nicht mitzieht. Ich glaube, er hält sich zumindest raus.«

»Danke, Kalle.«

»Schon gut«, seine Stimme wurde ernst, »sollte Feldmann nicht anrufen, können wir nichts mehr für dich tun, ist dir das klar?«

»Ja.«

Janine bemerkte sofort, dass etwas nicht stimmte. Joshua wich zunächst aus, aber seine Frau bohrte weiter. Er setzte sich neben sie an den Küchentisch und erzählte plötzlich ohne Pause, wie ein Wasserfall. Janine hörte stumm zu. Sie war es gewohnt, dass Joshua stets nur das Nötigste berichtete und auch nur auf Anfrage. Sie spürte bei jedem Wort, wie sehr es ihn mitnahm. Als er endete, beugte sie sich vor und umschloss seine Hand.

»Ich bin stolz auf dich.«

Joshua stieß ein gequältes Lachen hervor.

»Ich bin arbeitslos.«

»Abwarten.«

Das Handy lag vor ihm auf dem Tisch. Innerlich flehte er es an. Es wird klingeln oder nicht. Der Unterschied wird die Zukunft entscheiden. Wieder hielt Joshua die erzwungene Ruhe nicht aus. Die Lederjacke hatte er noch an, als er aufstand.

»Wohin willst du?«

Joshua zuckte mit den Schultern.

»Viel Glück«, rief sie ihm hinterher, »und melde dich.«

Joshua nickte und stieg ins Auto. Ziellos fuhr er umher, das Handy in seinem Blickfeld. Um 19.43 Uhr meldete es sich. Joshua drückte das Bremspedal durch und zog den Golf an den Fahrbahnrand. Kalles Stimme sorgte für sofortige Ernüchterung.

»Ein Herr Gernot hat soeben den Flieger nach Buenos Aires bestiegen.«

»Danke, Kalle.«

»Bitte, und Joshua …«

»Ja?«

»Viel Glück.«

Die Anspannung wuchs von Minute zu Minute, er musste sich irgendwie ablenken. An einem Kiosk hatte er vor einer halben Stunde eine Schachtel filterloser Zigaretten gekauft. Fünf Stück fehlten bereits.

Um halb neun fuhr er auf den Hof seiner Eltern. Warum hatte sich Feldmann noch nicht gemeldet, die Maschine war doch längst in der Luft? Aus der Scheune drang grelles Licht. Joshua betrat verwundert den hellen Raum. Der Boden war mittlerweile mit Terrakottafliesen ausgelegt. Auf einer Leiter an der Wand rechts der Eingangstür stand sein Vater. Er trug einen Arbeitsanzug, der mit Farbflecken übersät war. Mit einem aus Zeitungspapier gefalteten Hut auf dem Kopf, war er damit beschäftigt, die Wand zu streichen. Joshuas fragenden Blick quittierte er mit peinlich berührter Miene.

»Ist die einzige Möglichkeit, in den Genuss der Gesellschaft deiner Mutter zu kommen.«

Frau Trempe kam Joshua entgegen und kniff verschwörerisch ein Auge zu.

»Bist du im Dienst oder möchtest du uns helfen?«, fragte sein Vater mit einer Farbrolle in der Hand. Weder noch, wäre ihm fast herausgerutscht. Joshua biss sich auf die Lippen.

»Komm, wir gehen einen Kaffee trinken«, seine Mutter zog ihn am Arm.

»Nur zu, lasst den alten Mann mal schön alleine arbeiten«, tönte es humorvoll von der Leiter.

»Wie hast du das denn angestellt?«

Seine Mutter musste herzhaft lachen.

»Der hilflose-kleine-Mädchen-Trick funktioniert auch noch in unserem Alter. Ich habe ihm Honig um den Bart geschmiert. Von wegen wie toll er alles im Haus renoviert hat und dass ich das niemals hinbekomme, nicht mal für die Scheune würde mein Talent reichen, und so weiter.«

Sie unterhielten sich fast eine halbe Stunde. Eigentlich übernahm seine Mutter die Rolle einer Alleinunterhalterin. Sie erzählte ihm von ihren Plänen. Joshua schnappte nur gelegentlich einen Satz auf. Mit bohrendem Blick betrachtete er das in der Tischmitte liegende Mobiltelefon. Irgendwann machte sie eine Pause, um Brot und Wurst auf den Tisch zu stellen.

»Ich hoffe, du hast noch nichts gegessen. Ich habe jedenfalls einen Mordsappetit. Das Handy kannst du wegstecken. Wir haben hier drin sowieso keinen Empfang mehr. Auf dem Hof geht es noch.«

»WAS?«

»Was ist denn mit dir? Harmsen hat vergangene Woche endlich den Prozess gewonnen. Vorgestern mussten sie den Funkmast von seinem Hof entfernen. Haben sie uns jetzt angeboten. Von wegen!«

Joshuas Stuhl flog beim Aufstehen nach hinten. Er rannte blitzschnell auf den Hof. Das kleine Antennensymbol auf dem Display wuchs wieder an. Sofort wählte er die Nummer der Mailbox. *Sie haben eine neue Nachricht,* ertönte die Frauenstimme, *hier ist Ihre neue Nachricht, empfangen heute, 20.55 Uhr.* Joshua hielt es vor Ungeduld kaum noch aus.

»Feldmann, ich hätte nicht gedacht, dass Sie Ihr Handy abschalten. Fahren Sie zum Schrebergarten. Unter der Biotonne im rechten Nachbargarten finden Sie alles. Damit wären wir quitt. Hat mich sehr gefreut, Ihre Bekanntschaft gemacht zu haben.«

Nach einem trockenen Lachen brach die Verbindung ab. Die Freude über diesen Hinweis drängte die Wut auf Feldmann in den Hintergrund. Mit Vollgas jagte Joshua den altersschwachen Golf über die Autobahn, Düsseldorf entgegen. Der Schnee war mal wieder geschmolzen, die Fahrbahn ein wenig feucht, aber griffig. Joshua kam der unangenehme Gedanke, Feldmann könne ihn reingelegt haben. Es war absurd. Er hätte ja gar nicht anzurufen brauchen, aber die dunkle Ahnung blieb. Mit einer Vollbremsung stoppte Joshua den Wagen. Er rannte sofort in den rechten Schrebergarten. Ein verdutzter Rentner bekämpfte seine Langeweile, indem er die Terrasse des Holzhäuschens fegte.

»Was wollen Sie denn hier? Das ist ein Privatgrundstück!«

»Ich bin auch privat hier. Entschuldigung.«

Joshua rannte links an der Holzhütte vorbei. Die Nässe eines Holunderstrauches drang durch die Jeans. Der Rentner folgte ihm schimpfend. Neben der hinteren Ecke der Hütte stand ein hellgrüner, von der Sonne gebleichter Plastikkomposter. Mit einem beherzten Griff unter die Bodenplatte kippte er die Tonne um. Der Deckel flog ab, der Inhalt des Komposters verteilte sich über ein sauber geharktes Beet. Hinter ihm stand der Rentner. Er stemmte die Hände in die Hüften und schnappte nach Luft. Joshua bückte sich, riss die Plastiktüte an sich. Im Herumdrehen stieß er mit dem Senior zusammen.

»Das kann ja wohl nicht wahr sein. Ich werde die Polizei rufen.«

»Keine Panik, ich bin schon weg.«

Ohne Geschwindigkeitsbeschränkungen, Stoppschildern oder Ampeln ein gesondertes Interesse zu schenken, raste Joshua quer durch die Stadt zur Uniklinik. Der Pförtner, dem er sonst den Dienstausweis hinhielt, um direkt durchfahren zu können, kannte ihn bereits und öffnete unaufgefordert die Schranke.

Doktor Mwandala traf er in dessen Büro an. Joshua hatte den Inhalt der Tüte noch nicht überprüft.

»Wie geht es meinem Kollegen?«

Die Frage kam ihm vor wie russisches Roulette. Er zitterte vor der Antwort, hoffte auf die leere Kammer. Mwandalas Blick steigerte die Angst.

»Ich glaube nicht, dass er die Nacht noch übersteht. Es tut mir wirklich sehr leid.«

Mwandalas Augen wanderten zu der Plastiktüte vor ihm.

»Der Impfstoff. Beeilen Sie sich.«

In der Tüte befand sich eine weitere Tüte. Diese enthielt eine Ampulle und einen Briefumschlag. Mwandala entnahm die Ampulle und ging damit in eine Ecke des Raumes. Er schaltete ein Mikroskop ein, goss einen kleinen Tropfen auf eine Glasscheibe und schob diese unter die Linse.

»Hm, sieht harmlos aus«, er wandte sich Joshua zu, »das muss ich in der Virologie untersuchen lassen.«

»So viel Zeit haben wir nicht mehr«, schrie Joshua.

Mwandala wog den Kopf zweifelnd hin und her.

»Was Sie von mir verlangen, ist streng verboten.«

Joshua hob den Blick seufzend zur Decke. Mwandala wurde sichtlich unruhig.

»Ich konnte diese blödsinnigen Gesetze noch nie verstehen. Worauf warten Sie noch? Gehen wir!«

Zwei Reihen schneeweißer Zähne blitzten auf, Joshua nahm es als Startzeichen. Mit ausholenden Schritten, als zöge er in eine Schlacht zur Rettung des Vaterlandes, und hocherhobenem Hauptes marschierte Mwandala neben Joshua, der Mühe hatte, Schritt zu halten. Corinna saß apathisch neben ihrem Mann, als die beiden den Raum betraten. Sie sagten kein Wort und doch breitete sich der Optimismus, den sie auf ihren Gesichtern trugen, wie eine Wolke in dem kleinen Zimmer aus. Mwandala zog im Hintergrund eine Spritze auf. Joshuas Lächeln übertrug sich auf Corinna, hob, wie von Geisterhand gezogen, ihre Mundwinkel an.

Langsam drückte Doktor Mwandala den Inhalt der Spritze in Jacks Vene.

»Von jetzt an hilft nur noch beten. Hilft übrigens immer.« Er kniff ein Auge zu und strahlte Zuversicht aus.

Mwandala sorgte noch dafür, dass Jacks Körpertemperatur auf gesunde 37 Grad anstieg, um den Stoffwechsel und die Sauerstoffzufuhr der Zellen zu beschleunigen.

»Es handelt sich übrigens zum Glück nicht um einen Impfstoff, wie ich es zunächst befürchtet hatte, sondern um ein Serum.«

Joshua sah ihn erstaunt an. Mwandalas weiße Zähne blitzten auf und schienen den Raum erleuchten zu wollen.

»Ein Impfstoff wirkt nur vorbeugend. Wir hätten ihn zunächst einem gesunden Menschen injizieren müssen, damit dessen Körper genügend Antikörper bilden kann. Aus dem Blut dieses Menschen hätten wir anschließend in einem komplizierten Verfahren das Serum herstellen können. So viel Zeit hätte uns wohl nicht mehr zur Verfügung gestanden. Ich konnte es ihnen bisher nicht sagen«, Mwandala zögerte einen Augenblick, »in ihrem Herzen brannte so starke Hoffnung.«

55

Es war bereits spät am Abend, als Joshua noch einmal zu seinen Eltern fuhr. Frau Grunert, die Nachtschwester, fand keine Erklärung dafür, aber Jacks Kreislauf stabilisierte sich, wenn auch nur langsam. Doktor Mwandala hatte die gute Nachricht genutzt, um seinen Dienst zu beenden. Er versprach Joshua, am Morgen in aller Frühe wieder in der Klinik zu sein. Janine hatte ihn unterwegs angerufen und mitgeteilt, sie würde noch zu seinen Eltern fahren. Ihrer Schwiegermutter fehlte es an Lampen und Verlängerungskabeln. Joshua dachte an Markus Feldmann, den Mann, dem er die Suspendierung verdankte. Er wunderte sich, dass keine Wut in ihm aufkommen wollte. Die Euphorie war stärker. Kurz vor dem drohenden Funkloch auf dem elterlichen Hof rief er Kalle zu Hause an.

Er erzählte ihm von dem Serum und Doktor Mwandala, dem er unendlich dankbar war. Es hörte sich beinahe so an, als würde Jack am nächsten Tag seinen Dienst aufnehmen.

»Das sind ja prima Nachrichten. Den Rest biegen wir schon irgendwie hin.«

Kalle verschwieg ihm die Ablehnung eines Amtshilfegesuchs durch die argentinischen Behörden mit Hinweis auf das fehlende Auslieferungsabkommen. Er vermied es ebenfalls, Joshuas gute Laune mit dem Hinweis auf Schorndorf zugrunde zu richten, der im Begriff war, ein Disziplinarverfahren gegen ihn einzuleiten.

Auf dem Hof wunderte Joshua sich über den Mercedes einer Autovermietung. Aus dem Wohnzimmer schlug ihm Gelächter entgegen. Joshua überlegte, sich eine Flasche Bier aus der Küche mitzunehmen, wollte aber erst alle begrüßen. Im Türrahmen sah er Janine. Sie begrüßte ihn mit einem Glas Rotwein in der Hand.

»Da kommt ja mein Fahrer«, ihre Stimme hatte nicht mehr die gewohnte Melodie. Während Joshua sich im Geiste von dem kalten Gerstensaft verabschiedete, erblickte er neben seinem Vater Thomas Stachinsky. Heute Morgen hatte er seinen Sohn beerdigt. Joshuas Vater war der einzige Trauergast gewesen. Stachinsky schien mit der Vergangenheit abgeschlossen zu haben.

»Oh, da kommt die Polizei«, rief er so fröhlich, wie Joshua ihn noch nie erlebt hatte. Jetzt bemerkte sein Vater ihn. Grinsend drehte er sich herum.

»Das Eine sage ich dir. Solltest du meinen Gast schon wieder verhaften, erhältst du Hausverbot.«

»Das habe ich nicht vor.«

Joshua setzte sich neben seinen Vater. Wie sich herausstellte, hatte Janine bereits alles erzählt. Thomas Stachinsky schien zur Familie zu gehören. Joshua beschlich ein komisches Gefühl bei dem Gedanken, dass der ehemals verdächtige Stachinsky bei dem Gespräch zugegen war. Janine deutete eine entschuldigende Geste an. Joshua winkte lässig ab. Allmählich wich die verfrühte Euphorie um Jacks Genesung. Wie ein Gespenst drang urplötzlich die Vision in sein Bewusstsein, demnächst ohne Arbeit zu sein. Nicht nur das. Er würde mit Schimpf und Schande aus dem Polizeidienst entfernt werden. All die Verdienste, sie waren von gestern, interessierten schon morgen niemanden mehr. Er fragte sich, in welchem Beruf er noch glücklich werden könnte. Ob er überhaupt mit 39 Jahren noch den Beruf wechseln könnte. Dabei ist eigentlich alles gut gegangen für Jack. Wie würde er damit umgehen? Sobald er raus ist, machen wir eine Riesensause, nur wir zwei, schwor sich Joshua.

»Hey, ich rede mit dir«, sein Vater stieß Joshua in die Seite.

»Entschuldigung, was hast du gesagt?«

»Ich habe gesagt, Thomas kann dir vielleicht helfen. Obwohl, verdient hast du es ja nicht.«

Joshua legte die Stirn in Falten. Sie duzten sich.

»Du hast mehr Glück als Verstand, Junge. Thomas hat sehr viel Einfluss in Buenos Aires«, Stachinsky drehte bei Gunther Trempes Worten die offene Hand im Kreis, »nun ja, er kennt zumindest einflussreiche Leute in der Stadt.«

Joshua beugte sich vor, sah zu Stachinsky.

»In Argentinien läuft sehr viel über, sagen wir mal, Zuwendungen. Ich konnte mir erlauben, in der Vergangenheit großzügig damit umzugehen.«

Joshua winkte ab. Er hielt es für Angeberei. Der Einfluss eines untergetauchten Bankräubers konnte nach seiner Meinung nicht sehr groß sein, was er Stachinsky auch unverblümt mitteilte.

»Wenn Sie sich da mal nicht täuschen. In Buenos Aires wird vieles lockerer gehandhabt als hier. Gesetze sind dort nicht mehr als Rahmenbedingungen. Kennt man die richtigen Leute, läuft alles wie geschmiert. Im wahrsten Sinne des Wortes. Außerdem, wie ich die Sache einschätze, haben Sie doch nichts mehr zu verlieren.«

»Da hat er recht«, pflichtete Janine ihm bei. Joshua musste zugeben, dass er sich nicht in der Lage befand, eine Chance ungenutzt verstreichen zu lassen. Ein Hauch von Optimismus keimte tief in seinem Innern.

»Wenn Sie das schaffen, werde ich Sie nie wieder verhaften.«

»Oh, wie großzügig. Da kann ich nicht widerstehen.«

Während der letzte Satz in Gelächter unterging, holte Frau Trempe das Telefon.

»Können Sie denn so spät noch dort anrufen?«

Stachinsky blickte auf die Wanduhr und überlegte kurz.

»In Buenos Aires ist es jetzt 16 Uhr.«

Joshua schrieb ihm die Namen, die Feldmann benutzt hatte, auf einen Zettel und legte das zerknitterte Phantombild dazu.

Stachinsky wählte eine Nummer, die so lang war, dass Gunther Trempe besorgt an die nächste Telefonrechnung dachte. In einem Mix aus Spanisch und Deutsch verlangte Stachinsky nach einem Victor Sanchez.

»Mein Nachbar ist der Polizeipräsident der Stadt«, flüsterte Stachinsky, »wir spielen jede Woche zusammen …«

Der oberste Polizist Buenos Aires' war offenbar am Apparat. Sie sprachen zunächst über Alltägliches, jedenfalls musste Stachinsky zwischendurch immer wieder lachen. Joshua fiel auf, dass Stachinsky sich mit dem Namen Alfredo Guthmann meldete. Deshalb hatten sie ihn nirgendwo finden können. Nach einigen Minuten, die dem Hausherrn endlos lang vorkamen, wurde Stachinsky ernst. Er las seinem Gesprächspartner die Namensliste vor. Danach nahm er die Phantomzeichnung und beschrieb Feldmann. Abschließend wurde es wieder lustig. Sie schienen sich Witze zu erzählen. Joshuas Vater wurde ungeduldig. Nach einer Viertelstunde beendete Stachinsky das Gespräch.

»Die nächste Telefonrechnung übernimmst du«, fauchte Gunther Trempe in Joshuas Richtung.

»Und?«

Stachinsky setzte sich mit breitem Grinsen betont langsam hin. Er trank genüsslich einen Schluck Bier, bevor er endlich zur Sache kam.

»Feldmann wird mit dem nächsten Flieger zurückgeschickt. Übermorgen früh um acht kommt er in Düsseldorf an. Zwei argentinische Polizisten begleiten ihn. Die Kosten dafür übernehme ich. Ich bin dem deutschen Staat noch was schuldig.«

Zwei Sekunden, ausgefüllt mit atemloser Stille vergingen, bis Joshua jubelnd von der Couch sprang.

56

Corinna saß neben dem Bett und strahlte Joshua an. Jacks Kreislauf war inzwischen stabil. Doktor Mwandala hatte ihm vor wenigen Minuten ein zweites Mal das Serum injiziert.

»Wie lange halten Sie ihn noch im Koma?«

Mwandala klopfte ihm freundschaftlich auf die Schulter.

»Kein Grund zur Besorgnis. Das künstliche Koma entlastet seinen Körper. Wir können ihn so wirksamer behandeln.«

Mwandala merkte, dass Joshua ihn nicht verstand.

»Im Wachzustand würde er womöglich in eine Stresssituation geraten. Sie müssen sich das so vorstellen: Der Körper bemerkt den Eindringling, alarmiert das Immunsystem. Dieses wäre im Moment aber noch völlig überfordert, der Organismus geriete in Panik. Folge wäre eine tiefe Bewusstlosigkeit, lebenswichtige Funktionen würden auf ein Minimum reduziert, die erfolgreiche Behandlung in Frage gestellt. Oder vereinfacht ausgedrückt: Im Koma bleibt Ihr Freund ganz cool und bekämpft in Ruhe die Krankheit.«

Corinna musste herzhaft lachen. Joshua freute sich mit ihr.

»Also da hat mein Mann keine Probleme mit. Der ist mir schon fast zu cool.«

»Wird er auch bald wieder ohne Koma«, Mwandalas

Lachen erfüllte den Raum, »die letzten Blutwerte sind prächtig. Verhältnismäßig«, bremste er übertriebene Euphorie, »dieses Serum ist eine Sensation. Schade, dass wir keinem davon erzählen dürfen. Übrigens, in drei Wochen muss er gesund sein, da trete ich meinen Urlaub an.«

»Wohin geht es denn«, fragte Corinna neugierig.

»Nach Äthiopien. Ich helfe dort in einer Kinderklinik.«

»Das nennen Sie Urlaub?«

Mwandalas Augen nahmen einen traurigen Ausdruck an.

»Jedes vierte Kind ist dort krank. Es gibt kaum Medizin und noch weniger ausgebildetes Personal. Wir lassen vorab immer einen ganzen LKW voll mit Hilfsgütern runterfahren. Jetzt wissen Sie auch, warum ich so viele Überstunden mache«, er lachte. Es war ein Lachen, das nicht echt wirkte.

Auf dem Weg zum Parkplatz erinnerte Joshua sich an die Worte von Eugen Strietzel. Der Impfstoff war gleichbedeutend der Lizenz, Geld zu drucken. Wer dürfte nun drucken? Es würde vermutlich eine Riesenhysterie entstehen, gefolgt vom Milliardenpoker um die Rechte. Streng genommen müssten sie der BeierPharm AG zufallen. Immerhin wurde der Impfstoff von einem Angestellten dieses Konzerns entwickelt, wenn auch ohne dessen Auftrag, was sie vermutlich schleunigst dementieren würden. Der Gedanke daran schmeckte Joshua bitter. Der Brief mit der Formel befand sich in der Innentasche seiner Lederjacke, die dadurch auf ihre alten Tage enorm an Wert gewann.

Joshua fuhr direkt in die Stadt. Er hatte bei ›Mama Leone‹ einen Tisch bestellt, sich mit den Kollegen zur Mittagspause dort verabredet.

Joshua genoss ein Bucatini all'amatriciana in vollen Zügen. Er liebte die mit einer scharfen Specksauce bedeckten

Nudeln. Dazu die erwartungsvollen Gesichter der Kollegen. Vor dem Essen hatte er nur vage Andeutungen gemacht. Beim Espresso klärte er sie endlich auf.

»Das gibt es nicht«, entfuhr es Daniel. »Mann, Joshua, hast du ein Glück. Schorndorf wird den Mund gar nicht mehr zu bekommen.«

»Bitte kein Wort. Es soll eine Überraschung werden. Ich möchte Feldmann morgen früh mit Karin am Flughafen abholen und mit ihm in Schorndorfs Büro marschieren.«

Karins Augen funkelten. Schorndorf versuchte derzeit alles, ihr ebenfalls ein Disziplinarverfahren anzuhängen.

»Meinst du, der Alte lenkt ein?«, Daniel hegte Zweifel an dem Plan.

»Dafür sorgen wir schon«, antwortete Karin kämpferisch.

Joshua nutzte die unverhoffte Freizeit. Es hatte die ganze Nacht über geschneit. Die Temperaturen lagen um den Gefrierpunkt, sodass der Schnee wenigstens heute mal liegen blieb. Mit Janine und den Kindern, Jagger und den Schlitten im Gepäck fuhr er zum Rheindamm. Bis zum Einbruch der Dunkelheit tobten Jagger, Britt und David ausgelassen. Als Jagger im Kofferraum des Volvo-Kombis saß, konnte man den Eindruck gewinnen, er hätte eine Krawatte um, so lang hing ihm die Zunge aus dem Hals. Die dunklen Augen des Boxers strahlten zwischen unzähligen Falten.

57

Karin war bereits um Viertel nach sieben mit dem Dienstwagen bei Joshua vorgefahren. Sie waren viel zu früh am Flughafen. Vierzig Minuten warteten sie vor Band elf. Die Maschine aus Brüssel war längst gelandet. Es schien, als seien alle Passagiere abgefertigt, als mit einigem Abstand drei Personen aus der Halle des Zolls auf sie zuliefen. Die Polizisten trugen dunkelblaue Uniformjacken und Schirmmützen. In ihrer Mitte führten sie Markus Feldmann, der die Hände auf dem Rücken trug. Die Polizisten grinsten freundlich beim Anblick der winkenden Karin.

»Buenos Dias. Bienvenido. Habla usted Aleman?«

Joshua drehte sich staunend zu Karin um.

»Ja, man hat uns ausgewählt, weil wir Deutsch sprechen. Mein Name ist Francesco, das dort ist mein Kollege Diego und diesen Mann kennen Sie hoffentlich.«

Sein Deutsch war exzellent, den Akzent fand Karin sympathisch. Feldmann wirkte ausgelaugt. Unter seinen Augen zeichneten sich dicke Ringe ab.

»Na, Feldmann. Viel rumgekommen in der letzten Zeit, was?«

»Sie sind ein verdammtes Arschloch. Ich habe Ihrem Kollegen das Leben gerettet und Sie scheißen auf unser Abkommen.«

»Sie scheinen zu vergessen, dass Sie vorher fünf Menschen getötet haben.«

Feldmann verzog keine Miene.

Die argentinischen Kollegen stiegen hinten in den Wagen, Feldmann in ihrer Mitte.

»Wie halten Sie es in diesem kalten Land aus?«

Karin sah in den Innenspiegel und zuckte mit den Schultern. Francesco erzählte vom sonnigen Argentinien. Vom warmen Meer und vom immerblauem Himmel. Karin dachte über ein Versetzungsgesuch nach.

Gemeinsam mit ihren argentinischen Kollegen und Feldmann betraten Karin und Joshua Schorndorfs Büro. Damit hatte der Dienststellenleiter absolut nicht gerechnet. Wie immer hob er gelangweilt seinen Kopf. Dann allerdings verharrte er in dieser Position. Die Augen wurden größer, der Unterkiefer glitt im Zeitlupentempo herab.

»Schönen guten Morgen, Herr Schorndorf«, begann Joshua übertrieben höflich, »ich darf kurz vorstellen: Das dort sind Francesco Diaz und Diego Rafael, Kollegen der argentinischen Polizei. Die Herren waren so freundlich, Herrn Feldmann nach Deutschland zu begleiten. Herr Feldmann steht übrigens in dringendem Tatverdacht, fünf Menschen ermordet zu haben. Meine Herren«, Joshua wandte sich den argentinischen Kollegen zu, »darf ich Ihnen den Leiter unserer Behörde, Herrn Schorndorf, vorstellen. Herr Schorndorf wollte es sich nicht nehmen lassen, sich persönlich bei Ihnen zu bedanken.«

Schorndorf schluckte. Seine Stirn schimmerte im Neonlicht. Vorsichtig erhob er sich.

»Tja, herzlich willkommen in Düsseldorf«, er reichte den Argentiniern die Hand, »wir sind, ähem, hocherfreut darüber, dass Sie, ich meine, über Ihre Hilfsbereitschaft«, ganz allmählich kehrte die Contenance zurück, »wie wäre es mit einem kleinen Imbiss in unserer Kantine?«

Im Vorübergehen warf er Karin und Joshua einen giftigen Blick zu.

Feldmann stritt während des ersten Verhörs alle Vorwürfe vehement ab. Die Tötung Sängers gab er zwar zu, behauptete allerdings, in Notwehr gehandelt zu haben. Kriminaltechniker fanden an sichergestellter Kleidung Feldmanns sowie in dessen Büro DNA-Spuren der ermordeten Studenten. Ein Taxifahrer gab an, Feldmann nachts zum Labor nach Heerdt gefahren zu haben. Den endgültigen Durchbruch lieferte schließlich ein Notar aus Düsseldorf-Oberkassel. Sänger hatte kurz vor dem Treffen einen Umschlag mit einer Reihe von Beweisen für Feldmanns Schuld bei ihm hinterlegt. Lediglich die Ermordung Gideon Lamberts ging nicht auf sein Konto. Jonas Fahnenbruck hatte den Impfstoff entwickelt und wollte ihn selbstständig vermarkten.

Mit dem Belastungsmaterial konfrontiert, brach Feldmann ein und legte ein umfassendes Geständnis ab.

Schorndorf nahm die Suspendierung Joshuas auf sanften Druck der Kollegen zurück. Sie hatten gedroht, während der Pressekonferenz verlauten zu lassen, welchem Umstand ihr Kollege Joachim Holsten sein Leben verdankte. Der bloße Gedanke daran, die Medien würden Joshua Trempe als Superstar feiern, ließ ihn einlenken.

Die Heizung war am Morgen in Betrieb genommen worden, der Umbau der alten Scheune damit abgeschlossen. Spontan entschloss sich Frau Trempe, eine Einweihungsparty zu geben. Sie hatte alle ihre Bilder vom Speicher geholt und die Scheune damit dekoriert.

Joshua brachte Karin, Daniel, Kalle und die argentinischen Kollegen mit. Stachinsky hatte ihn um diesen Gefallen gebeten. Mit einem weiteren Telefonat sorgte er dafür, dass die Argentinier noch einige Tage Urlaub anhängen konnten. Als Überraschungsgäste des Abends erschien gegen 21 Uhr die Familie Mwandala. Der Arzt zeigte sich verwundert über die Einladung, nahm sie aber dankend an. Karin kümmerte sich sofort um Kenyetta, brachte ihr ein großes Glas Apfelschorle. Joshua verfolgte mit der Einladung Mwandalas einen Hintergedanken. Er gab dem Arzt ein Zeichen und ging mit ihm in eine stille Ecke in der Nähe der Toiletten.

Mwandala war völlig außer sich vor Freude.

»Das kann ich nicht annehmen.«

Joshua bestand darauf. Für ihn war es die denkbar beste Verwendung. Niemand konnte beweisen, welche Formel sich auf dem Zettel befand, den Joshua Doktor Mwandala übergab. Den Impfstoff konnte der Arzt ebenso gut selber entdeckt haben. Mwandala schmiedete sofort Pläne.

»Ich werde eine Produktionsanlage in Afrika bauen. Der Impfstoff wird allen Bedürftigen frei zugänglich sein. Alle anderen müssen das Medikament bezahlen. Der Erlös wird kranken und hungernden Menschen in ganz Afrika zugutekommen. Ich werde nicht einen Cent für mich behalten, das schwöre ich bei Gott.«

Mwandala drückte Joshua an sich und küsste ihn auf die Stirn. Verwunderte Blicke verfolgten die Szene.

Am nächsten Morgen erreichte Joshua die Nachricht, dass Jack aus dem künstlichen Koma geholt worden war. Joshua ließ das Frühstück stehen und fuhr sofort zur Uniklinik.

Das Serum wirkte überraschend schnell, was Mwandalas Vorgesetzten, Professor Doktor Blum, von einem Wunder sprechen ließ.

Joshua standen Tränen in den Augen, als Jack ihn mit leiser Stimme freundlich begrüßte. Nach einigen Sätzen über den Gesundheitszustand war Jack wieder im Dienst.

»Karin sagte mir, ihr hättet zwei Drogentote und du willst partout nicht glauben, dass es Junkies sind. Hat sich das inzwischen geklärt?«

Joshua musste herzhaft lachen. Karin hatte ihm nichts davon erzählt, dass sie bei Jack gewesen war.

»Ja, das hat sich geklärt. Ist eine lange Geschichte, ich erzähle sie dir demnächst bei ein paar Bierchen.«

ENDE

An diesem Roman wirkten zahlreiche Personen mit, ohne deren Hilfe das Werk nicht zustande gekommen wäre. Ich möchte hier die Gelegenheit nutzen, allen Beteiligten meinen ausdrücklichen Dank dafür auszusprechen.

Sabine Göting, Ursula Grote, Bettina Kohl,
Viola Lubjuhn
Als Testleserinnen haben sie wie immer die meisten meiner Fehler bereits im Vorfeld schonungslos aufgedeckt und mir mit starken Nerven zur Seite gestanden.

Peter Molden
Der gute Geist. Zieht als mein Agent im Hintergrund die Fäden und unterstützt mich mit unermüdlichem Einsatz, sowie seinem reichen Erfahrungsschatz.

Claudia Senghaas
Die wohltuend kompetente und tolerante Arbeitsweise meiner Lektorin vollendete diesen Roman völlig stressfrei und einvernehmlich.

Horst Groß
Es sind die kleinen, polizeilichen Hinweise, die einen Kriminalroman authentisch machen. Ein Dankeschön für das offene Ohr an den Weseler Kriminalhauptkommissar.

Annette Rickert
Die Mitarbeiterin des toxikologischen Labors der Universitätsklinik Düsseldorf, Abt. Rechtsmedizin, hat mir geduldig alle Fragen beantwortet und mir so bei der Entwicklung dieses Romans entscheidend geholfen.

Cordula Benning
Die Apothekerin und Nachbarin hat mir Einblicke in die Welt der Viren verschafft und mich darüber hinaus mit Fachliteratur zum Thema Medikamentenerprobung versorgt.

Für wertvolle Hinweise möchte ich mich bedanken bei:
Ärztekammer Nordrhein, Bayer AG, Marko Hense, Universität Leipzig, Max-Planck-Institut für biophysikalische Chemie Göttingen, Landeskriminalamt Düsseldorf sowie den Komplizen des Syndikats.

Ein ganz besonderer Dank gilt Dir, liebe Tina. Für alles!

Weitere Krimis finden Sie auf den folgenden Seiten und im Internet: www.gmeiner-verlag.de

Erwin Kohl
Zugzwang

326 Seiten, 11 x 18 cm, Paperback.
ISBN 978-3-89977-669-0. € 9,90.

Ramon Schändler, Inhaber einer großen Werbeagentur, und seine Frau werden brutal ermordet. Die Spur führt zu einem Konkurrenten Schändlers, doch Joshua Trempe von der Mordkommission Düsseldorf zweifelt an dessen Schuld. Zeitgleich treten merkwürdige Ereignisse auf: Der Aktienkurs einer Biotechfirma schießt in die Höhe und stürzt kurze Zeit später ohne ersichtlichen Grund wieder ab und eines Morgens boykottieren Millionen von Pendlern die Bahn …

Erwin Kohl
Grabtanz

277 Seiten, 11 x 18 cm, Paperback.
ISBN 978-3-89977-693-5. € 9,90.

Ein Spaziergänger macht kurz nach Mitternacht eine seltsame Entdeckung: Er beobachtet eine Frau, die in einem roten Kleid auf einem Grab tanzt. Einige Tage später werden ähnliche Ereignisse vermeldet. Es stellt sich heraus, dass alle Toten Opfer eines perfiden Verbrechens waren. Obwohl es sehr genaue Beschreibungen der ›Tänzerin im roten Kleid‹ gibt, scheinen Kommissar Joshua Trempe und sein Team von der Mordkommission Krefeld ein Phantom zu jagen. Hilflos müssen die Ermittler sich fragen, wann und wo sie wieder zuschlägt …

KRIMI IM GMEINER-VERLAG

Monika Detering
Herzfrauen

274 Seiten, 11 x 18 cm, Paperback.
ISBN 978-3-89977-714-7. € 9,90.

In unmittelbarer Nähe des Bielefelder »Wahlfamilienhauses« stürzt ein junger Mann, der Pharmazievertreter Till Matthusch, aus dem Fenster. Kurze Zeit später häufen sich Vergiftungen unter den Bewohnern dieses Wohnprojekts. Hauptkommissar Viktor Weinbrenner, der ebenfalls hier lebt, glaubt nicht an einen Zufall. Er beginnt zu ermitteln – genauso wie seine Mitbewohnerin Sybille Gott. Die Journalistin wittert in einem Artikel über Schenkkreise, den »Herzfrauen«, ihre große Chance. Plötzlich ergeben die mysteriösen Ereignisse im »Wahlfamilienhaus« einen Sinn. Viele Ungereimtheiten verdichten sich zu einem unheilvollen Bild. Und alle Spuren führen zu den Herzfrauen.

Ella Danz
Steilufer

273 Seiten, 11 x 18 cm, Paperback.
ISBN 978-3-89977-707-9. € 9,90.

An einem verregneten Sommertag wird in der Lübecker Bucht ein Toter gefunden. Sein Gesicht ist vollkommen zerstört - die Identifizierung ist zunächst unmöglich. Nicht weit vom Fundort entfernt wird der Pâtissier eines Feinschmeckerrestaurants, ein junger Algerier, vermisst. Der Fall scheint klar, denn auch das Motiv ist schnell gefunden: Rassismus. Tatverdächtig ist eine Clique Neonazis.
Anna Floric, die Chefin des Restaurants, bekommt es mit der Angst zu tun. Viele ihrer Mitarbeiter stammen aus Nordafrika. Ihre größte Sorge jedoch gilt Lionel, ihrem zwölfjährigen Sohn ...

Pierre Emme
Killerspiele

277 Seiten, 11 x 18 cm, Paperback.
ISBN 978-3-89977-708-6. € 9,90.

Singen am Hohentwiel. Zwei bizarre Morde erschüttern die Stadt. Doch auch im fernen Wien haben sie eine schockierende Wirkung: Mario Palinski muss feststellen, dass die Tötungen exakt so abgelaufen sind, wie er sie in seinem noch unveröffentlichten Kriminalroman beschrieben hat.
Erschrocken über diese Entdeckung, geht er mit seinem Freund Anselm Wiegele, Hauptkommissar bei der Kripo Singen, diesem absurden Zufall auf den Grund. Dabei stolpern sie über eine für den Herbst geplante »Killer-Olympiade« in Las Vegas. Verwirrt von dieser unwirklich scheinenden Idee, geraten Palinski und Wiegele immer weiter in den Sog des Organisierten Verbrechens.

Klaus Schuker
Brudernacht

374 Seiten, 11 x 18 cm, Paperback.
ISBN 978-3-89977-703-1. € 9,90.

In einem Wald am Stadtrand von Ravensburg wird die Leiche des pensionierten Arztes Josef Klimnich entdeckt. Neben ihm liegt sein Pudel mit abgeschnittenen Läufen. Wenig später wird ein weiterer Mann ermordet aufgefunden. Auch seinem Hund wurden sämtliche Läufe abgetrennt.
Die Polizei steht vor einem Rätsel und auch der ehemalige Kripobeamte Louis Astrella, der von Klimnichs Frau engagiert worden ist, kann sich keinen Reim auf die seltsamen Morde machen. Aber sein Instinkt sagt ihm, dass es eine Verbindung zwischen den beiden Opfern geben muss. Astrella beginnt sich durch ein Gestrüpp aus Gewalt, Lügen und dunklen Geheimnissen zu kämpfen …

KRIMI IM GMEINER-VERLAG

Friederike Schmöe
Schockstarre

324 Seiten, 11 x 18 cm, Paperback.
ISBN 978-3-89977-710-9. € 9,90.

Jahresbeginn 2005: Privatdetektivin Katinka Palfy ist vom Pech verfolgt. Erst wird sie Opfer eines Anschlags, dann verschwindet ihre Beretta, um kurz darauf wieder aufzutauchen: als Mordwaffe in einem Fall ohne Beweise, dafür mit umso mehr Motiven. Katinka folgt der Spur in das mittelalterliche Städtchen Coburg, wo sie sich sehr zum Missfallen der dortigen Polizei in die Ermittlungen einklinkt. Diese führen sie zur Arbeitsstelle des Toten, einer Werbeagentur. Als die Detektivin erkennt, dass seelische Abgründe hinter scheinbarem Glück und beruflichem Erfolg klaffen, wird der Burghof der trutzigen Veste Coburg zur tödlichen Falle.

Manfred Köhler
Schreckensgletscher

274 Seiten, 11 x 18 cm, Paperback.
ISBN 978-3-89977-709-3. € 9,90.

Nelli Prenz ist nach siebenjähriger Weltumrundung mit dem Fahrrad auf dem Rückweg in ihre Heimatstadt Hof. Als sie an einem Alpenpass schwer stürzt, muss sie die Nacht in einer einsamen Berghütte verbringen. Nur der Wirt Andi leistet ihr Gesellschaft. Seine Hilfsbereitschaft wirkt jedoch aufdringlich. Besonders sein großes Interesse an Nellis Tagebuch und sein ominöses »Gletscherprojekt« erwecken Nellis Argwohn. Sie versucht zu fliehen. Doch es ist bereits zu spät: Die Falle schnappt zu. Nelli findet sich plötzlich in einem Stollensystem tief im kalten Eis des Gletschers wieder …

KRIMI IM GMEINER-VERLAG

Alle Gmeiner-Autoren und ihre Krimis auf einen Blick

Anthologien: Mords-Sachsen (2007)• Grenzfälle (2005) • Spekulatius • Streifschüsse (2003)
Artmeier, H.: Feuerross (2006) • Katzenhöhle (2005) • Schlangentanz • Drachenfrau (2004)
Baecker, H.-P.: Rachegelüste (2005)
Beck, S.: Duftspur (2006) • Einzelkämpfer (2005)
Bomm, M.: Beweislast (2007) • Schusslinie (2006) • Mordloch • Trugschluss (2005) • Irrflug • Himmelsfelsen (2004)
Bosch van den, J.: Wassertod • Wintertod (2005)
Buttler, M.: Dunkelzeit (2006) • Abendfrieden (2005) • Herzraub (2004)
Danz, E.: Steilufer (2007) • Osterfeuer (2006)
Detering, M.: Herzfrauen (2007)
Dünschede, S.: Deichgrab (2006)
Emme, P.: Killerspiele (2007) • Würstelmassaker • Heurigenpassion (2006) • Schnitzelfarce • Pastetenlust (2005)
Enderle, M.: Nachtwanderer (2006)
Erfmeyer, K.: Karrieresprung (2006)
Franzinger, B.: Bombenstimmung (2006) • Wolfsfalle • Dinotod (2005) • Ohnmacht (2004) • Goldrausch (2004) • Pilzsaison (2003)
Gardener, E.: Lebenshunger (2005)
Graf, E.: Elefantengold (2006) • Löwenriss • Nashornfieber (2005)
Gude, E.: Mosquito (2007)
Haug, G.: Gössenjagd (2004) • Hüttenzauber (2003) • Finale (2002) • Tauberschwarz • Riffhaie • Tiefenrausch (2002) • Höllenfahrt (2001) • Sturmwarnung (2000)
Heim, Uta-Maria: Totschweigen (2007) • Dreckskind (2006)
Heinzlmeier, A.: Bankrott (2006) • Todessturz (2005)
Karnani, F.: Turnaround (2007) • Takeover (2006)
Keiser, G.: Apollofalter (2006)
Keiser G./Polifka W.: Puppenjäger (2006)
Klewe, S.: Wintermärchen (2006) • Kinderspiel (2005) • Schattenriss (2004)
Klingler, E.: Königsdrama (2006)
Klugmann, N.: Kabinettstück (2006) • Schlüsselgewalt (2004) • Rebenblut (2003)
Kohl, E.: Flatline (2007) • Grabtanz • Zugzwang (2006)
Köhler, M.: Schreckensgletscher (2007)
Koppitz, R. C.: Machtrausch (2005)
Kramer, V.: Todesgeheimnis (2006) • Rachesommer (2005)
Kronenberg, S.: Kultopfer (2006) • Flammenpferd • Pferdemörder (2005)
Lebek, H.: Schattensieger • Karteileichen (2006) • Todesschläger (2005)
Leix, B.: Hackschnitzel (2006) • Zuckerblut • Bucheckern (2005)
Mainka, M.: Satanszeichen (2005)
Matt, G. / Nimmerrichter, K.: Schmerzgrenze (2004) • Maiblut (2003)
Misko, M.: Winzertochter • Kindsblut (2005)
Puhlfürst, C.: Rachegöttin (2007) • Dunkelhaft (2006) • Eiseskälte • Leichenstarre (2005)
Senf, J.: Nichtwisser (2007)
Seyerle, G.: Schweinekrieg (2007)
Schmitz, I. G.: Sündenfälle (2006)
Schmöe, F.: Schockstarre (2007) • Käfersterben • Fratzenmond (2006) Kirchweihmord • Maskenspiel (2005)
Schröder, A.: Mordsgier (2006) • Mordswut (2005) • Mordsliebe (2004)
Schuker, K.: Brudernacht (2007) • Wasserpilz (2006)
Schwab, E.: Angstfalle (2006) • Großeinsatz (2005)
Schwarz, M.: Zwiespalt (2007) • Maienfrost • Dämonenspiel (2005) • Grabeskälte (2004)
Steinhauer, F.: Narrenspiel (2007) • Seelenqual • Racheakt (2006)
Thadewaldt A./Bauer C.: Kreuzkönig (2006)
Valdorf, L.: Großstadtsumpf (2006)
Wark, P.: Epizentrum (2006) • Ballonglühen (2003) • Machenschaften (2002) • Albtraum (2001)
Wilkenloh, W.: Feuermal (2006) • Hätschelkind (2005)

KRIMI IM GMEINER-VERLAG